鮎川信夫と戦後詩

「非論理」の美学

宮崎真素美 著

琥珀書房

鮎川信夫と戦後詩——「非論理」の美学◆目次

1　鮎川信夫と金子光晴 ——愛をめぐる「すごい詩」

落毛の唄

金子光晴

僕の指先がひろひあげた
地圖のうへの
まがりくねつた一本の川すじ。

外輪船が遡る
ミシシッピイのやうに
冒險の魅力にみちた
その川すじを

落毛よ。季節をよそに
人のしらぬひまに
ふるひ落された葉のやうに

そつと、君からはなれたもの。
皺寄つたシーツの大雪原に
ゆきくれながら、僕があつめる
もとにかへすよすがもない
その一すじを。
その二すじを、

ふきちらすにはしのびないのだ。
僕らが、どんなにいのちがけで
愛しあつたかをしつてゐるのは
この髯文字のほかには、ゐない。

必死と抱きあつたまゝのふたりが
うへになり、したになり、ころがつて
はてしもしらず辷りこんでいつた傾斜を、そのゆ
くはてを
落毛が、はなれて眺めてゐた。

やがてはほどかねばならぬ手や足が
絲すじのすきまもあらせじと抱きしめても、
なほ、はなればなれなこころのゆゑに
一層はげしく抱かねばならなかつたその
顚末を。

落雷で崩れた宮觀のやうに、
虚空に消えのこる僕らの、むなしい像《かたち》。
僕も
君も
たがひに追ひもつれるやうにしてゐなく
なつたあとで、

落毛よ。君からぬけ落ちたばかりに
君の人生よりも、はるばるとながく生き
ながらへるであらう、それは、
しをりにはさんで、僕が忘れたままの
使徒行傳のなかごろの頁のあひだに。

（『聲』3号 昭34・4）

最近の金子さん、面白くなかつたんですけれども、あれはいいと思つた。「落毛の唄」というんです。いいですよ。あのひとは、最近いい詩を書いていないんでじじいになりすぎてだめかと思つたけれども、そうじやないんだな。機会と充分なスペースと――お金はどれだけかしらないが、条件さえととのえばすごい詩を書くね。

鮎川信夫が、村野四郎との対談（「これからの詩はどうなるか」『現代詩手帖』創刊号 昭34・6）で、金子光晴に感じ入っている。この奇妙な題名の詩篇「落毛の唄」（『聲』3号 昭34・4）は、のちに『愛情69』（昭43・10 筑摩書房）の表題作ともなる情詩である。その魅力が、「荒地」の論客鮎川のやわらかな詩観を引き出した。

戦争体験と戦死者を傍らに戦後詩をはじめた「荒地」は、戦時下の詩の朗読や唱和への嫌悪から、心地よいリズムにながれる「歌う詩」を拒み、「考える詩」を標榜したことで知られる。なかでも鮎川は、詩的自己を〈死にそこない〉〈遺言執行人〉（「死んだ男」）と定位し、詩篇と詩論をとおして戦後社会に厳しく向き合った。論理性に富む優れた詩論の書き手であったために、その詩作は詩論との整合性をもって読まれることが多いのだが、詩論に収まらないものがあったからこそ詩作がなされてもいたはずである。

鮎川の詩作のなかには、吉本隆明（「鮎川信夫論」『「ユリイカ』昭32・2）が、「死んだ男」に代表される現実的な系列の上辺に対して下辺と位置付け、詩の二層構造を指摘した詩篇群が存在している。それは、仮構された亡姉との交感を描く亡姉詩篇（「姉さんごめんよ」「落葉」「あなたの死を超えて」）であり、これらに加えて、すれ違い続ける男女のことばを、リズミカルな歌的要素を持つ対位で描いた詩篇（「裏町にて」「夜の終り」）もある。前者は夭折した姉に戦死者を重ねることで、後者は詩篇発表当時に流行した詩劇との関わりによって出現の背景は説明される。だが、もう一歩踏み込んでみたいのは、その主材である。

同じ頃、鮎川は「男女の愛」について、「二人が愛し合うに到るいきさつなんか、どんなに合理的に説明したところで、本当は誰も納得しない」、「事実をみとめたがらない場合にかぎって、いろいろ理由が必要になってくる」、「近代劇の構造のなかで、〈事件〉や〈行動〉の本質に迫ろうとすると、愛なんていうものは、まっさきに分解してしまうんじゃないか」（「詩劇について」『ポエム・ライブラリイ1』昭30・12 東京創元社）と放っている。合理性や整合性の対極にあるもの、鮎川の書く詩論とは真反対に位置している理由なきもの、それが「愛」である。

鮎川が絶賛した金子の詩「落毛の唄」は、ここにおいて響き合う。〈ふるひ落された葉のやうに／そつと、君からはなれた〉〈落毛〉は、〈僕らが、どんなにいのちがけで／愛しあつたかをしつてゐる〉、〈やがてはほどかねばならぬ手や足が／絲すじのすきまもあらせじと抱きしめても、／なほ、はなればなれなこころのゆゑに／一層はげしく抱かねばならなかつたその／顛末を〉〈はなれて眺め〉、〈僕も／君も／たがひに追ひもつれるやうにしてゐなく／なつたあとで〉、〈僕〉の〈使徒行伝〉の

〈頁のあひだに〉〈君の人生よりも、はるばるとながく生きながらへるであらう〉と描かれる。ユーモアとエロティシズムとをこき混ぜ、人間の存在それ自体にわたる哀感を漂わせた金子の詩世界に対し、「あれはいい」、「いいですよ」、「すごい詩」と賛辞を重ねるところに、鮎川の詩観が覗いている。

「詩より詩論のほうがすぐれているといわれることは、詩人としておもしろくない」（「これからの詩はどうなるか」）とみずからについて述べる鮎川は、納得のゆく愛の詩を書けたのかどうか。金子の「落毛の唄」が、憧憬の一篇であったことはまちがいなさそうである。

2　リリシズムはやはり僕をしめつけます――詩人鮎川信夫の出発

口笛は金の海を踰え／跫音は穹窿の拱門をくぐり／／スペイン金貨は玩具箱から零れおち／／玻璃テーブルの体温表には／樹々の緑のかげがゆれ／深い午後の熟睡はさめず／花束で青ざめた額を飾り／〔占つてあげませう。恋人よ。〕／／海の光は眩ゆく午後の白布／指に弾かれた円牌はくるくる／／〔輪舞を一つ踊らうよ。〕と／／〔お眼覚めですか。お姫さま。〕陽はぐんぐん傾いて／レエスの蔭に金の果実がおちてゐた／／〔額の上におのせなさい。〕／ランプに白く散つた葩に／長い睫毛のかげがある／／〔花粉にまみれた蜜蜂のやうに／悲しいのですよ。お姫さま。〕

「金の果実」と題されたこの詩は、鮎川信夫一七歳の折の作である。中桐雅夫が神戸で創刊したモダニズム詩誌『ＬＵＮＡ』（昭12・12）に寄せたもので、同号の「雑録」欄で、鮎川は次のように述べている。

近頃毎日〔エジプト神話〕を読んでゐる。神話は美しい。それで一日が終つてしまふ。だが
結局僕が神話を読むのは良い詩が書きたいからであらう。
朝、霜柱がたつやうになり、寒くなつた。明日から青いジャケツで暮らすことにする。

甘やかでロマンティックな、おとぎ話のような風情ただよう詩篇の世界と、その背景を知らせる寸感は、その後「荒地」の論客として知られるようになる鮎川の相貌とはずいぶん異なる。詩篇末尾に〈12.11.17〉の日付を持つこの作品の成立は、同年七月の盧溝橋事件に端を発した日中戦争下でもあった。

もちろん、『LUNA』も鮎川もこの時勢に無縁ではなく、「日中戦争はすでに始まっていたし、よくもこんな詩が当局の目をくぐったと思う」、「本人は軽い皮肉のつもりで書いたのかも知れないが、侵略される中国に同情的な姿勢ははっきりしている」(「けむれる一個の霧」『鮎川信夫著作集　第七巻』「解説」昭49・11 思潮社)と、のちに北村太郎によって評された三詩篇(「亜細亜」の一部」の副題を持つ三部作「花」(『LUNA』昭13・3)「頌」(『LUNA』昭13・4)「河」(『新領土』昭13・5))のうちの二篇を同誌に寄せてもいる。

冒頭の「金の果実」掲載号にはほかに、〈一九三八年よ　すでに　サヨウナラ／／飛行学校へ入学するわたしの壮挙を送られたし　万歳を浪費する人々へ〉(金森京介「神経周囲 その壱」)、〈目醒め

る草の感情のなかに、踏まれて草は／遠い風の吹く地平線　明日は軍隊が見えるだらう。／──よし、土を蹴らう。／──散弾をこめて、とぶぞ。／／たゞわたしがパンを贖へば日暮のみがそこにあつた。／／わつと放たれた新聞紙、銃火の匂ひがし。／弾痕の血の匂ひがする。〉（西田春作「私書」）、〈南京陥落をまだ告げぬ新聞紙であるが／大君の魂の御盾の兵士兵士〉、〈〃日の丸〃をマスクしてゐる青新兄の性慾をaitaに／バンザイ　バンザイ　手ふりあげて久しい冬の支那が／のしかゝつて来た〉（北菁子「愛国者」）といった、意味自体を無化してゆくような手法で時勢を切り取った詩人たちの詩篇も見られる。

しかし、鮎川は「リリシズム」を手放せないでいる。北村太郎が「侵略される中国に同情的な姿勢」を見て取った詩篇（「花──亜細亜の一部──」）について、詩友森川義信への書簡（昭13・3・28）で次のように吐露している。

> 僕は今月のLUNAでも御覧になつたでせうが、少し違つた題材にも手を入れて見るつもりです。が、リリシズムはやはり僕をしめつけます。

時勢の悪い傾きが一七歳の鮎川を覆う。それだからこそ、美しく仮構された世界が希求されもするのだろう。そして、自らの詩法についても思いをめぐらせ、日に日に変化を見せてゆく。半年後（昭13・8・19）には、同じく森川に宛てて、自身の詩は「リリック」ではあるが、そこには「主知精神」と「立体感」が不可欠であるとしたり、「サタイアの精神をリリックの精神に抱含せしめやうとした」と伝えてみたり、さらに四ヶ月後（昭13・12・17）には、「近代人的悒鬱とか、近代人と夢といふ文学的モラルの方がより興味をひく」としたり、その背景にはさまざまのものの摂取とその影響がわかりやすく看取できる。たとえば、「興味をひく」とされていた「近代人的悒鬱」、「近代人と夢」に響くものに、次の北村太郎の証言（「けむれる一個の霧」『鮎川信夫著作集 第七巻』）がある。

サルヴァドル・ダリの憂欝な小画集を、当時の鮎川はよく見つめていたものであった。溶けた時計や、ぶかっこうな脚を支柱に凭せている奇怪な人物。絶望の具象化の一つの典型として、それらはわたくしたちの官能に強く訴えるものがあった。「夢みる室内」や「カタストロフ」「睡眠」などの詩篇に、ダリやそのほかのシュルレアリストの絵の影が色濃く出ている。

ここであげられている詩篇は、昭和一四年の前半に発表されているもので、時期的にも鮎川の関心と重なっている。当時のダリの影響が同年に出版された瀧口修造『西洋美術文庫 第二十四巻 ダリ』（昭14・1 アトリエ社）によってもたらされたこと(1)はよく知られており、鮎川もまた例外ではない。そして、本書を繙いてみると興味深いことに気づく。北村が述べるような画のイメジもさることながら、鮎川はダリの画題を自身の詩題に反映させているようなところがある。同書に並んで収録されている「魅入られた海辺」と「ナルシスの変貌」は、それぞれ鮎川の詩篇の題名において、「魅入られた街」（『新領土』昭14・8）、「泉の変貌」（『詩集』昭15・11）としてあらわれている。同じことは、この期に集中して書かれた室内の様子ばかりを描いた一六篇の室内詩篇[2]に連続してあらわれている詩題「形相」にもあてはまる。こちらは、当時において中桐雅夫が、「鮎川はアリストテレスのメタフュジカを読んでゐるが、何の準備であらう。」（「後記」『LE BAL』昭14・12）と述べていることから、同書にあらわれる「形相」だと知られる。ちなみに、鮎川が手にしていたと思われる『世界大思想全集2 アリストテレス メタフュジカ ライプニッツ モナッド論』（昭4・3 春秋社）では、これを、「例へば家屋に於て、その運動の依つて来たる根源［動力因］は技術と建築師とであり、目的［目的因］は作品［作られたる家屋］であり、質料［質料因］は土と石とであり、形相［形相因］はその概念である」としている。鮎川の詩篇において、自己の内的世界と思われる室内の様相は崩壊に向かって運動するものが目立っており、そこに「形相」と名付けた心性は痛々しく映る。その最初に位置する詩篇「椅子」（『LE BAL』昭14・8）は、〈すべての家具が老いてゆき〉、〈荒廃した街の窓だけが眺められ〉、〈体温から去つてゆくひびきたち響たち〉、〈死から遠ざかるために〉といった終末観ただよう無音の世界を拡げている。

同じ頃、森川に対しては、甘やかな手紙（昭14・7・27）がしたためられている。

> 昨日からこちらへ来ました。妹と。／海岸で貝殻を拾つたり、泳いだり。／砂の中で眠つたり。／附近に沼があります。鮒が釣れるらしいです。／夜は涼しく。海岸には小さな喫茶店。／レ

コードを聞きながら、白い波と白い月を／見ながら、コーヒーを飲みます。／今日は波が強く。青信号。それでも頬がわづかにほてります。／／では、さよなら、貴方と。／新宿と。
Ayu

リリシズムは、やはり去らない。その半年後（昭15・1・11）には、「〝椅子〟の続きみたいなものを二、三」書いてみたところ、「一気に楽々と」、「シガレットに酔いながら十分位で一篇ずつ書き、実に楽しい気分」であったとも森川に伝えているが、それが本当であったか強がりであったかは定かでない。

リリシズムの心棒を不安に揺らした詩人の出発は、みずみずしい憂鬱に彩られている。

注

（1）同時期のシュルレアリスム絵画への関心については、和田博文「日中戦争下の『二〇世紀』同人―『新領土』と都市モダニズム詩第二世代―」（『国語と国文学』平27・3）に詳しい。

（2）「椅子」（昭14・8）、「室内」（昭14・11）、「黄昏の椅子」（昭14・12）、「十二月の椅子」（昭15・1）、「砂と椅子」「形相」（昭15・4）、「形相」（昭15・5）、「雨をまつ椅子」（昭15・6）、「雨の歌」「形相」「昊」（昭15・8）、「形相」（昭15・9）、「陰翳」（昭15・10）、「椅子」（昭15・12）、「椅子」（昭16・4）、「不眠の賓客」（昭16・8）。これらの内景や鮎川の作品における位置づけなどについては、「鮎川信夫における〈あなた〉の発見―「橋上の人」第一作を中心に―」（『日本近代文学』平2・5初出、『鮎川信夫研究―精神の架橋』平14・7

日本図書センター 所収)において論じた。また、同時期に三好豊一郎が八王子で関わったガリ版刷りの回覧詩誌『蝶』の詩人たちにも、同様に室内をモティーフとした内閉的な詩篇が見られることから、当時の青年詩人たちに共通する心性が反映されていることを、「八王子の「蝶」—戦時下の若き詩人たち」(『国語と国文学』平成20年1月初出、『戦争のなかの詩人たち—「荒地」のまなざし』平24・9 学術出版会 所収)において論じた。

*引用した森川義信宛書簡は、すべて神奈川近代文学館所蔵。

3　戦時下における〈水〉の形象――「LUNA」クラブの詩人たち

高い欄干に肘をつき／澄みたる空に影をもつ橋上の人よ

（「橋上の人」第一、二作）

彼方の岸をのぞみながら／澄みきった空の橋上の人よ

（「橋上の人」第三作）

戦中から戦後にかけて書き継がれた鮎川信夫の詩篇「橋上の人」（第一作『故園』昭18・5、第二作『ルネサンス』昭23・6、第三作『文学51』昭26・7）は、そのいずれにおいても、水面に映る澄んだ空を背景とした自身の影像を象ることからはじめられている。しかしながら、それらを映し出している水は、〈黒い水の流れ〉（第一作）、〈汗と油の溝渠〉（第二作、第三作）とされ、いずれも澄んだ空とは対照的な相貌を湛えている。

水鏡に自身を映し出すありようは、かのナルシス神話を想起させるものであり、鮎川においても例外ではない。大岡信によって、「菱山修三の名をヴァレリーの詩の訳者としてまず知るような読者が出てきても一向に不思議ではないような時代が、昭和一〇年代から戦後かなり長い期間にかけてあったほどである」(1)と述べられている、菱山修三訳『魅惑』（昭16・12 青磁社）からの影響は鮎川にもある。「橋上の人」の詩句に見られるそれらが「ナルシス断章」からの引用にかたよっており、第一作では、それによって死への甘美な憧憬をふくんだロマンティシズムが底流していること、第二作でも同様に引用された詩句が、第三作では削除されたことで、ヴァレリイの言う神からの「無償」の恩寵に支えられた詩作姿勢への訣別が汲みとられる。(2)

また、水や鏡に映し出された形象について、たとえば、三好豊一郎によって敗戦間近に発行された無題のタイプ印刷誌（昭20・4）に掲載された鮎川の詩篇「鏡」における、〈灯のないあるじの／研いだ鏡は／青く凍つた地獄を一心にみつめてゐる〉さま、その〈鏡〉を見つめる〈あるじ〉が、〈私は蒼白に褪せてゐる／私はいつそ物のひかりに添ふ五彩の微塵になりたい――〉と洩らすさまは、この翌年に発表された「耐へがたい二重」（『新詩論』昭21・7）にあらわれる、次のような〈鏡〉に通じてゆく。(3)

鏡がひややかに自虐を睨む
私は怖れる
古風な銀の縁をつけていつもこの水が動かぬことを……

自己愛が底深く凍りついてしまつてゐることを……
大きく見ひらいたうつろな眼の
おとろへた視力の闇をとほして
朧ろに姿を現はすこの髭だらけの死者は誰だらう

「鏡」で映し出されている〈青く凍つた地獄〉から、「耐へがたい二重」の〈髭だらけの死者〉が立ちあらわれてきたのだった。

ここであらためて考えてみたいのは、それらの心象を映し出す〈水〉についてである。かつての甘美なナルシシズムを湛えていたところから、それが〈凍りつい〉たところへと映し出される心象は変化を見せるのだが、述べたように、詩篇「橋上の人」における水は、始めから澄んではいない。及川馥が、「バシュラールの平和な自然のイマージュの裏には戦時下の不自由さについての強い意識があることは今や疑いのないことであろう」、「自然への信頼と愛情が現実の障害を克服し、人間の条件をよりよく改めることがまさに人間なのだという力への意志、未来志向のモラルを支えているのである」(4)と指摘する、バシュラールの汲みとった水のイメジとも異なっていよう。

鮎川におけるこのような水のイメジはどのように形成されたのか。その一端を敗戦前の「LUNA」クラブの詩誌や『荒地』、および周辺詩誌に探ってみたい。

1　カラリとした『LUNA』の世界

昭和一二年春、神戸高商に入学した一九才の中桐雅夫が神戸で創刊した詩誌『LUNA』一三冊(昭12〜昭13・4)、それを改題継承した『LE BAL』一一冊(昭13・6〜昭15・8)、さらに改題継承した『詩集』一〇冊(昭15・11〜昭17・9)が、「LUNA」クラブ発行の詩誌である。

当時の彼らのありさまを詩誌の内容とともに活写している田村隆一『若い荒地』(昭43・10 思潮社)は、『LE BAL』との出会いが、東京府立第三商業学校の級長であった北村太郎を介してであったことを伝えている。北村や堀越秀夫、島田清をふくむ門前仲町の私塾に通っていた五、六人のグループが、ガリ版刷りの詩と俳句の雑誌を出していることを田村が知ったことに端を発し、その向こうを張って田村自身も、ともに大塚から三商へ通っていた佐々木萬晋と詩の雑誌を作り出す。ライバル北村の偵察をおこなっていた佐々木が、北村の読んでいた「へんな雑誌」を田村に報告、それが『LE BAL』であった。

昭和一三年、田村は一五才。やがて北村、田村の両派は急接近、『LE BAL』第16輯(昭13・8)から「LUNA」クラブのメンバーになっていた北村が、田村と佐々木を中桐に紹介、彼らは第20輯(昭14・8)から参加し、のちの「荒地」メンバーと相知ることになったのだった。北園克衛の『VOU』に参加していた黒田三郎の日記にも、彼らとの交流の記述を頻繁に見ることができる。

『LUNA』において、掲載詩篇のイメジが相互に交響してゆくような感覚は、後述する『LE

BAL』や『詩集』のようには、まだ見られない。それは、言うまでもなく詩誌の雰囲気がこれから醸成されてゆくという始発点に位置しているからにほかならない。田口麻奈によって、「初期『LUNA』は内容面ではかなり無性格な雑誌である」、「異なった立場の者同士の対話の場を用意することに中心的な意義を置いている」[5]と指摘されているとおりである。

のちに北村太郎によって、「日中戦争はすでに始まっていたし、よくもこんな詩が当局の目をくぐったと思う」、「本人は軽い皮肉のつもりで書いたのかも知れないが、侵略される中国に同情的な姿勢ははっきりしている」[6]と評された、鮎川信夫の「亜細亜」の一部」との副題を持つ三部作「花」(『LUNA』第12輯 昭13・3)「頌」(『LUNA』第13輯 昭13・4)「河」(『新領土』昭13・5)のうちの二作が『LUNA』誌上に発表されているように、『LUNA』掲載詩篇には、第8輯(昭12・11)あたりから、そういった時勢をふくみこんだ詩句が散見される。詩句を抜き出してみよう。

ひつさげて片道切符の自己を/国防献金箱　赤ぼちの千人針　それらに蹉跌し戦慄へる

(北菁子「生活賦」『LUNA』第8輯 昭12・11)

一九三八年よ　すでに　サヨウナラ//飛行学校へ入学するわたしの壮挙を送られたし　万歳を浪費する人々へ

(金森京介「神経周囲その壱」『LUNA』第9輯 昭12・12)

目醒める草の感情のなかに、踏まれて草は/遠い風の吹く地平線　明日は軍隊が見えるだらう。

／――よし、土を蹴らう。／――散弾をこめて、とぶぞ。／／たゞわたしがパンを贖へば旦暮のみがそこにあつた。／／わいわつと放たれた新聞紙、銃火の匂ひがし。／弾痕の血の匂ひがする。

（西田春作「私書」『ＬＵＮＡ』第９輯　昭12・12）

南京陥落をまだ告げぬ新聞紙であるが／大君の魂の御盾の兵士兵士
〃日の丸〃をマスクしてゐる青新兄の性慾をaitaに／バンザイバンザイ　手ふりあげて久しい冬の支那が／のしかゝつて来た

（北菁子「愛国者」『ＬＵＮＡ』第９輯　昭12・12）

意味自体を無化してゆくような手法をとる北菁子は、「銃後」（『ＬＵＮＡ』第12輯　昭13・3）においても化学記号を織り交ぜながら、シュルレアリスティックな手法で〈北鮮〉〈支那〉を象っている。同様の手法は、ほかの詩人においても見られる。

青白いパーマネントウエーヴは／愛国熱度計に焦付くべきだが／オークルのシングルカットを熱愛する資本家のステップは／プラチナを消滅し／愛国歌をうたふダンサーのわきがは／大臣のネイビーブルウである折鞄を膨張する

（羽生豊「ダンスホール」『ＬＵＮＡ』第10輯　昭13・1）

褐色のコーヒの香にゆれる乳白の朝は／国粋的な日本堂で／／お父うチヤンクレヨン買ふから三十銭

（幽祈杜夫「散文的な朝の散歩」『LUNA』第11輯 昭13・2）

＊交響楽第五番狂想曲／＊愛国行進曲／／お茶の好きな学生達はハンドバックの／アザラシ皮を見つめるモツアルト嫌悪症のお嬢さん

（日高貌二「茶房」『LUNA』第11輯 昭13・2）

このように、『LUNA』誌上でよみ込まれている戦争は、意味を無化したりずらしたりすることで、カラリとした風刺的な相貌を呈している。そのことは一方で、後続の『LE BAL』『詩集』に見られるような、傷みを伴う湿潤さを際立たせもする。また、杉山真澄「戦時詩に就て」（『LUNA』第8輯 昭12・11）は、「我々詩人も一個の国家組織の一分子」であり、「民族意識の炬火が新しい詩の出発の基礎とならねばならない」とする立場から、「戦時詩として銘打たれ試作されつゝある軍歌は、あまりに常識的であり、概念的であり、俗悪なレコード歌謡的であり、民衆の求めてゐる作品と凡そ縁の遠い物許り」であるのに対し、「形式に拘束されず、自由と整斎より成る処の理性的であると共に情熱美を且有した戦時詩」や「軍歌」の「創生」を本意とする旨述べており、〈愛国歌〉（羽生豊「ダンスホール」）や〈愛国行進曲〉（日高貌二「茶房」）へのシニカルな視点の描かれた背景を知らせてもいる。

2　森川義信・牧野虚太郎と『ＬＥ ＢＡＬ』

通号第14輯（昭13・6）からはじまる『ＬＥ　ＢＡＬ』は、カタカナと横文字が多用された跳ね上がるような詩風が多く見られるところから、第20輯（昭14・8）に向けてなだらかに沈静化してゆくさまが見てとれる。技術偏重主義に傾きがちなモダニズム詩への警戒、日中戦争下という状況がもたらす詩作、詩壇への影響がからみ合いながら、相互に詩語やイメジを共有しつつ、おのずからなる詩誌の雰囲気が定まっているように受けとめられる。そういった詩誌としての詩風を決定づけていったのが、森川義信、牧野虚太郎の詩作であり、彼らの作品における語彙、シチュエーションを他の同人が受け取ってゆく様子が、通覧するとよくわかる。

それは、森川義信（山川章）「雨」（『ＬＥ　ＢＡＬ』第15輯　昭13・7）にはじまる。〈妹〉が〈ぼくの心のゴムまり〉をつく〈ｔｏｍ・ｔｏｍ〉の雨音のリズムを思わせるオノマトペのあと、〈もうとどかない花の日がぬれてゐる／思ふことがみんな童話になつてはくづれてゆく〉、〈こはれた心のひびきよふるさとの声よ雨の音よ〉と、湿り気を帯びた世界はなだらかに崩されてゆく。続く「習作」（『ＬＥ　ＢＡＬ』第16輯　昭13・8）においても、〈テラアスに近い海の日は／アメシストの鏡から水もながれる〉とはじめられ、〈ハアプがながれてゐる月夜／葡萄の木蔭はフォルマリンの匂ひがいつぱい／歌のやうにぬれたこころを／こほろぎがくすぐりはじめる〉と、〈水〉も〈ハアプ〉も〈ながれ〉、〈こころ〉は〈歌のやうにぬれ〉る。自身の仙台での静養生活を託したかに思われる〈フォルマリン〉の語が病の影を響かせ、〈月夜〉にしっとりと陰鬱さを拡げている。そして、「歌のない歌」（『LE BAL』第18輯 昭13・11）では、〈この傾斜では／お伽話はやめて／こわれたオペラグラスで／アラベスク風な雨をごらん〉とはじめられる切なさに、〈優しい硝子壜の中では／ひねくれた愛情のやうに／ぼくがなくした愛情をかみしめる／ぼくはぼくの歌を忘れてゐる〉といった喪失感を湛える。森川の詩に〈雨〉も〈水〉も静かに降り、ながれ、それは、ひそやかになだらかに詩人の世界を崩壊させ、失わせている。

牧野虚太郎（島田實）も、「静かなる室」「象牙の位置」（『LE BAL』第19輯 昭14・2）において、〈窓の機械は雰囲気に折れた／空間の沈黙が尖つた鏡にすがり／濡れた化粧からは何も落ちて来ない〉、〈肩に迫る輪のない噴水／それが受胎のまゝに呟かれ／涙一つその恒久性が拡大した〉（「静かなる室」）、〈沈黙が破られて一杯の水がくまれ／泡沫の中に鏡の態度が迫る〉、〈すべてがすべてに倒れ／噴水を集めては転落の日を数へてゐた〉（「象牙の位置」）というように、やはり、〈水〉と〈鏡〉をうたい込み、〈恒久性が拡大した〉のは〈涙一つ〉、ほかはすべてが〈ない〉世界を象っている。そして、続く「フルーツ・ポンチ」（『LE BAL』第20輯 昭14・8）では、〈秩序の股にナイフを置くと〉、〈植物の約束をやぶいて〉、〈退屈な破瓜に液体を浸した〉として、〈水〉は〈やぶいて〉〈浸す〉〈液体〉となり、前輯までの静謐さに痛々しさを加味している。一方、『LE BAL』の外では、〈所有の方向に雰囲気の抽象が具り／幾度か四肢の中で角度が失はれた〉、〈臆病な象徴を過ぎ機械の肩をすぎ／破壊の発明を超え無限の股をこえ／糊屋の粗雑な遠近法が呟かれた〉（「色彩の報告」『文芸汎論』昭14・9）というように、喪失のうたい方を異にする詩篇を見ることもできる。

森川も牧野も、『ＬＥ ＢＡＬ』であらわされた崩壊や傷みは、水によってもたらされる湿潤さとともに静かに内側へと向けられており、『ＬＵＮＡ』の詩篇群に見られたような、カラリとした風刺的な様相とは異なっている。こういった詩風は、鮎川信夫によって、「ウルトラ・モダニストだった牧野」、「天性の抒情詩人である森川」[7]と形容され、「他の同人たちは、この二人を両極端として、中間点のどこかに位置していた」[8]と述べられる彼らの詩才が、時代の雰囲気を同じように感受したゆえなのか、相互に影響をし合ったものなのか、彼らが縁取ったこの傾向は、同人たちのあいだへと浸潤してゆく。

北村太郎（松村文雄）は、連作「BOHEMIAN CHANSON」で、〈脚のない建築が／虚空に乳色に睡ると／杳い森の手風琴はもう聞えない／やがて夕暮も／白い翳をのこして／消え去つてしまふ〉（『ＬＥ ＢＡＬ』第16輯 昭13・8）と、否定形の連なりによって幻想的で静かな喪失感を描きはじめ、敗戦後、田村隆一のフレーズ〈繃帯をして雨は曲っていった〉（「秋」『サンドル』昭23・1）、〈彼の眼前で雨は負傷する繃帯を！〉（「予感」『サンドル』昭23・6））として知られることになる、〈雨が繃帯をして通る〉も、こういったながれのなかで北村（「BOHEMIAN CHANSON」『ＬＥ ＢＡＬ』第17輯 昭13・9）によって生み出されたものであったことがわかる。[9]

同様の詩句の交響は、「ＬＵＮＡ」クラブの他の同人間にも見られるが、[10]ここでは、森川や牧野の詩風に連動してゆく顕著な例として、『ＬＥ ＢＡＬ』第18輯（昭13・11）をあげておきたい。

崩れゆくブーケよ月よ

羽搏かぬ瑠璃鳥よ匂ひ失せた吐息よ紅よ／悔根の谷ふかくすすり泣くフイネラルマアチ

（北山鳩子「受難」）

かずかずのインクを渉猟して。／得たものはなにでもない。／うみ鳴りのきこえる林のなか。／しろい秋について。／神と論争した。

（中桐雅夫「出発」）

ゴムの樹の睡眠から／ラテン語の童謡が滴る／時計は水盤に沈み／苹果は書斎に否定される

（白石豊「連音符」）

花は眼のある動物を見ない／傾いた机は風を聴くことがない／錆びたピンで留められた／海図の脈のどこかに消えてしまつた

誰も小さな宝石筐と／舶来煙草のことを知らない

樹の影を掠めたのは／昨年の唄であらうかもう見えない

（鮎川信夫「室内」）

白い道の砂／黒い海の月／厚い道の埃／薄い海の日／すべて別れる／壁の崩れだつた

（菰水明「砂日の疑惑」）

これらには、静かな喪失と崩壊がみとめられる。

そして、小森フク子「初秋」や中桐「出発」、白石豊「秋の通信」には、〈神〉、〈キリスト〉、〈神話的〉など〈神〉をめぐる語彙もあらわれ、次のように、当時の世相を浮かび上がらせたものもある。

剣よ鳴れ統一の応召に／花咲く日の歴史のかげの／したたる鮮血と／乳房の栄光を受けよ

（秋條ナナ子「剣の使命」）

女優達は新聞を折りたゝむ音を愛する／ニュウス映画では／飛行機が主演する／ヒューマニステイクな／唇のかはりに／飛行機が表情する／アイシャドウをぬつて

（衣更着信「ニュウス・シアタ」）

3　イメジの共有と交響する世界

静かな崩壊や喪失、そして〈神〉の形象とが日中戦時下の世相とともに、『ＬＥ ＢＡＬ』誌上で織り混ざってゆく。そのありさまは第19輯（昭14・2）に見やすい。鮎川信夫の詩篇はかつてのモダニスティックな躍動感を拭い、中桐雅夫は、〈がくがくと膝ををつて／神の折檻にも堪へてきた〉（「青春」）と、擬人的な〈神〉をあらわし、秋條ナナ子も、〈私の聡明はいつも裏側の時間を使用した／微笑はすべて神に通じるものよと〉（「幸福」）と〈神〉を呼び出し、羽生豊「秘蹟考」は、題名そのものにキリスト教の儀式（サクラメント）を示して〈知性〉を軸に描き出し、廣川衢「十字軍」もまた、題名が示すとおり、その事跡を描く連鎖がある。

そして、中桐は「文学と宗教」と題した文章において、外国小説ではバイブルからの引用が盛んに行われ、教育から宗教を除外している日本では到底それに追いつかないが、「外国小説でも読むといふ以上は、キリスト教に関しては一応の理解を持つておきたいといふことなのだ。」と述べ、この連鎖の意味を明かしている。それはまた「後記」において、「戦争といふ日本人として共通な目的を意識しはじめ、それへの関心が内部的な論争を忘れさせたこともあらうが」、「安心してうさぎが眠つてゐる間に、「四季」やその他の亀がゴオルへはいつてしまふ。」としているように、「四季」派との差異が意識化されたものであったとも受けとめられる。

この翌月に第一次『荒地』（第1輯〜第6輯（第6輯は『文芸思潮』と改題）昭14・3〜15・12）が創刊され、ここにおいても森川義信の影響が看取できる。森川（山川章）は、いっそう〈水〉の形象をあからさまにしている。

背中の寒暖計に泪がたまる／影もないドアをすぎて／古びた時間はまだ叩いてゐる／あれは樹液の言葉でもない／背中の川を声だけで帰つてゆくものたち

（「雨の出発」）

第2輯（昭14・5）の巻頭を飾ったこの詩篇によって、森川は『荒地』に登場する。みずからの肉体が樹木のように象られ、しかし、それは静かで淋しげである。題名の〈雨〉、寒暖計の〈泪〉、〈樹液〉、〈背中の川〉、さまざまな〈水〉をみずからの内にも外にも溜め、そして、ながしている。

巻頭に森川（山川）の詩篇四篇（「残像」「勾配」「冬」「樹樹」）をおく第4輯（昭14・11）からは、[11]鮎川ら他詩人の詩篇もトーンが変化している。鮎川は、〈憩ひといひ懶惰と呼ばれる雰囲気にかこまれた倦怠の室内を描きはじめ（「室内」）、藤井雅人は、病と死の影を宿す〈トカゲ〉の〈赤い瞳〉を象る（「トカゲの瞳」）。当の森川は、〈非望のきはみ／非望のいのち／はげしく一つのものに向つて／誰がこの階段をおりていつたか〉とうたい起こす「勾配」において、いくつもの〈道〉のはじまりを示唆するものの、〈傷ついてゐる言葉たち〉に〈どもつて吃つて〉いる〈わたし〉（「残像」）、〈若い意志のなかで／折られた〉〈地軸〉（「冬」）、〈おびただしいいのちを零〉した〈花の咲かない樹樹〉（「樹樹」）を描いて、失望と死の影を隠さない。

翌月の『ＬＥ ＢＡＬ』第21輯（昭14・12）掲載の「衢にて」において森川（山川）は、〈翳に埋れ／翳に支へられ／その階段はどこへ果ててゐるのか〉と問われる〈階段〉を、〈ものもいはず濡れた肩や／失はれたいのちの群をこえ／けんめいに／あふれる時間をたどりたかつた〉とする〈あてもない歩み〉とともにうたい、それは、ながれる〈水〉でなく、〈どぶどろの秩序をすぎ／もはや／美しいままに欺かれ／うつくしいままに奪はれてゐた〉と澱ませながら、〈なほ／何かを信じようとしてゐた〉と結び、前月の『荒地』に掲載された「勾配」と、示唆する世界観を同じくしている。また、森川の描く〈水〉と死のイメジを反映させるように、〈眠れる水よ／死せるゆめよ／あなたのなきがらのうへに／けふも煙のやうにたつたわたしだらう〉と描くのは、『ＬＥ ＢＡＬ』同輯掲載の、鎌田安雄「眠れる水」である。

さらに追ってみると、『ＬＥ ＢＡＬ』第22輯（昭15・4）で、森川は「壁」において、〈水〉に浸された世界のなか、〈扉や支柱の倒れるなかに／その階段はどこへ続いてゐるのか〉と、前輯掲載の「衢にて」と同様に〈階段〉のゆくえを問い、ついにその〈幻の街〉を、〈かぞへきれない壁や腕椅子は／悲痛によごれ／水平のまま沈んでいつただらう〉と結ぶ。同輯の岡村真幸「底流」も、沈み、堆積する〈流れの底〉に〈幻が走り〉、〈壁の中に塗りこめられてゐるかのやうに〉〈亡霊に憑かれた長い影が歩いて〉ゆき、〈地平の果て〉は〈崩れてゆく〉として、森川の世界観との共鳴を見せ、鮎川信夫「形相」[12]は、〈一本の茎は清浄な水を欲する〉、〈花のほとりに水を〉といったように、〈水〉のイメジが語られると同時に〈すべてが放擲され〉、〈おまへ〉が〈五つのドア〉に閉塞されている。

注目されるのは、この翌月に出された『荒地』第5輯（昭15・5）が、枯渇する〈水〉のイメジを交響させていることである。巻頭におかれたエリオットの「荒地・第五部 雷の言つたこと」共訳

〈冬村克彦・桑原英夫・鮎川信夫）は〈森川義信へ〉という献辞をふくみ、その世界は、〈此処には水がないただ岩だけだ／岩ととぎれた水と砂路／くねつた路は山々の間に登り行く／それは水のない岩だけの山〉、〈だが水はない〉、〈からの水槽と涸れ井戸からの歌声〉といったように、失われた〈水〉の物語であり、恢復はされていない。すると、森川の同輯掲載詩篇「眠り」も、〈骨を折る音／その音のなかに／流れる水は乾き／鳶色の風はおちて／石に濡れた額は傾くままに眠つた〉とされ、これまで流れていた〈水〉が失われて、ふたつの世界は呼応を見せている。

森川が〈水〉の枯渇を描いたころ、三好豊一郎は湿潤の世界を追究している。同月の『文芸汎論』（昭15・5）に掲載の三篇（「泉」「藍色の歌」「黄昏の遺伝」）は、湿り気のあるひっそりとした世界観をあらわしている。

つめたい指や／つめたい髪は／扉の外を流れる潮にとけて了つたのか
湿つた影の重りが椅子に移る

（「泉」）

半ばくづれた液体の底で／藍色の歌々はしづかに眠つてゐる

（「藍色の歌」）

無言の風が低迷する床には／みたされぬまゝに雨が溢れる
ふれ合ふものゝ色彩が長くのびた海底が／そこから急に開きはじめ／暮れてくる道を降つてゆく人よ／息が苦しい

（「黄昏の遺伝」）

そして、翌々月（昭15・7）の同誌掲載詩篇（「夜の唄」「夜の河」）においては、それが肉体の内側へも進んでくる。

暗い影は静かに流れる／血液の唄／柔くしめりけのある／気の遠くなるやうな夕暮の／若い舟乗達の閉された音楽である

（「夜の河」）

さらに翌月の『LE BAL』第24輯（昭15・8）では、挑みかかるように内部の切実さがうたわれる。

わたしの内側をのぞくがよい／わたしの肩の息吹に耳を澄ますがよい／おまへはうばはれても

まだ涙を失はぬ水である　　　　（「糧」）

また、同輯の日高貌二「径路」は、〈空虚な部屋である／恐るべき部屋である／一本の茎もなく／うなだれた椅子と椅子と／新しい流体は／動かうともしない〉と、前々輯の鮎川「形相」との親和性を見せ、関保義「よどみ」は、〈流れにつゝかゝり／流れにおされて／流れ行くもの〉がリフレインされ、そのうちでは〈信仰の一切〉が〈忘却のよどみにくだかれ〉、〈祈禱〉は〈消滅〉し、〈涙もて／打砕かれた昔の真珠〉が〈さがし求〉められているとして、森川の「衢にて」の語彙とイメジを共鳴させている。〈水〉のイメジは、森川の詩的世界を揺曳させながら周辺詩人たちに共有されている。

4　別れと〈水〉の変貌

見てきたようなイメジの共有と近接の集大成としてあらわれたのが、鮎川信夫の長詩「泉の変貌」であると捉えることができる。『LE BAL』が『詩集』と改題された第25輯（昭15・11）の巻頭におかれた同詩篇は、「LUNA」クラブや『荒地』で共有されてきた水のイメジ、喪失、崩壊といった要素が余すところなく込められている。加えて興味深いのは、同時期の『文芸汎論』に掲載されている牧野虚太郎の詩篇である。昭和一五年六月の同誌掲載詩篇「喪失の彼方」では、〈構図の触覚を通して薔薇は見えない／鏡の発明を肉体から遠く伝へてゐる〉、〈海のない投資をふくよかにならべる／唯一のナイフが遙かなる祭典を集めた〉と、〈鏡〉や〈海〉が〈遠く〉〈遙かなる〉ものとしてあらわれたあと、翌々月（昭15・8）の同誌掲載詩篇「遙かなる測量」ではそれを受け継いで、次のように〈ナルシスの伝説〉をあらわしている。

ふくよかなナイフに屈した陰影／静謐は湖水を渡る／あへかなるナルシスの伝説に／やがて帰らぬ抽象の夢がつゞいた／／遠く指股が投資される／水をたはむれ濡れたまゝの測量に／悔恨のニンフを盗み／裸体にふれるはじらひの独楽を作つた／／いつか閉ざされた窓へ帰り／ランプに近い道が与へられてゐる／掟のやうなペルソナ／そして祭典は脱走をつみかさねた

同誌には、〈そこから雲をながめ／指をかざせば青くすけてくるなかに／浮いたり沈んだりして／白いにくたいがながれてゆく〉とうたう鮎川の「昊」も並んで掲載されている。「泉の変貌」が、鮎川個人の詩作のながれにおいても、先にあらわれていた「形相」をはじめとする一連の室内詩篇と、次にあらわれる詩篇「囲繞地」（『新領土』昭16・3）のあいだにあって、かつての〈部屋〉と、先に広がる世界との中間的な役割を果たす幻想的な〈あなた〉の世界を創出している重要な詩篇であることはすでに論じた。[13] さらにその成立には、見てきたような牧野や森川をはじめとする周囲の詩篇との交響をみとめることができるだろう。
美しい女性形象としての〈あなた〉の造型、〈水の底〉の〈鏡のやうな階段〉、失われてしまった〈太陽と／愛の生誕の日〉、〈悪魔〉に問う〈亡びに至る門と／ナルシスの末路〉。留意しておきたいのは、この詩篇が次のような崩壊と再生のイメジによって閉じられていることである。

いつかはきつと／苦しみは拓かれて／七つの壁が呻きはじめ／あなたのからだから迸る水で／わたしの天は奈落へ崩れおちよう／塵や灰の底へ沈み／化石の街の／乾いた洞窟のなかに／さかんなる風はたち／香ばしいネクタルの泉となつて／炎と心の伝説を歌ひ／どんな樹木を育ててゆくのだらう

当該誌の表紙には、「皇紀二六〇〇年」を示す「2600」が刻印され、「後記」では、誌名改題について中桐が次のように淡々と述べている。「とにかく〈詩集〉と改題することにした。私たちは新らしい出発をするたびに改題といふ祝祭をもつてきたやうにも思われる」。実際は、出版統制強化にともなう情報局の指令による改題であるが、そのことには詩誌内では一言も触れられていない。田村隆一『若い荒地』では、「改題の問題は、日本の全面的な戦争体制への移行によって、当然外的な力による干渉の結果であった。新宿柏木の鮎川の家に、在京のクラブ員が十人ばかり集って、外国語でない雑誌名をみんなであれこれ考えた末に、いちばん平凡で、あきのこない《詩集》におちついたのを、ぼくはぼんやりおぼえている。」と、伝えている。

ひたひたと彼らに近づく不安の足音。「詩集雑記」では、森川の入営をめぐって鮎川が次のように述べている。

森川君は今年中に入営する。その前に彼の詩集を何とか上梓したいと思ふ。多分十一月に入つたら、上京するといふ手紙が来たので、その折にでもよく相談して、装幀なども立派なものにして刊行したい。類例のないきびしさと柔かさを含んだ彼の詩が、一冊にまとめられて刊行された時には、彼についてあまりよく知つてゐない詩人達も目を瞠るだらう。

森川の詩に対する並々ならぬ思いが語られているが、この詩集の上梓は、実際にはこのときから三一年後、鮎川の手で『森川義信詩集』（昭46・12 母岩社）として実現されることになる。だが、森川自身は昭和一七年に戦病死、みずからの詩集を見ることはなかった。

そして、「泉の変貌」と響き合っているのは、同誌巻末近くに置かれた牧野虚太郎「碑」「独楽」であり、ここでも一誌の内の配列意識を見てとることができる。

湖水にちかい森の／清潔な誓のなげられたあたり／髪を伏せ遠い肌に／素足のやうな眠りがいとなまれてゐる

もえさしの秘色をとほして／海がいつしか影をもとめるとき／影をおとしむなしい一人のフォルムとなつて鱗のやうにかさなる／ちいさな独楽

（「碑」）

（「独楽」）

植物や自然と同一化する〈影〉としての女性形象や独特の静謐な世界観は、〈森〉や〈湖水〉や〈海〉によって、さらに愁いと感傷とが深められている。

牧野の詩はその後、「牧野虚太郎特集」の組まれた『詩集』第26輯（昭16・3）に、「鞭のうた」「花」「復讐」「神の歌」「聖餐」の五篇が掲載され(14)、同月の『文芸汎論』にも「掌」が掲載されている。彼はすでにこの時病床にあったという。これらには、〈神〉のイメジも呼び込まれるようになっている。

また、森川の詩はその後、『詩集』第27輯（昭16・7）に「虚しい街」「あるるかんの死」の二篇を見ることができ、「虚しい街」は、先に見た詩篇「壁」（『LE BAL』第22輯）を元に整えていった作品であることがうかがえる。〈切ない暗さの底〉、〈階段〉、〈哀れな水の匂ひ〉、そして、〈かぞへきれない扉や文柱も／悲痛によじれ／水平のまま沈んでいつただらう〉という結びも「壁」と同じくである。「あるるかんの死」とともに、これらは虚無と死の影をいっそう濃くしている。

この翌月、昭和一六年八月二〇日に牧野虚太郎が病没し、『詩集』は一〇月に「牧野虚太郎追悼号」となるが、ここに寄せられた詩篇や文章のなかに、牧野の影響力をあらためて知ることができる。中桐雅夫は詩「鎮魂歌」において、〈なごやかな音楽と地上の水を／夢みるための匂ひと地上の花を／僕らはきみに贈るから〉とうたい、〈もうきみは神だつたのだ〉、〈きみはもうはつきりと神なのだ〉と、牧野の「鞭のうた」を意識した〈神〉のイメジを折り込んでいる。また、三好豊一郎による「牧野虚太郎の死」は、牧野の在りし日の姿をよくあらわした名文だが、なかでも、牧野が残した「手堅いサンボリズムの域に達した掌中の佳品数篇」を指し、「この敬虔な「神の歌」。自らへの澄んだ美しい葬送曲を彼は知らずに書いてゐたのだ」と、みごとな形容をしている。鮎川信夫は「「鞭のうた」に就て」で、こまやかに牧野の作品を追いながら、詩語の彫琢されてゆくさまをていねいに象るなか、「神の歌」について、「噴水とかいきものの制約とか独楽とか、或ひは断層、ひややかな黙示、水の悔恨、彫刻とかいふ言葉がまだわれわれの唇に残つてをり、耳は遠いひびきの繋がりを求めて記憶の中を彷徨ふ」と、その影響力を表現している。鮎川は三七年後、先に触れた『森川義信詩集』と同様に、『牧野虚太郎詩集』（昭53・10 国文社）も編纂している。

牧野の病没、翌年の森川の戦病死と、彼らが作品のうちに描出した死の匂いは、「自らへの澄んだ美しい葬送曲を彼は知らずに書いてゐたのだ」と、三好が述べたごとく、そのまま彼らの現実を映し出すこととなった。才気あふれる二人によって体現された皮肉なありようは、周囲の若き詩人たちに、彼ら自身の今後をいやおうなしに予見させたことだろう。彼らが共有したイメジを、長詩「泉の変貌」に象った鮎川においては、自己愛に満ちた美しい女性形象を映し出し崩壊と再生のドラマを紡いだ〈水〉を、自身が兵士として征く時には〈黒い水の流れ〉（「橋上の人」第一作）として、帰還後は〈汗と油の溝渠〉（「橋上の人」第二作、第三作）として、まさに変貌させたのだった。それが、戦時下の若き詩人たちによって共有された、美しく、そして不安な記憶に根ざした営みであったことを、彼らの場は、たしかに知らせているのである。

注

（1）「はじめに」（『菱山修三全詩集Ｉ』昭54・11 思潮社）
（2）「鮎川信夫のヴァレリイ受容―自己確立をめぐる憧憬と離反の構図―」（『国語と国文学』平4・1初出、『鮎川信夫研究―精神の架橋―』平14・7 日本図書センター 所収）
（3）「「荒地」派と戦争」（『コレクション・都市モダニズム詩誌 第30巻 戦後詩への架橋Ⅱ』平26・3 ゆまに書房）
（4）「訳者あとがき」（ガストン・バシュラール『水と夢―物質的想像力と試論』平20・9 法政大学出版局）
（5）「戦前の「荒地」派とモダニズム」（『コレクション・都市モダニズム詩誌 第29巻 戦後詩への架橋Ｉ』平26・3 ゆまに書房）
（6）「けむれる一個の霧」（『鮎川信夫著作集 第七巻』「解説」昭49・11 思潮社）
（7）鮎川信夫「詩的青春が遺したもの―わが戦後詩Ｖもう一人の存在」（『現代詩手帖』昭49・7）
（8）「詩的青春が遺したもの―わが戦後詩 Ｉ 一九三八年四月」（『現代詩手帖』昭49・2）
（9）「荒地」の詩人たちにおける詩句のやりとりについては、田村の詩「立棺」の成立をめぐって、〈立棺〉の詩語とイメジが、鮎川から中桐、そして田村へと受け渡されていったことは知られており、田村自身も述べている（「路上の鳩」『ポエム・ライブラリイ』第3　昭30・9　東京創元社）ところだが、この北村との受け渡しについては、グループの中でも意外に知られていなかったらしく、彼らの座談会（「「荒地」の意図と成果」（鮎川信夫・中桐雅夫・黒田三郎・三好豊一郎・北村太郎・木原孝一）『現代詩手帖』一月臨時増刊号　昭47・1）において、次のようなやりとりが交わされている。

北村　「立棺」は田村の代表作で、わりと深刻というか、そういう種類の詩でしょ。田村に「秋」という詩があるね、この一行目、「繃帯をして雨は曲がっていった」という一行、これは俺の戦前の詩なんだ。そういうとき、田村は「もらったよ」って言うんだ。そういうところに彼の詩法がある。何かひとつピンと来たものをひろってさっさと書いていくんだな。

三好　そうか、それは知らなかった。

（10）芦塚孝四「詩」（『LE BAL』第20輯　昭14・8）における、〈TomTom のテムポは／牧歌／に属してゐるなど〉は、森川義信「雨」（『LE BAL』第15輯　昭13・7）で用いられた〈妹〉のつく〈ゴムまり〉のオノマトペ〈tom・tom〉を意識しているのがうかがえる。また、井手則雄「ひとを送る歌」（『詩集』第5巻第4号　昭16・9）における、〈美しい日和よ／あなたはいつか／訪れてくれるだらうか／堪へねばこのひととき を堪へねば〉が、鮎川信夫「神々」（『詩集』第31輯　昭17・5）における〈耐へねば……、／あなたの齢にとつてただの一瞬を。〉に用いられるなど、さまざまな交響が看取できる。

（11）第3輯は所在不明のため、未見。

（12）『LE BAL』第21輯（昭14・12）「後記」において、中桐雅夫が「鮎川はアリストテレスのメタフュジカを読んでゐるが、何の準備であらう。」としていた、その摂取の反映だろう。以降、同題（「形相」）の室内を材とする一連の詩篇があらわれる。

（13）「鮎川信夫における〈あなた〉の発見―「橋上の人」第一作を中心に―」（『日本近代文学』平2・5初出、

『鮎川信夫研究―精神の架橋―』平14・7 日本図書センター 所収）

（14） 当該号は所在不明のため、田村隆一『若い荒地』（昭43・10 思潮社）の記述による。

＊同時期における水の形象は、三好豊一郎が八王子で関わった詩誌『故園』の詩人たちにも同様の傾向が見られる（「戦時下のロマンティシズム―詩誌「故園」をめぐる世界」『日本現代詩歌研究』平20・3初出、『戦争のなかの詩人たち―「荒地」のまなざし』平24・9 学術出版会 所収）。

4　紀元二六〇〇年の反照——内閉と崩壊、そして虚無

髪は散る
椅子はみづから倒れはじめる
日没には
器物の底もひびわれて
水の音も
じぶんの声も聞えない
吸殻や
とんでくる抽斗などを
たゆみながら一つの扉が支えてゐる

（鮎川信夫「形相」抜『新領土』昭15・9）

神武天皇の即位から二六〇〇年を迎える年として、昭和一五年は「紀元二六〇〇年」と位置付けられた。国による祝祭式典をはじめとした関連行事が全国各地で挙行され、満州事変から太平洋戦争敗戦に至る一五年間において、国威発揚の極点を形成していた年として知られる。

こうした国家的な祝祭ムードに詩歌の世界も連動したが、一方でその反作用さながらに、鮎川信夫の室内詩篇に見られるような内閉し崩壊する心象を刻んだ詩篇や、それら悩める個我とは一線を画した村野四郎の『体操詩集』があらわれる。そうした「詩」に映し出された反作用的側面に焦点をあて、この期に交錯した心性を捉えてみる。

1 「一」という概念

まず、作用の側で着目されるのは紀元二六〇〇年の三年前、文部省より出された『国体の本義』(昭12・3)である。「国体を明徴にし国民精神を涵養振作」することが「刻下の急務」と冒頭に掲げられた本書編纂の意図は、同時に、「国家」というものの本義が、この時点では不明瞭であることを伝えてもいる。

古事記や日本書紀を引用しながら、「万世一系」、「永遠」、「億兆一心」などの語とともに、「過去も未来も今に於て一」、「我が歴史は永遠の今の展開」、「我が歴史の根柢にはいつも永遠の今が流れてゐる」と述べ、「歴史」と関わる「永遠の今」が強調される。また、「天皇」は「所謂絶対神」や

「全知全能の神」とは異なる「皇祖皇宗と御一体」の存在、つまり、「歴史」的存在であるとし、臣民に選ばれた「君主」でもなければ「主権者」でもない、「天照大神の御子孫」、「皇祖皇宗の神裔」、脈々と連なる神の末裔であると定義される(「第一　大日本国体」)。ここでは、こうした「歴史」、「永遠の今」、「天皇」の相関に留意しておきたい。

天皇が君主でもなければ主権者でもないとする定義は、美濃部達吉らの天皇機関説に対している。そして、昭和天皇自身は国家有機体説になぞらえるようにして、「機関よりも器官の方が良い」、「国家を人体に譬へ、天皇は脳髄であり、機関と云ふ代りに器官と云ふ文字を用ふれば、我が国体との関係は少しも差支ないではないか」、「私を神だと云ふから、私は普通の人間と人体の構造が同じだから神ではない。そういふ事を云はれては迷惑だと云つた事がある」と述べた[1]とされている。「神」として身体性を稀薄にされたところから、晩年は病のために日々の下血の有無や体温など、そのコンディションの一々が報じられ、きわめて肉体的な存在として終焉を迎えた昭和天皇の一身は、そうした意味でまさに時代の象徴であったと捉えることもできるだろう。

さて、『国体の本義』の「結語」部分では興味深い記述に行き当たる。「西洋近代思想」の「個人主義」が個人の価値や個人の能力の発揚を促したことはその「功績」であると位置付けるものの、これがために、「社会主義」、「共産主義」、「ファッショ」、「ナチス」等の思想や運動が起こったのだと指摘、しかし、こうした欠陥を是正し、その行き詰まりを打開するには、「社会主義乃至抽象的全体主義」を模倣したり、あるいは、「機械的に西洋文化を排除すること」では不可能であり、「国体を基として西洋文化を摂取醇化」することと「国体の明徴とは相離るべからざる関係」にあるとして、西洋思想の摂取に肯定的な姿勢を示している。この点と、先に留意したい相関として示した「歴史」、「永遠の今」、「天皇」とは、西田幾多郎によってT・S・エリオットと連携される。

エリオットについては、昭和一一年にイギリスで出版された詩篇『バーント・ノートン』(Collected poems, 1900–1935 by T. S. Eliot, Faber & Faber, Apr. 1936.) を例に見てみたい。鍵谷幸信(2)は、「エリオットの詩的生涯で、最高の作品といわれる「四つの四重奏」の第一部をなした詩篇」と紹介、その「特徴」を次のように述べている。

この詩の特徴はなんといっても詩人エリオットの詩想が思想と完璧に一致して、キリスト教の理念に裏うちされ、時間と非時間の形而上性がみごとな詩的探究の形態をとって結晶したものである。

「時間と非時間の形而上性」が「結晶した」とされる指摘はさらに、「伝統の観念」、「歴史的感覚」、「キリスト教の理念」の「詩化」とも表現されている。

『バーント・ノートン』は次のようにはじめられる。

現在の時間と過去の時間は／おそらく未来の時間の中では現在となる／また未来の時間は過去

の時間の中に含まれる。／もし凡ての時間が永遠に現在ならば／凡ての時間は贖うことができない。
（「Ⅰ」）

目くらましさながらにたゆたう時の認識が象徴しているように、どこかへ定着することがなされない揺らぎのなかで見出されてゆくのは、〈静かな点〉である。

回転する世界の静かな点で。肉体でも／肉体でないものでもない／そこからでもそこへ向かってでもない　その静かな点で／そこに舞踏がある／だがとらわれているのでもなく動いているのでもない。
（「Ⅱ」）

それはさらに、〈動きつつある世界の静かな点〉（「Ⅳ」）ともされる。
また、〈永遠〉と〈現在〉と〈終局〉とが、先の冒頭部に続く部分で、次のように折り重ねられている。

かつてあったかもしれないものは／ただ冥想の世界にのみ永遠の可能性を残すひとつの抽象なのだ。／かつてあったかもしれないもの　あったものは／ひとつの終局を指している／常に現在というものを。
（「Ⅰ」）

このように、抽象度の高い形而上学的な観点から繰り出されているのがエリオットにおける「時」の概念であり、それは揺らぎ、定着を拒んでいる。

こうしたエリオットの概念を、『国体の本義』で相関的に捉えられていた「歴史」、「永遠の今」、「天皇」と結びつけているのが、紀元二六〇〇年の年に出版された西田幾多郎『日本文化の問題』（昭15・3 岩波書店）である。同じく岩波書店から出版され、折々の政治的背景によって書き換えられる物語としての歴史を指摘した津田左右吉の『古事記及日本書紀の研究』（大13・9 岩波書店）が発禁処分を受けたのは、そのひと月前の昭和一五年二月であった。

西田は『日本文化の問題』において、「矛盾的自己同一」という自身の概念を繰り返し、「多」を「一」にすることの重要性を主張する。「一はどこまでも多の一であり、多は何処までも一の多でなければならない」、それが現実の世界を「多と一との矛盾的自己同一」と考える所以であり、「物と物とが何処までも並列的に相対立する」のが「空間的」であるのに対して、「対立する物と物とが一つとなつて行く」のが「時間的」であるとし、「時とは何処までも相対立するものの統一の形式である」（「二二」）とする。このことが、時間的観念としての「歴史」や「伝統」と結びつけられることになる。そして、「皇室と云ふものが矛盾的自己同一的な世界」である「永遠の今」（「五」）とされることで、『国体の本義』で定義されていた歴史的存在としての天皇、さらには、「歴史」、「永遠の今」、「天皇」の相関と一致するのである。

西田はこれらの根拠として、エリオットを援用する。

大なる伝統のみ大なる創造を生むことができる。ティ・エス・エリオットは云ふ、伝統とは受継がれるものでなくして努力して得られるものである、それは歴史的感覚を含んで居る、時と時を越えたものとが一つとなる歴史的感覚が人を伝統的にするのであると。（一八）

続けて、「過去と未来とが現在に一」となる「永遠の今」、「過去未来と同時存在的なるもの」が「永遠なるもの」であり、「生きた伝統は矛盾的自己同一として、伝統と伝統とは何処までも結合し行くもの」だとする。つまり、すべての時間的観念は「一」を目指すものとされるのである。

「バーント・ノートン」において、〈すべてのものは常に今なのだ〉（Ｖ）とするエリオットは、述べたように、〈現在〉を〈ひとつの終局〉とも描き出し、その揺らぎの中で〈静かな点〉を見出していたのだった。エリオットにおけるそれが、〈そこからでもそこへ向かってでもない〉と描かれるのに対し、西田におけるそれは、「我々が何処までもそこからそこへと云ふのが、万民輔翼の思想でなければならない」（一五）としており、「皇室」への求心性として捉えられているところに異なりがある。

この〈静かな点〉をエリオットの概念にほど近く描き出しているのが、これから触れる鮎川信夫の室内詩篇である。

2　内閉と崩壊を描く詩人たち

『日本文化の問題』が出版された昭和一五年には、紀元二六〇〇年とあわせて第一二回オリンピック東京大会も招致が予定されていた。だが、日中戦争を開始した日本に国外からは非難が集中、国内では軍部からの反対烈しく、ついに返上の憂き目を見るに至ったのだった。前回開催のベルリンオリンピック（昭11）が、ナチスドイツによる国威高揚を前面にした影響を受け、同様の路線で進みつつあったのが、この失われた東京大会だった。

知られているように、聖火リレーを始めたのはベルリンオリンピックであり、レニ・リーフェンシュタールによる記録映画『民族の祭典』（昭13）も、冒頭一三分を割いてギリシャからベルリンへの道程を丹念に描いている。ギリシャからの歴史的な時間性に俯瞰的な視点を伴う空間性が加えられ、ひと連なりとなったヨーロッパの長大な時空間がドイツ・ベルリンへと流れ込んでゆく演出は、先に見た『国体の本義』や『日本文化の問題』の歴史観と通じている。

こうした「一」への志向が高まる同時期、二〇歳前後の若き詩人たちの作品には、何ものかへの怯えの予感や警鐘、自己の内景としての「室内」の創出とその崩壊、満身創痍での疾駆のさまや不眠の描出が見られる。特に、鮎川信夫においては二〇歳前後の二年間にわたって、室内を素材とした一六篇（「椅子」（昭14・6）「室内」（昭14・11）「黄昏の椅子」（昭14・12）「十二月の椅子」（昭15・1）「砂と椅子」「形相」（昭15・4）「形相」（昭15・5）「雨をまつ椅子」（昭15・6）「雨の歌」「形相」

「昊」(昭15・8)「形相」(昭15・9)「陰翳」(昭15・10)「椅子」(昭15・12)「椅子」(昭16・4)「不眠の賓客」(昭16・8)を連作していることが特徴的である。鮎川ら「荒地」の詩人たちは、モダニズムの洗礼を受けるところから自身の詩作をスタートさせているために、そうした手法もこの室内の連作には反映されている。[3]

室内詩篇に先立つ初期詩篇においては、たとえば日中戦争への風刺も、モダニズム手法にからめて跳ねあがるようなイメジを持つ。

朝のBattle-field／機関銃はマッチを擦つて　乾草みたいな白い雲に火を点ける　と焦げたパンの匂ひがし　空腹をかんじた兵士もある　向日葵のごとく旗は燃え　荒地に咲きそめたジライ花を観賞するときも　空にはポンポン花火が上げられ　叢には懐古的な蛇はゐない／／　畑には／罌粟の花がサカリである　真珠の月もかくれてゐやうゆえに陽気な太陽よ／／　地平線／クビれてむらさき色になると　煙のつまつたパイプをすてゝ　砂漠へ逃げてしまつた　やがて新らしい靴の群は　雲に乗つて押しよせ　黄色く汚れた地図の上を蹂躙するだらう／／　〃新ラシイ靴ハ　押シヨセ　揉爛スル〃　ソレハ／／金魚みたいにじつとして　水のつまつたガラス鉢の中レコオド音楽にクチあいて　緑の藻をたべてゐるぼくらにもまたきみたちにも

(「頌——「亜細亜」の一部」『LUNA』昭13・4)

対して、室内詩篇は倦怠感や空虚感が支配的である。

影をゆらせて／グラスが立ちあがると／空虚なレンズのなかを／手袋をはめた右手のみが動き／ねぢによつて組み立てられてゐる空間に／たくさんの吸殻が落ちてきた／一本の毛髪もふくめて／すべての家具が老いてゆき／室内からは／荒廃した街の窓だけが眺められ／そちらの方から寒さが吹きつけてくる／不図ねぢが軋り／グラスの底に夜が光つた／ただ一滴の水は／耳の螺旋を辿りおちた／わたしの鼓膜はへんである／周囲の跫音をきかない／弾かれた言葉の行方を覚る／体温から去つてゆくひびきたち響たち／椅子は書籍の上に乗つてゐる／わたしは黒いパイプを握り／じぶんをくべていつた／わづかな煙はグラスの中へ降りてゆく／死から遠ざかるために

（「椅子」『LE BAL』昭14・8）

「砂と椅子」（『文芸汎論』昭15・4）では、エリオットの〈静かな点〉を想起させるフレーズ、〈わたしは静止した個〉もあらわれる。その周りは、〈砂も水も〉〈畝りをつくらない〉、〈影さへもなく〉、〈ドアから忍び出てゆかうとしない〉、〈星は常に窓の外にでるとは限らない〉、〈フリヂヤが咲くのは／そこの近辺ではない布の上〉というように、情景が立ち上げられては否定され、静けさと諦念とが囲む。

そして、〈すべてを失ひながらも／光沢をもつた掌をかへして／なめらかな挨拶を送り／ドアから忍び出てゆかうとしない〉（「砂と椅子」）と、ドアから出て行くことを否定される折にともなわれる〈光沢〉や〈光〉は、〈光沢とともに／盲目はドアの隙間から入つてくる〉（「形相」『LE BAL』昭15・4）、〈まだ光がどこまでもゆきわたり／無限といふものが少しづつ暗くなりかけてゐた〉（「形相」『LE BAL』昭15・8）、〈光りは／東方からおまへのからだを侵しはじめる〉、〈なだれてくる光に照らされてしまつた〉（「形相」『新領土』昭15・9）というように、室内に侵入し、侵すもの、あるいは〈ゆきわたる〉ことで〈暗く〉するという矛盾に充ちた存在として描かれており、それらに、〈眼はくらみ〉、〈盲目〉（「形相」『LE BAL』昭15・4）、〈盲ひたもの〉（「形相」『新領土』昭15・9）が対置されて両義的である。内側からは出て行かず、外側からは光や夜の侵入を許す室内はけだるく、なだれてゆく気配を予感させている。

これらについて、北川透[4]は「過剰な自意識の、内閉化していく苦渋」を、桶谷秀昭[5]は「自意識の苦痛」を見る。

そして、北川が「自我実験」の「終了」や「モダニズムからの決定的な離脱」を、桶谷が「モダニスト鮎川の破局」を、芹沢俊介[6]が「主体的自我の確立」を指摘し、それぞれが詩人の転機と位置付ける「形相」（『新領土』昭15・9）では、〈髪は散る／椅子はみづから倒れはじめる／日没には／器物の底もひびわれて／水の音も／じぶんの声も聞えない〉と、室内が一気に崩される。それを経た「椅子」（『文芸汎論』昭16・4）では、〈ドアはなかば開いたまま／風はもう吹いてこなかつた〉

と、放心さながらに室内が開かれ、かつての矛盾に満ちた〈光〉は遠ざかる〈光のざわめき〉として、〈夜〉に〈掠め〉られそうであった〈じぶん〉(「形相」『LE BAL』昭15・8)は、〈だが椅子のキーキーいふ音に／わたしの半身はすでに掠められてゐる〉と描かれる。

鮎川の室内詩篇は、このように内閉から崩壊、そして放心へとドラマティックな経緯をたどる。そして、その室外に拡がっているのが囲われた土地「囲繞地」(『新領土』昭16・3)であり、この物語は室内詩篇の自己引用をふくみながら、言い換えれば、かつての物語を内側に囲いながら続いてゆく。当時の新体制運動のスローガン「バスに乗り遅れるな」を彷彿とさせる〈バス〉に乗って〈あなたは街から去つてしまふだらう〉としながら、語り手〈私〉は〈あなた〉を〈ドア〉の内側へといざない、〈当もなくこの街で生きねばならぬ〉、〈まだ見ねばならぬ　まだ聞かねばならぬ〉として一篇を閉じる。室内詩篇における自在な内閉とは異なり、〈街〉から逃れ出て行くことを許さず、室外においてさらに大きく囲繞され続ける閉塞感は濃厚である。

鮎川の室内詩篇の多くが掲載されていた同時期の詩誌『文芸汎論』や『新領土』を見ると、こうした閉塞的な傾向の共有を知ることができる。一方、鮎川の一五歳年長にあたる『文芸汎論』の主宰者、城左門や岩佐東一郎の作品では、先述の「一」への志向が意識されている。鮎川が日中戦争への風刺をモダニスティックに描いていたことは先に確認したとおりだが、同じ背景を持つ城の「戦する弟へ」(『文芸汎論』昭13・11)は、〈天地を一に籠む〉、〈わたしはおまへと共に今、／ただ一にして不二だ！〉と、多くの感嘆符とともに「一」への志向をあからさまにし、岩佐の「簡素な言葉

――『戦争詩の夕』朗読詩――」（『文芸汎論』昭13・12）は、〈僕には二つの現実がある〉、〈一つの思考力が／二つの電波を受けて光る〉、戦闘する〈兄弟たち〉の〈まなざし〉で〈言葉は飛散〉し、〈唯一つのこされた簡素な言葉〉は〈僕の　君の　あなたの眼の湖水／日本をとりまき日本を育てる大海原のやうな涙なのである〉と、「二」への意識をめぐる屈曲が織り込まれている。

鮎川の室内詩篇と傾向を共有しているものに、小林善雄「SILENT PICTURE」（『文芸汎論』昭14・11）、山中散生「対位法」（『文芸汎論』昭15・1）、松村文雄「石のある部屋」（『文芸汎論』昭15・2）、三輪孝仁「室内像」（『文芸汎論』昭15・3）、近藤達夫「生命ある物体」（『文汎論』昭15・7）、岡田芳彦「罅のある歌」（『新領土』昭14・6、7）、児島敬三「窓を開け給へ」（『新領土』昭15・5）などがあげられ、このうち小林善雄と山中散生が鮎川よりも一〇から一五歳年長、あとの詩人は同世代である。「石のある部屋」の松村文雄は「荒地」の詩人北村太郎であり、空虚な倦怠感や語彙において、鮎川と相互に共鳴しているようなところがある。特異な詩篇としては、岡田芳彦の連作「罅のある歌」が、〈マンホールのやうに〉〈南京錠のある〉〈四角な箱のやうな〉〈部屋〉へ〈君〉が〈忍び入る〉ところからはじめられ、〈老婆のやうな顔の／奇怪な昆虫たち〉や〈女郎蜘蛛〉などに襲われながら〈耳を捩切〉り、〈疾走〉するさまが、〈暗い血と膿に塗れた蹠と掌／君は見世物小屋の女のやうだ〉と描き出されるグロテスクな嗜虐性において特徴的であり、児島敬三「窓を開け給へ」は、〈青い空に／対つて窓を開け給へ〉、〈ドアを開け給へ〉、〈背景の中の／椅子を発ち／タブロウの中の／位置を捨て／自滅のやうに／君を去れ。〉と、室内からの脱出を呼びかけている。

この時期に、室内を描いた詩篇が若い詩人を主としてあらわれていることは興味深く、また、それを個人の連作としていた鮎川の独自性も際立つ。大岡信は『新領土』の詩人たちについて、文脈の破壊によって現実の圧力を写し出す傾向と、現実との秩序回復を図るべく言葉の意味連関を主体的に再生してゆく二傾向を指摘しているが、このことは、モダニズム的手法の昂進と離脱と言い換えることもできるだろう。[7]

ほかにも、「荒地」の詩人三好豊一郎を育んだ八王子の回覧誌『蝶』(昭17・6発行推定)の小林孝次や難波律郎らも鮎川や三好らと同世代であり、ここでも室内は探究されている。[8]また、先に見た城左門や岩佐東一郎らと同世代の伊東静雄が、昭和一五年に発表した詩篇「夏の終り」(『公論』昭15・10)について、瀬尾育生は紀元二六〇〇年の祝祭ムードとの対比から注目し、詩篇にあらわれる名付けようのない〈ある壮大なもの〉に対する倦怠と疲労とを指摘している。[9]それが〈徐かに傾いてゐる〉と描かれている点もあわせて、内閉と崩壊の室内を描いた詩人たちの心性と通じているように思われる。

3　村野四郎

憂鬱と倦怠に塗り込められた若き詩人たちより二〇歳年長の村野四郎は、同時期、『体操詩集』(昭14・12アオイ書房)を出版する。三年前に開催されたベルリンオリンピックの画像と詩篇とを組み合わせたこの詩集は、「在来の憂悶詩に対抗」するものとして、個我を超克する即物的表現によって、見てきたような「二」を志向する作用と反作用とは別次元の様相を呈している。詩集カバー表紙裾には「NEUER KORPER UND NEUER GEIST」、同裏表紙裾には「TURN GEDICHTE」と、それぞれ「新しい体と新しい精神」、「体操詩集」[10]を意味するドイツ語が配されており、カバー袖に掲載された村野自身の言辞のなかで、「在来の憂悶詩に対抗」する詩集であることを表明、その下に配された北園克衛の言辞では、この詩集の新しさを、挿絵ではない写真と、解説ではない詩との突発的な遭遇にあると表現している。

詩集は、「体操」によってはじめられる。

> 僕には愛がない／僕は権力を持たぬ／白い襯衣の中の個だ／僕は解体し、構成する／地平線が来て僕に交叉《まじは》る／／僕は周囲を無視する／しかも外界は整列するのだ／僕の咽喉は笛だ／僕の命令は音だ／／僕は柔らかい掌をひるがへし／深呼吸する／このとき／僕の形へ挿される一輪の薔薇。

〈解体し、構成する〉〈僕〉に〈地平線が来て〉〈交叉《まじは》〉り、〈僕の形〉は一輪挿しとなって〈薔薇〉をいただく。ここに内外の衝突や浸潤はなく、〈僕〉と世界は等位である。

「吊環」では、演技者が倒立している垂直的な逆さの画像を左頁に、詩篇の左端に題名を配した水平的な逆さの字面を右頁に、見開きで配置している。詩篇を通常のように右から読めば、〈蝙蝠のやうに逆にぶら下る〉〈僕〉は、〈かけよる人達〉、〈訝し相な人達〉によって〈僕の世界を理解〉するのだし、題名の置かれた左から読めば、〈僕〉は〈僕の世界を理解〉するところからはじまる。〈世界を理解する〉ことに対する可逆性によって、ここでも〈僕〉の個我は無化され、世界と等位にされている。「鉄棒」においても、倒立することによって〈思想が下りて／鼻から逃げ〉、〈僕〉は〈新しい世界〉の上に置かれている。こうしたなかで、詩集末尾から二番目におかれた「競争」では、競技を終えた〈あなた〉の、〈言葉は吃り／思想のタオルを肩から垂らしてゐる〉滑らかでない弛緩したさまを、画像もなく描いている点が目を引く。

この詩集について和田博文[11]は、「日本人を映した写真が一枚も採用されていない」ことに「二つの判断」の介在を指摘する。一点は日本人に形態美が備わっていないこと、もう一点はベルリンオリンピックでかき立てられた「日本」という物語を「敬遠」したとするもので、朝鮮半島の選手が日本選手としてマラソンで優勝した際の、西條八十の詩「我等の英雄！　弾丸の如く躍り出た小男」（『読売新聞』号外　昭11・8・10）における「感情の昂揚」をその例としている。対して、疋田雅昭[12]は、「なくす」ことで立ち上がる「日本人の物語」のあることを指摘、詩篇「競争」に画像のないことが「回避すべき「日本人の物語」の暗喩」となり、「言葉はどもりながらも徐々にある思想を語りはじめるであろう」と読み取っている。

ここでは、時代の作用として確認してきた「二」への志向との関係から、この詩集についてもう少し考えてみたい。

詩篇「競争」が、競技を終えた〈あなた〉の滑らかでない弛緩を描いていて目を引くことは先に述べたが、これによって引き立つのは、そこまでに描かれてきた競技者と世界とのあいだに張られた緊張感である。逆さになっていた「吊環」や「鉄棒」はバランス、均衡といった点できわめて象徴的であり、そうしたある種美しい緊張関係は、取り込むのでも取り込まれるのでもない、拮抗して等位にある存在として描かれている。それは、何かと「一」になるのではなく、一対一なのであり、多と一というのでもない。逆さになって思想を鼻から逃がすような徹底した個我の排除によって、内外における憂鬱や倦怠、村野の言う「憂悶」の浸潤を無縁にしている。和田博文の調査[13]によって明らかにされたように、収録詩篇の初出はベルリンオリンピック以前の昭和六年から一〇年が大半で、詩集出版時と発表時には隔たりがある。昭和一四年という時期に出版した意図を明確に言い当てることはできないが、伊東静雄が表現したような〈ある壮大なもの〉の傾きが感受され、西田幾多郎言うところの「時」や「時間」を軸として、大きな「一」へ回収されようとするうねりのなかで、すべてを外部化し空間的に一対一で拮抗する『体操詩集』の方法には、この時期において看過しがたいものがあるように思われる。

『体操詩集』から二年後、村野は日米開戦間もなくに翼賛詩篇「挙り立て神の裔」(『読売新聞』昭16・12・16)を発表、『体操詩集』とはおよそかけ離れた世界を拡げた。そして、「南溟に果てし弟の霊に捧ぐ」との献辞を持つ、戦死した弟へのレクイエムを中心に構成された詩集『故園の菫』(昭

20・1 みたみ出版）を戦時下に刊行している。

いま　おまへが／土を離れた青波の彼方／ソロモンの海で死んだといふ／公報が　私の手の中にある／／ああ　私は信じる／おまへの血が　どんなに美しく／鉄の甲板を流れたであらう／おまへの血が　どんなに輝きながら／海へ滴りおちたであらう／私には　いまそれがわかる

（「海の声――三等兵曹なる弟の霊のために」抜）

こうした詩篇と、詩集の「小序」とは次のように呼応する。

しかし基地からよこした最後の手紙には壮烈な決意があふれてゐた。私は今更ながら、この骨肉がしめす尽忠の気魄のために体をしびれさせられるのであつた。（中略）

しかし彼こそ、武蔵野の故園に住み古りたわが家の家系の中で、大君のみまへに血をながした最初の一人として、私には誇らしかつた。（中略）

この詩集「故園の菫」に採録した三十余篇の愛国詩も、またとるにたりないものかもしれないが、祖国の難におもむく詩人の至情として南溟に沈んだこのささやかな一兵曹の霊に応へることが出来るなら幸である。

弟の戦死は、『体操詩集』において「物と物とが何処までも並列的に相対立する」（西田幾多郎）「空間的」な対位を徹底させていた村野に、「時間的」な存在である個我を呼び起こしたように映る。個我は経験や記憶といった時間的要素で充満し、村野が「対抗」を示した「憂悶」の種を宿している。「この骨肉がしめす尽忠の気魄のために体をしびれさせ」、「大君のみまえに血をながした最初の一人」への誇らしさを感ずる「祖国の難におもむく詩人の至情」は、「時とは何処までも相対立するものの統一の形式である」（西田幾多郎）とされた「一」のなかのひとりとして、紋切り型のフレーズのうちに憂いを滲ませている。

そして、詩集末尾の「祖国への郷愁——現代詩再建に関する覚書——」では、それがさらに拡大され、みずから「一」を形成する役割を任じている。

今日の祖国を愛し、なほ祖国永遠の道を思ふもの、すなはち真に祖国を愛する詩人の任務は、あらゆる国民をして死を以て祖国の難におもむかしめる力と勇気とを与へる詩の道を、今日以後厳として大東亜の上に君臨する日本国民精神の母胎たるべき真正なる詩の道の中に見出さなければならない。

さらに、「象徴主義、浪漫主義、表現主義、未来派、写象主義、即物主義、超現実主義、等々」、ヨーロッパ由来のこれら文学思潮の「殆どすべて」が、「個人主義的な自己把握を唯一最高の任務としてゐる」と指摘、「揺がぬ詩の理念を獲得」するために、「国際的コオスより国家的コオスへの明確で確乎たる覚醒から出発するものでなければならない」として、「詩の世界に一つの厳然たる限界を持つこと」、「祖国的なる限界」を持つ決意を促し、次のように述べるのである。

限定された世界の克服。詩と祖国、この二つの世界の完全なる内面的同時把握。これのみによつて、わが現代詩はもはや揺がない地盤を持ち、現代詩発生以来かつて持つたことのない強固な脊髄をもつことが出来るであらう。

そしてこの詩精神の顕現は、はじめて、つねに頽廃から衰滅へと人類を導いた欧羅巴精神文化に代つて、質樸にして而も崇高なわが祖国の精神文化の推進の方向に国民をかり、またその格闘のために敢然として飛びこみうる勇気と力の根源的な精神の用意を国民に与へることが出来るであらう。

『体操詩集』の世界は、ここにみずから全否定された。

ところが、敗戦を挟んだ三年後の詩集『豫感』（昭23・6 草原書房）の「小序」は、次のようにはじめられる。

戦争は、べつに私の詩をもえたたせなかつた。戦後の平和も、とくべつにそれを燃えあがらせることはなかつた。

そして、「しだいに沈降し、冷却した」「詩的思考の方向は、私の詩が負うた宿命」とし、自身の「詩の方向に速度をあたえた」「世界的動乱」は、「現世に信じうべき何ものもないことをおしえた」とともに、「たつた一つの拠るべき対象」を見出させている。

そして、それを追求するときに生ずる摩擦の光は、詩の上にもある種の魅力をうつしだすことを私に予感させた。こん後、この唯一のものに向つて私はどこまで、その存在論的な斜面を沈下していくことができるだろう。

ここでまた転換を見せた村野は、詩集掉尾の詩篇「蕁麻の都」によって読む者を何ともうら悲しい気持ちにさせる。

いずこにも煤煙は見えざれども／ま夏日の青天は　ふかき憂悶にやけたり

文語でつらぬかれたこの詩篇は、かつて『体操詩集』で否定された「憂悶」が、〈ふかき憂悶〉として〈ま夏日の青天〉に感受されるのにはじまり、トラックに乗せられた浮浪児の群れが全篇にわたって描写される。彼らを乗せたトラックの〈地ひびき〉、そして、〈泣き　嗤い　喚きて空中にあふれる〉浮浪児たちを〈戦争の悪の瘡蓋〉、〈敗戦のやわらかき蛆〉、〈わかき妖怪のむれ〉と形容するありさまは、かつての翼賛詩篇「挙り立て神の裔」における〈神々の怒〉の〈一大轟音〉、敵に向かって投げかけられていた〈ガラガラと崩れ落ちる／悪徳の牙城〉、〈今こそ妖魔撃滅の時！〉に通じている。村野という詩人の、詩的表現に対する容赦のなさについて考えさせられる一篇である。

村野はその後、詩壇に大きな影響を与える役割を担ってもゆく。

今日の村野四郎は、詩壇のスポークスマンまで背負わされた形である。村野が意識すると否とに関りなく、村野の言行が詩壇の内外に与える影響は頗る大きい。現代詩はつまらぬと村野がいえば、おそらくそれは額面以上に一般に通る懸念がある。

（木原孝一「後記」『詩学』昭30・11）

「し」新人のことならなんでも　村野四郎（最も有効適切なる新人発掘紹介係）

（「現代詩壇いろはカルタ」『詩学』昭32・1）

こうしたなかで、黒田三郎「現代詩人の行方」（『詩学』昭31・11）における村野論は、『体操詩集』と敗戦後の詩風の異なりに深い分析を見せていて注目される。『体操詩集』の「明るさと美しさ」に「意匠の成功」を見る黒田は、それが「見る者の眼の美しさを明らかにしている」と指摘、「清潔な美しさ」と評する。そして、村野の「内向性」を指摘するとともに、それをかくすための「知性」は「カヴァーであり技術」と看破、村野の詩の「時代性と社会性とを限界ずけている」のもこのためとし、敗戦後は『体操詩集』の「清潔な美しさ」が、「ニヒルな暗いもののなかに没してしまった」のだと捉えて次のように分析する。

しかし、彼はその詩において外部世界を、その経験を通じて描く代りに、自分自身の感懐を述べるための素材として、外部世界のイメージを利用するタイプの詩人である。外部世界が内部世界と交わる経験という形では、外部世界はあらわれない。そのため、彼の内部を蝕んでいる暗いニヒルなものは、暗いニヒルなままで残り、時たま外部世界のイメージがそのシンボルとして完全に作用するときにだけ、明らかな形でわれわれに伝わつて来る。

「外部世界が内部世界と交わる経験という形では、外部世界はあらわれない」と黒田が受けとる村野の特異性が、祝祭的に「一」なるものへ向かうムードのなかで、すべてを外部化した異次元とも言うべき世界観を持ち得た『体操詩集』を生み、「挙り立て神の裔」と「蕁麻の都」とのあり得べからざる相似性をあらわしたことに繋がっているのかも知れない。

国家というものを定義し、強固なまとまりにしてゆこうとする時代相において、「詩」が形成した力学の一端を見てきた。鮎川信夫ら若き詩人たちの作品が泛べた内閉と崩壊の相貌、外向の底に潜んでいた村野四郎の虚無、そこにはさまざまのエネルギーが複雑に交差している。敗戦後の鮎川が、あらゆる矛盾をそのままに、論理化されない意思ある余地として描き出した「一つの中心」（「「アメリカ」に関する覚書」『純粋詩』昭22・7）は、まさしくこれらの反照として成立した概念である。このことを、あらためて指摘しておきたい。

注

（1）「第一巻 天皇機関説と天皇現神説」（『昭和天皇独白録』平3・3 文藝春秋）

（2）解説『バーント・ノートン』（上田保・鍵谷幸信訳『エリオット詩集』昭57・10 思潮社）、詩篇引用も同書に拠る。

（3）これらについては、「鮎川信夫における〈あなた〉の発見―「橋上の人」第一作を中心に―」（『日本近代文学』平2・5初出、「第一部 モダニズムからの離脱 第一章「橋上の人」第一作」『鮎川信夫研究―精神の架橋―』平14・7 日本図書センター 所収）において詳述したが、ここでは、時代相とエリオットとの関連から、新たな視点を加えた。

（4）「『橋上の人』論」（『詩の自由の論理』昭43・8 思潮社）

（5）「鮎川信夫論」（『近代の奈落』昭59・1 国文社）

（6）「泉の変貌」（『鮎川信夫』昭50・11 国文社）

（7）「戦争下の青年詩人たち」（『超現実と抒情』昭40・12 晶文社）

（8）詳しくは、既発表の二論（「八王子の『蝶』―戦時下の若き詩人たち」『国語と国文学』平20・1初出、「夢のふるまい―眠らない詩人たち」『文科の継承と展開―都留文科大学国文学科50周年記念論集』平23・3 勉誠出版初出、いずれも『戦争のなかの詩人たち―「荒地」のまなざし』平24・10 学術出版会 所収）において論じた。

（9）「ひとつの時代の終わりについて―伊東静雄の「夏の終」」（『日本現代詩歌研究』令2・3）

（10）特に「TURN GEDICHTE」については、杉原周治愛知県立大学外国語学部ヨーロッパ学科ドイツ語圏専攻准教授から懇切なる教示を得た。記してお礼申し上げる。

（11）「作品と写真の遭遇」（『日本近代文学』平2・5）

（12）「写真との邂逅、写真の不在、そして避けられる物語」（『日本文学』平14・11）

（13）「作品と写真の遭遇」（『日本近代文学』平2・5）

5 「他界」から照らす「生」──北川透「戦後詩〈他界〉論」にふれて

「鞭のうた」の一行一行が鞭の象徴であり、この八本の鞭は、一つの意志のやうに僕達の心を打つ。（中略）それは僕達の机の上に置かれた鞭である。不快な記憶を鎮め、雑音を沈黙せしめるその鞭は、ひそかに一つの希望を持ち、魂の安らかさに対する憧憬にみづからおののいてゐるやうにみえる。

（鮎川信夫「「鞭のうた」に就て」『詩集』昭16・10）

昭和一六年八月に夭折した畏友、牧野虚太郎の詩業に鮎川信夫が捧げた右のことばは、そのまま、北川透の詩論に重なると思ってきた。北川論における「他界」や「異界」の意識化は、その思いをいっそう深いものにする。

『北川透現代詩論集成1 鮎川信夫と「荒地」の世界』（平26・9 思潮社）冒頭の一章「戦後詩〈他界〉論 鮎川信夫の詩と思想を中心に」は、『詩論へ』二号（平22・1）に発表されたものだった。当時、鮎川信夫をふくむ戦時下の詩篇と神について考えをめぐらせていたところ、絶妙なタイミングで視点が共有されたことを喜んだ。そして、北村透谷以来ロマンティシズムの系譜に通底する「他界」の観念を、鮎川信夫の詩業をとおしてあらたに差し出すことで、そこに、現実の生に対する温感のようなものが浮かびあがっているのを、嬉しい驚きとともに受けとった。

周知のとおり、「荒地」の詩業は暗く深刻な現実認識とともに語られることが一般である。それは、彼らが戦時下に青春を過ごし、先行世代のふるまいを、その時期における「空白」の否定とともに、「現実」的に捉えて論じた敗戦後の出発にも深く関わっていよう。鮎川信夫に関して言えば、詩「死んだ男」(『純粋詩』昭22・1)における死者の〈遺言執行人〉や〈死にそこない〉としての自己定位は、無慙な生の表象として感受される。だがそれは一方で、「自己の生の意義を証明するところのもの」(「詩人の出発」『純粋詩』昭23・1)であることも見落としてはならないだろう。昭和三〇年代も半ば近くになり、いわゆる「六〇年代詩人」の登場前後から、「荒地」は観念的かつ抒情的である、との批評が多くなされるようになる。これは、皮肉にもかつて鮎川信夫が三好達治に向けた批判(「三好達治」『現代詩』昭22・10)と重なるのだが、「他界」を意識した北川論は、この点を「生」と関わらせてすくい取っているように思う。

「戦後詩〈他界〉論」は、北村透谷の「他界に対する観念」(『国民之友』明25・10)を入り口にし、「一神教を楯にしたキリスト者透谷が、多神教の風土や言語と格闘しながら、〈他界〉へ越境しようとした表現者透谷と分裂し、後者を絶望的な窮地に追い詰めてしまった、とも言える」とし、彼の長編劇詩『蓬萊曲』（明24・5）の「混沌」を「一神教の硬直した《万有趣味の観念》が、溶解されることによって生まれたものだ、と言えなくもない」、「詩の自由の可能性は、『蓬萊曲』の混沌や、失敗の裡にこそあるのだ、と思う」と評価するところから、「〈他界〉の真の可能性」を、次のように定位してはじめられる。

生の始まりを意識すると共に、不可避的に死や死後は生きられている。魔界魅魎の横行する〈他界〉の観念は、その生のなかの死後を意識する方法であり、もっと言えば死を詩に転化することによって、初めて可能となる生の詩法なのである。

そして、「兵士の歌」、病院船詩篇、亡姉詩篇へと、「他界」の眼をもって論は展開されてゆく。たとえば、「兵士の歌」は吉岡実「僧侶」と対置され、「この二つの作品は、〈他界〉の創出において相似形をなす」、「〈他界〉の普遍的な時間性に媒介して、現実に対する非還元的な世界を作ろうとしたことが、多くの戦後詩人とは違っていた」と組み合わされ、病院船詩篇をとおしては、次の重要な指摘がなされる。

死者を生き返らせる神の《聖なる言葉》は無効だ、そこに鮎川信夫の消した四行が孕んでいる透徹した認識がある。だからこそ、北村透谷の「他界に対する観念」の絶望的な認識とは反対に、無神論の世界における〈他界〉が必要とされるのだ。それは自由な詩のことばによる死後の想像（現存在のなかに浸透している死の意識化）であって、いかなる意味でも、超越的な《聖なる言葉》によって語られる天国（他界）ではない。

このことは亡姉詩篇との「回路」として、「存在の根底に突き刺さって、痛みや不安としてしか感じられない死」と結ばれ、両者には「表裏の関係で〈他界〉の意識を産み出す根底になるもの」があるとし、それを鮎川は「うまく論理化できないまま」、「アメリカ覚書」で「一つの中心」としたのではないか、との推測を導き出している。

実は、「一つの中心」が「うまく論理化できない」ことにこそ意味があるのだろうと、この二年後におこなわれた北川講演をとおして考えた。平成二四年一二月、「四季派学会・宮沢賢治学会イーハトーブセンター合同研究会」での講演「異界からの声をめぐって——宮沢賢治と「四季」派の詩」（『四季派学会論集』平24・12）では、宮沢賢治が『銀河鉄道の夜』で多用する〈ほんたう〉の持つ危うさが指摘されている。

一人の神様しかいない、他は《ほんたうの》神ではない、と頑固に主張する人が現れると、聖戦という名前の宗教戦争が起り、神様のために沢山の人が殉死したり、殺されたりするからです。必要なのは、神様の平和共存です。（中略）

相互の差異を認め、文化、宗教の多様性、多元性を尊重しあうほかないわけです。

「《ほんたうの幸》とか、《まことのみんなの幸》があるのは、幼年の世界、庇護された世界だけ」であり、賢治の表現には、「八紘一宇」に通じるような「幼年を仮装した怖さというか、危惧」があると言う。対して、「異界からの声」におののく三好達治の詩篇には、詩「鴉」の、「どこからか聞こえてくる、不気味な命令に無抵抗に従う一人の男の物語、絶対的な力に解体され、鴉に変身して空でむなしく啼いているほかない」世界が描かれ、賢治のそれと「微妙に交錯するのではないか」と述べている。ここで指摘されたような、〈ほんたう〉や「絶対」の「一」に対して立ち上がってくるのが、「二つの中心」を「うまく論理化できない」鮎川の、「生の意義」なのだろうと思う。

「戦後詩〈他界〉論」は、亡姉詩篇の最終章において、「生への欲望が明瞭なことばで語られ」ていることへの着目で結ばれる。

たとえ一時的なものであったとしても、鮎川の死に浸された〈他界〉から、戦後の生が動き出したことを暗示しているだけでなく、詩がどのような存在において、〈他界〉を産み出すのかをも語っている。

亡姉詩篇の最終章には、紋切り型の言い回しがシニカルに響いていることも指摘しておかなければばならないと考えるが、北川論はおそらくそれを、「たとえ一時的なものであったとしても」に込め、「自由な詩のことば」によって仮構された「他界」が、「死」と「生」の往還から「生」を享受し照らし出してゆく過程を見せた。述べたように、「現実の生に対する温感のようなものが浮かびあがっている」と感じたのは、このゆえだろう。

誰も知らない。／未来の道は過去につづき／過去は涯しなく未来のなかにあることを——

（鮎川信夫「橋上の人」第三作（昭26・7））

同じ頃、一見ペシミスティックな円環を連想させる右のフレーズを、あらたなイメジで受けとめられるようになったところだった。それは、戦時下に青春期を過ごした人たちが、自身に刻まれた容易ならざることがらを言語化し、みずから扉を開いてゆくような感覚を目の当たりにしたことによる。「歴史」ということに自覚的な詩人であった鮎川が、「荒地へ帰る」「歴史へ帰る」「自己へ帰る」という本質は、自身の生を未来に向かって抱きとめてゆくことにほかならなかったのだろう、と感じたのだ。それはきっと、「戦後詩〈他界〉論」でくり返された、「自由な詩のことば」の強度と通じている。

6 「一つの中心」——論理化しないという論理

哲学でも詩でも、あらゆる経験領域から受取つた断片的な言葉を、包括的な秩序の下に再組織することによつて、我々に［生の中心］を暗示するのである。すべての言葉の運動は一つの中心に向つて進む一つの宇宙を形成する。そして宇宙とは他でもない、——それは思想の両極を満たすところの生のヴィジョンである。

鮎川信夫が「「アメリカ」に関する覚書」（『純粋詩』昭22・7）で登場させ、その後もくり返し用いる「一つの中心」という観念は、北川透が[1]、「鮎川はうまく論理化できないまま」、「直感的に」「言ってみたのではないか」と述べるように、印象的ではありながら確たる像を結ばない。宮沢賢治や三好達治を例にして物事が「一」に集約されることの危惧を述べた北川論[2]を受け、「一つの中心」を「うまく論理化できない」ことに意味があり、そこにこそ、鮎川の「生の意義」があるものと先述した[3]。ここでは、その「意義」の内実について、さらに深めてみたい。

述べたように、「一つの中心」は敗戦後二年を経てあらわれた観念ではあるが、そこには戦争をあいだにして一〇年以前、鮎川らが詩的出発期に受容した上田保によるT・S・エリオットのフレーズ〈生死もわからず、／光りの中心、静謐に見入つて／僕は言葉もでなかつた。〉「荒地　1死者の埋葬」『新領土』昭13・8）の響いていることが、「現代詩とは何か　Ⅳなぜ詩を書くか」（原題「なぜ詩を書くか――詩人の条件（3）」『詩学』昭25・4）における次の箇所から知られる。

かかる時、「なぜ詩を書くか」を問うことは決して懐疑の上塗りをすることではない。自らの危やふやな存在の中に、外から明かな光を導き入れることであり、光を収斂して一つの中心を発見することである。エリオットが「静謐の一点」と呼んだやうな、さうした心霊の働きを凝視し、〈時を超越せるもの〉を、自らの時の中に認識するに至るまで、自らの世界を愛撫することである。

それはまた、「〈一つの中心〉とは、コンパスの針を立てて円を描くための中心ではない」、「我々をとりかこんでゐる現世的無秩序、混沌、現実の意識の上に描かれた投影の諸相が、我々にその中心を模索させる」（「暗い構図――「囚人」に関するノート」『荒地』昭22・9）と述べられもする。このような「一つの中心」をめぐる感覚は、エリオットの描く〈静かな点〉が、次のようにさまざまな事象をめぐる〈ある〉と〈ない〉の揺曳の上に浮かべられているのと近しい。

回転する世界の静かな点で。肉体でも／肉体でないものでもない／そこからでもそこへ向かってでもない　その静かな点で／そこに舞踏がある／だがとらわれているのでもなく動いているのでもない。／それを固定だとはいえない／そこでは過去と未来が寄せ集められている／そこからの動きでもなく　そこへの動きでもない／昇るのでもなく　降るのでもない／その点を　静かな点を除いては／そこに舞踏はないだろう　そして舞踏のみがある。

（「バーント・ノートン（II）」）(4)

「一つの中心」は、鮎川によってくり返し求められたが、それはいろいろに描かれることで、あえて明晰さから遠ざけられたように映る。そのことが、求めても求めきれない観念として、かえって印象的に刻まれることにもなったのだが、それはいったい何故なのか。

彼らが青春期を過ごし、詩作を出発させて間もない戦時体制下における「一」なるものの概念は、ここであらためてあげるまでもなく、きわめて明瞭であり翼賛的なものだった。述べたように、鮎川のエリオット受容もほぼ同時期におこなわれており、鮎川はそれを敗戦後の時空へと運び込み、「一」なる概念をかつての明瞭さから遠ざけ、組みかえたように見える。一方、同じくエリオットを受容し、戦時体制下に「一」なるものの方向へと結んでいったのが西田幾多郎である。「多と一との矛盾的自己同一」を「絶対矛盾的自己同一」と言表する西田は、『日本文化の問題』（昭15・3 岩波書店）において、それをエリオットの歴史観と結びつけながら、「矛盾的自己同一的な世界として、過去未来を包む永遠の今」や「個物的多と全体的一との矛盾的自己同一」を体現する究極を「皇室」であるとした。

エリオットをよすがとしながら、その解釈において対照的な道筋を描いた鮎川と西田とを見ながら、また、「荒地」の詩人たちにおける戦時下から敗戦後にわたる詩的共同性に目を向けながら、そこに浮かびあがる「時」や「ことば」の問題とともに、鮎川信夫の「一つの中心」を考えたい。

1　詩篇「アメリカ」のダイナミズム

「一つの中心」という観念を登場させた「「アメリカ」に関する覚書」は、冒頭でも述べたとおり、鮎川信夫の一五〇行にわたる長詩「アメリカ」とともに、昭和二二年七月、詩誌『純粋詩』に発表された。ここには、「私はこの作品でかなり烈しく剽窃をやつた」、「私は断片を集積する」といった、詩篇創作に関わる挑戦的な告白もふくまれている。

詩人が摂取してきた海外文学や同時期の仲間の詩句とで構成された、一見、モダニズム的コラージュに通じるような手法を用いた「アメリカ」の成立の仕方と意味については、『純粋詩』という場に焦点をあて、それら「断片」が、同誌に発表された仲間の詩篇から採られた詩句をふくんでいたこと、(5)その淵源ともいうべき場所が、「純粋詩」からさらにさかのぼった戦時下の詩誌にまで見出せることは、すでに指摘した。これらは、「アメリカ」が〈死んだ男〉のために描き出された〈一九四七年の一情景〉であるのとともに、その世界が、〈それは一九四二年の初秋であつた〉とはじめられ、そこに込められた美しく不安な記憶とともに立ち上げられてゆくことと深く関わる。

吉田文憲[7]は、野村喜和夫、城戸朱理との鼎談のなかで、「アメリカ」は、「なにか時間が消失してしまっている」として、「近代的な自我や内面といった場所から語り出される一人称では少なくともないもの」、「自我や内面が崩壊しすりつぶされた場所で口を開いているもの」があるのではないか、と読む。

対して、「アメリカ」を形成する断片に自らの時間を寄り添わせることのできる黒田三郎[8]は、それらをつなぎあわせる方法が旧来のモダニズムやシュルレアリスムの方法と相似でありながら、言葉が個人の体験に基づく所有格を切り離していないところで成立しているとして、次のように述べる。

大学生が誰であり、剽窃者と独身者が誰であるか、「アメリカ」がどのやうな意味で突然主人公の上に落ちて来たか、少なくとも僕等に考へこまさずにはをかないのである。そこに証明されてゐる「我々の存在する場」が僕を浚つてしまふのである。

時と場を同じくしていることで、各断片の所有格を共有することのできる黒田と、成立の時空間から切り離されたところで、断片をそのまま断片として受け取ることのできる吉田のような感覚の両極を差し出しているのが、鮎川の描き出した「アメリカ」だと言えるだろう。そして両者に共通するのは、「時間が消失」（吉田）、「考へこまさずにはをかない」（黒田）という、拡散と求心にわたる不安である。

これら断片の典拠を探ることは、詩句のなかに幾重にも畳み込まれた「過去」が「現在」にはたらきかけ、また、「現在」が「過去」を組みかえてゆく動態的なありさまを目の当たりにすることにほかならない。田村隆一の「坂に関する詩と詩論 一九四六年秋」（『純粋詩』昭21・12）との関係から、それを見てみよう。以下、詩篇の引用はすべて初出形に拠る。

〈表象・・・・だが何といふ黄昏　何といふ私の痕跡〉（「坂に関する詩と詩論」）
〈生きることをやめなかつた僕たちのうへに／君のなやましい顔の痕跡をとどめて〉（「アメリカ」）
〈坂をのぼる　いまは一心に風に堪へ　抵抗を瞶めて　坂をのぼる　振りかへつたらそれまでだ〉（「坂に関する詩と詩論」）
〈いまは一心に風に堪へ　抵抗を瞶めて／歩いてゆかう　むしろわびしい街の方角へ／僕は最初の路地で心弱くもふりかへる〉（「アメリカ」）

〈もういゝ。一言も語るな。過剰・・・・その地点まできて、おまへは石を蹴つた。「石の中に私の眼を！」そして誰が私の生に躓くか。おまへは私に背中をむける。さうだ、これで私の孤独も充分といふものだ。〉
（「坂に関する詩と詩論」）

〈独身者はふかく自ら頷きながら／「もういい　一言も語るな／過剰・・・・その地点まできて僕は石を蹴つた／君は僕に背中をむける／さうだ　これで僕の孤独も充分といふものだ〉
（「アメリカ」）

埋め込まれたフレーズは微細にアレンジが加えられており、それが両者の共鳴はもちろん、差異を照らし出すことにもつながる。田村の「坂に関する詩と詩論」にあらわれるのは、坂をのぼる〈おまへ〉と、残る〈私〉、それらは相互に〈もう一人の私〉であり、〈私の痕跡〉でもある。そのふたつの〈私〉の間にある〈坂〉が、彼らを対位させている。一方、「アメリカ」にはさまざまな〈僕たち〉があらわれる。〈死んだ男〉である〈M〉に対して〈生きることをやめなかつた僕たち〉、〈M〉と〈僕〉との〈僕たち〉、そして、〈僕〉が〈毎晩のやうに酒場〉で会う〈誰をも怖がらせるほど賢い三人の友〉である〈大学生〉〈剽窃家〉〈独身者〉と〈僕〉の〈僕たち〉。けれども〈僕〉は、常にあらゆる〈僕たち〉から引き離され、取り残される。田村の「坂に関する詩と詩論」が一対一の対位であるのに対し、鮎川の「アメリカ」は多対一が強調されている。

また、詩篇最終部において、〈憐れむべき君たちの影にすぎぬ僕〉の〈夢〉としてあらわれるのが、

〈僕ら〉や〈僕らの交す眼ざしや／なにげない挨拶のうちから生れる未知の国民〉であるが、それは、冒頭部でトーマス・マンの『魔の山』を下敷きにして、〈「御機嫌よう！／僕らはもう会ふこともないだらう／生きてゐるにしても　倒れてゐるにしても／僕らの行手は暗いのだ」〉、とあらわれていた〈僕ら〉と響くものの、〈君たち〉や〈未知の国民〉同様、〈僕ら〉も確たる像は結ばない。対して、この世界のはじまりに、『魔の山』の言葉を残して〈この世から姿を消してしまつた〉〈死んだ男〉〈M〉には、そのイニシャルと冒頭のフレーズ（〈それは一九四二年の初秋であつた〉）によって、昭和一七（一九四二）年八月に戦病死した彼らの詩友、森川義信の影像がくっきりと重なる。その森川は、さらに田村の「坂に関する詩と詩論」のなかでも、〈非望〉、〈風〉、〈勾配〉といった森川自身の詩句（「勾配」『荒地』昭14・11）によって呼び起こされている。

このように典拠を追ってみると、「アメリカ」という詩篇は、合わせ鏡のように畳み込まれた幾重もの「時」のありようを、「過去」から「現在」への連なりとして見せはじめる。そして、それらの詩句がつなぎ合わせられることで、「過去」は「現在」から新たな解釈をほどこされ、その総体が〈未知〉の「未来」へ投げ出されようとしている。おそらく、「ことば」によってしかなし得ない、ダイナミックな「時」の往還が、ここで実現されようとしたのではなかったか。詩篇「アメリカ」のうちに浮かびあがる、これら「時」と「ことば」の問題のうち、まず、「ことば」について照らしてみよう。

2　詩句をめぐる彼らの流儀

鮎川は最晩年、詩篇「アメリカ」に手を入れ続けることで完成を拒んだ意味について問われ、「自分のことば」に対するつきつめ方が足りないのではないかと言い、「どこまで作者はオリジナリティを主張しうるかという問題」が「一種の強迫観念になっている」と応えている。[10]こういった意識が、彼ら「荒地」の詩的来歴に深く関わって形成されたことについては、すでに触れたので[11]詳述は避けるが、その淵源は昭和一〇年代初頭、彼らのモダニズム摂取の時代に求められる。中桐雅夫が昭和一二年に神戸ではじめた詩誌『LUNA』を元とした「LUNA」クラブの時期である。

『LUNA』は誌名を『LE BAL』『詩集』と改めて、昭和一七年まで五年間続き、この間の昭和一四年から一五年にかけては第一次『荒地』も刊行され、まさに彼らの詩的出発期にあたる。ここで双璧をなしていたのが、森川義信、牧野虚太郎のふたりであり、彼らの作品における語彙、シチュエーションを他の同人が受け取ってゆく様子が通覧するとよくわかる。そして、昭和一五年一一月、『LE BAL』が『詩集』と改題された、その巻頭におかれた鮎川の長詩「泉の変貌」は、「LUNA」クラブや『荒地』で共有されてきた水のイメジ、喪失、崩壊といった要素が余すところなく込められて、「アメリカ」とよく似た形成の仕方をしているのである。

このような詩的経験を共有してきた「荒地」の詩人のなかで、先の「坂に関する詩と詩論」の作者田村隆一は、それをもっともよく体現した作り手であったと言える。彼らの詩句の受け渡しとして知られている〈立棺〉を例に、それを見てみよう。

〈立棺〉はまず、男女のすれ違う会話の描かれた、鮎川の「裏町にて」（『詩学』昭26・7）にはじめてあらわれる。

じめじめした屋根裏では、／生パンでさえ死の匂いがする。／――生きましようよ、ねえ。／――おれはおまえをいれる立棺だよ。

これを翌年、田村隆一はその名も「立棺」（『荒地詩集１９５２』昭27・6 荒地出版社）と題した詩において、次のように登場させる。

わたしの屍体を地に寝かすな／おまえたちの死は／地に休むことができない／わたしの屍体は／立棺のなかにおさめて／直立させよ

田村自身がこの詩句を自身の詩にしてゆく経緯を述べた「路上の鳩」（『ポエム・ライブラリイ』第3 昭39・9 東京創元社）では、鮎川と田村の詩のあいだに、陽の目を見なかった中桐雅夫の詩のあったことも明かされている。

まず、この詩が「ある漠然とした感情」や「ある特定の経験」からではなく、「「立棺」という単語そのもの」から「来た」とする田村は、それが自分の「広大な土地」であり、「共同にして無名の土地」[12]である「「無自覚的意識」のなかに忍び入った」ことで、「それは鮎川氏の手から離れていつの間にかわたくしのものになっていた」のだと述べる。そして、「わたくしが一篇の詩「立棺」を書きたいというはげしい欲望を感じたのは、実は中桐雅夫氏の詩を見たときから」だと言い、その衝撃を次のように告白している。

或る冬の夜でした。「こんな詩を書いてみたよ」といって、氏から「立棺」という詩を見せられたとき、私の心のなかにあった種子がいつのまにか根を下ろし、成長しているのに、わたくしははじめて気がついたのです。このときのわたくしのはげしい欲望をいまでも忘れることができません。中桐氏の二十行たらずの詩の第一行は、

わたしの屍体を地に寝かすな

であります。この一行を見た瞬間に、わたくしの九十行の詩ができてしまったのです。

こういった状態を田村は、「「立棺」はある世界を意味する言葉」であるとし、先行する鮎川と中桐の詩篇との関係を次のように述べる。

わたくしは、鮎川氏から「立棺」というタイトルと、中桐氏から「わたしの屍体を地に寝か

すな」という一行の詩句をじかに分けてもらったのです。そして素晴らしいことには、中桐氏はそのために自分の詩を放棄してくれたということです。それでは、わたくしの「立棺」は、わたくし一人の作品ではなく、鮎川氏と中桐氏との共作ということになるのでしょうか？答は、厳密にいってわたくしだけの作品なのです。なぜでしょう？

この問いに対する田村自身の答えは次のようなものである。

ある詩人の心のなかに根を下ろし、発芽し成長する詩は——それはまだ名づけられない、作品になるまえのものですが——、その詩人の個有のものと考えるよりも、個人として感じたり、考えたりするひとつの心のものだと考えた方がいいと思います。

ここで言われている「ひとつ」は、鮎川の、「すべての言葉の運動は一つの中心に向って進む一つの宇宙を形成する」（「「アメリカ」に関する覚書」）といった求心的なニュアンスとは異なり、「ある世界」「ある心」といったような任意としての意味合いが濃い。それが、田村の解釈する「共同にして無名」の在処である。

では、この事例を仲間たちはどのように捉えていたのか、当の田村がいない座談会（鮎川信夫・中桐雅夫・黒田三郎・三好豊一郎・北村太郎・木原孝一「「荒地」の意図と成果」『現代詩手帖』一月臨時増刊号昭47・1)は、詩句を提供した中桐の証言もあって興味深い。仲間とのやりとりのなかで中桐は、「立棺」成立の経緯について実に厳密であり、詩人としての田村に対する理解の深さも示している。ふたりのあいだで、「どういう話だったか「立棺」という題の詩を書こう」となったのが発端だったとして、次のように述べている。

正月の何日かですよ。田村の家がまだ国立にあって、ぼくはこういう風に書いたよって持ってったんだ。そしたら田村が、その時ものすごくしょげてがっかりした顔をした。ものすごく気の毒になってそれじゃこれやるよって言ったんだ。でもおれの書いた詩のうちで一行くらいしか使ってない。それはどういう行かというと。「この死体は寝かさないで立棺に入れて直立させろ」という行です。あの行が田村にピンと来たわけです。俺はもう解っていた。田村にやった方が上出来になるに決まっとると。

中桐には詩人田村に対するリスペクトがあり、このことは同時に、中桐という詩人の、ものの見極め方や自身の直覚に対する矜恃を示してもいる。先に引いた田村の、「素晴らしいことには、中桐氏はそのために自分の詩を放棄してくれた」という言辞と、中桐の、「俺はもう解っていた。田村にやった方が上出来になるに決まっとると」という言辞の呼応のうちに、述べたような矜恃の交感に裏打ちされた彼らの流儀がほの見える。

田村には北村太郎とのあいだにもまた、同じような例がある。先の中桐に続いて、北村が次のように言う。

「立棺」は田村の代表作で、わりと深刻というか、そういう種類の詩でしょ。田村に「秋」という詩があるね、この一行目、「繃帯をして雨は曲がっていった」という一行、これは俺の戦前の詩なんだ。そういうとき、田村は「もらったよ」って言うんだ。そういうところに彼の詩法がある。何かひとつピンと来たものをひろってさっさと書いていくんだな。

これを受けて三好豊一郎が、「そうか、それは知らなかった」と応じているように、このフレーズは今日、田村のものとしてあまりにも有名である。ちなみに、北村によるオリジナルは、〈葭が疲れてゐる／雨が繃帯をして通る〉（「BOHEMIAN CHANSON」『LE BAL』昭13・9）。それが田村の作品では、〈繃帯をして雨は曲つていつた〉（「秋」『サンドル』昭23・1）、〈彼の眼前で雨は負傷する繃帯を！〉（「予感」『サンドル』昭23・6）というように定まる。これが田村のフレーズとして知られているのは、元々の持ち主であった北村が、田村の「もらったよ」以降、先の中桐と同じく、矜恃を伴った彼らの流儀にのっとって手放したからだろう。

3　全体と個

見てきたような成立過程をもつ詩「立棺」のテーマを、田村は次のように言う。(13)

「わたし」も「おまえたち」も、ただ「われわれ」のヴァリエーション（変化）にすぎない世界、これが「立棺」という言葉から挑戦をうけたわたくしのテーマなのです。

対して鮎川は、次のような解釈を述べる。(14)

「立棺」の中で、「わたし」が肯定形で現れ、「おまえたち」が否定形で現れ、両者が合一されて「われわれ」となるとき、現代文明に対する決定的な否定語となる、──この推移の関係を正しく理解するならば、現代に於ける全体と個との関係が、いかに絶望的であるかが了解されるであろう。

どちらにおいても、テーマにおいて鮎川の言う「絶望的」であることに異なりはないが、〈わたし〉〈おまえたち〉〈われわれ〉を「ヴァリエーション（変化）にすぎない世界」と見るか、「推移の関係」と見るかについては、視角の異なりがある。それは、述べたような任意の「ひとつ」（田村）

と求心的な「一つ」(鮎川)の異なりにつながり、「無名にして共同」「共同にして無名」なる「共同」に、「個」を対位させる意識の濃淡にもつながる。

鮎川は敗戦直前の昭和二〇年二月から三月にかけて書いたとされる[15]『戦中手記』(昭40・11 思潮社)において、すでに次のように言表している。

無数の変化しなくなったものの堆積が、我々には新らしい生を覚醒させるときがある。〝荒地〟であることによって、MもK・Mも今日に存在しつづけることが出来るやうに計る者は、すべて「死」の理解者であり、無名にして共同のものの讃美者であり、優れた個人たり得る者である。

「死」や死者を包摂したうえに成立する「無名にして共同のもの」は、「同類とか種族のために詩を書くのであり、そこに「全く「個人はない」」(「囲繞地――現代詩について」『純粋詩』昭22・4)とされたり、「「我々」の各個人は、同類をいかに所有してゐても常に孤独である」(「批評の限界」『純粋詩』昭22・6)とされたりする振幅を経ながら、「生の中心」や「生のヴィジョン」と等しい「一つの中心」を指向させてゆく。「「アメリカ」に関する覚書」(『純粋詩』昭22・7)はそれらをふくんで、さらに次のように表現する。

私は断片を集積する。私はそれらを最初は漂流物のやうに冷やかに眺めてゐるが、次第にそれらの断片によつて我々の世界が支へられてゐることに気づく私はそれらの断片に、総括的な全体との関聯に於て、部分としての位置を与へる。勿論一つの断片と雖も全体を変へるほどの影響力を持つてゐるものであり、もしそれが精神に深く刻まれるなら、それから故意に逃れ出ようとする努力そのものが正常なものと言へぬことが屢々ある。

まさしく、「全体と個」の往還について述べられているわけだが、戦時体制下の昭和一五年に同様の表現をしていたのが西田幾多郎である。この年、西田は京都大学での講演を元にした『日本文化の問題』（昭15・3 岩波書店）を上梓し、そのなかで次のように述べている。

我々は有機体と云ふものを考へる時、部分が何処までも全体の部分であると共に、部分が独立的であり、部分が全体を宿すと考へる。例へば我々の身体は無数の細胞から成立して居る。（中略）

細胞が生きると云ふことは、細胞が独立性を有つことである。而してそのかぎり、又それは全体的統一を破る可能性、叛逆性を有つて居ると云はなければなるまい。

ここで用いられている「有機体」「細胞」の譬喩は、「無名にして共同のもの」と同様、トーマス・

マンの『魔の山』で国家の成り立ちなどと関わらせてくり返されており、鮎川もまた、「詩も精神と肉体を一元化する作用を根底に持つてゐるところの有機的な世界である」（「「アメリカ」に関する覚書」）として用いている。西田は同書でマンに触れてはいないが、鮎川らと同様の影響が看取できるところは興味深い。

そして何より注目したいのは、西田のエリオット受容である。こちらについては同書のなかで、西田自身が次のように言及している。

大なる伝統のみ大なる創造を生むことができる。ティ・エス・エリオットは云ふ、伝統とは受継がれるものでなくして努力して得られるものである、それは歴史的感覚を含んで居る、時と時を越えたものとが一つとなる歴史的感覚が人を伝統的にするのであると。過去と未来とが現在に一となり、永遠の今の自己限定として物を創造し行くのが伝統である、所謂カタリストの如きものである。

「伝統」を「カタリスト」（触媒）と捉える発想は、鮎川が「アメリカ」で詩句の断片をつなぎ合わせることで、「過去」から「現在」への連なりや、「現在」から新たな解釈をほどこされる「過去」、そしてそれらすべてが「未来」へと投げ出されようとする動態的な「時」のありさまを描いた点と重なる。重なるのはもちろん両者がエリオットを介しているからだが、次に述べるとおり、両者の違いもまた著しい。ここから、残された「時」の問題について考えたい。

4 「矛盾的自己同一」と「一つの中心」

鮎川は『戦中手記』において、「内地へ帰ってから今日迄の私を最も強く捉へたのは「歴史」である。我々はどのやうに歴史へ帰ってゆかねばならないのだらうか」と自問し、それは、「よりよく自己へかへるといふことに外ならぬ」と述べている。そして、その背景に横たわる戦時下の歴史認識を次のように捉えている。

一九四一年の初めごろ我々のうちに伝統についての論議がやかましく、それに附随して歴史の尊厳とか伝統の尊重、古典の復興とかが日本浪漫派の国粋意識に影響されて大いに論じられたことがあった。(中略)

「歴史的必然」なる言葉が流行し、歴史を自分の体につながる生き物として見ないために、屢々手段の結果に過ぎないところの目的から時代に都合の良い演繹をしてみたりして現代を装飾したに過ぎぬのである。

このながれに与しない存在として鮎川が共感を示していたのが、『古事記及日本書紀の研究』(大

13・9岩波書店）の著者津田左右吉であった。物語と歴史との区別を説き、折々の政治的背景によって書き換えられる物語としての歴史を指摘した同書は、昭和一五年二月に発禁処分を受ける。このような時勢のなか、そのひと月後に同じ岩波書店から出版されたのが、西田の『日本文化の問題』である。「現在」のうちに「過去」や「未来」、そして「永遠」までもふくむあらゆる「時」を見、「私」という存在が「歴史」を「解釈」することで「作られると同時に創ってゆく存在」であるというエリオットの「時」の捉え方を、鮎川と西田はそれぞれどのように表現しているのか、鮎川の場合は次のように言う。

詩の世界が〈現在〉のみによつて成立しないことは一つの自明の理である。それは多くの時を、考へ得るかぎりの多くの時を包含する。それは「時によつて満されたところの現在」である。すべての時を〈現在〉の如く錯覚することによつてしか、時といふものを見分けようとしない人達は、結局現在すらも見分ける能力を持たぬ者である。

現在の時も、過去の時も／未来には一つの時になるだらう／そして、未来は過去の中に含まれる／もしすべての時が現在であるなら／すべての時は贖ふことが出来ない（＊T・Sエリオットの『四つのクワルテツト』より。）

（「現代詩とは何かⅣなぜ詩を書くか」原題「なぜ詩を書くか――詩人の条件（3）」『詩学』昭25・4）

真の伝統とは、過去から現在をつらぬいている価値ではなく、未来から現在へ、そして過去へとつらぬいている価値でなければならない。それこそ永続的価値と言ふべきものである。

（「現代詩とは何か　V詩と伝統」原題「詩と伝統——詩人の條件（4）」『詩学』昭25・6）

次に、西田の表現を見てみよう。

創造に於て、人間は何処までも伝統的なると共に、過去未来と同時存在在的なるものに、即ち永遠なるものに、何物かを加へるのである。新しく創造せられるものは、過去のものに同時存在的に生ずるのである。そこに真の人間の自由があるのである。創造に於て、人間は過去を受けると共に過去を変ずると云ふことができる。伝統と云へば、人は直に唯一つの源と云ふものを考へる。併しそれは死せる伝統を考へることに外ならない。創造的な真の伝統ではなくして、抽象的概念に過ぎない。絶対矛盾的自己同一の世界の自己限定として、そこに無数の伝統が含まれてゐなければならない。而して生きた伝統は矛盾的自己同一として、伝統と伝統とは何処までも結合し行くものでなければならない。

創造的かつ動態的に「時」にはたらきかける「生きた伝統」のありようについて、両者ともに強い共感を示していることが知られるが、大きく異なるのは、西田がそれに対して「絶対矛盾的自己同一」、あるいは「矛盾的自己同一」といった概念を創出している点である。西田はこれについて、次のように説明する。

我々が此処に生れ、此処に働き、此処に死に行く、この歴史的現実の世界は、論理的には多と一との矛盾的自己同一と云ふべきものでなければならない。私は多年の思索の結果、斯く考へるに至つたのである（「哲学的論文集第三」絶対矛盾的自己同一）。世界とは無数なる物の集合と考へられる、無数なる物の合成として決定せられた一つの形と考へられる。

同書において、この観念は「多と一」の関係としてくり返し強調される。その代表的な例を引いてみる。

物と物とが相働くことによつて一つの結果を生ずると云ふことは、多が一となることでなければならない。（中略）故に物と物とが相対立し相否定する、相変ずると云ふことは、両者が共に自己自身を否定して一となることでなければならない。（中略）一は何処までも多の一であり、多は何処までも一の多でなければならない。多と一との矛盾的自己同一として現実の世界が考へられると云ふ所以である。我々は此世界を空間的・時間的と考へる。空間的と云ふのは、物と物とが何処までも並列的に相対立することである。時間的と云ふことは、対立する物と物とが一つとなつて行くことである。

ここにおいて知られるのは、西田における「変化」や「創造」は、「時間」のなかで「多」が「自己否定」による「同一」を目指すものと考えられていることである。そしてそれは、「皇室」や「国体」へと結ばれてゆく。

皇室と云ふものが矛盾的自己同一的な世界として、過去未来を包む永遠の今として、我々が何処までもそこからそこへと云ふのが、萬民輔翼の思想でなければならない。（中略）我々は我々の歴史的発展の底に、矛盾的自己同一的世界そのものの自己形成の原理を見出すことによつて、世界に貢献せなければならない。それが皇道の発揮と云ふことであり、八紘一宇の真の意義でなければならない。（中略）日本精神の真髄は、物に於て、事に於て一となると云ふことでなければならない。元来そこには我も人もなかつた所に於て一となると云ふことである。それが矛盾的自己同一として皇室中心と云ふことであらう。（中略）

思ふに矛盾的目己同一的な我国の国体には、自ら法の概念をも含まれてゐなければならない。皇室を個物的多と全体的一との矛盾的自己同一として作られたものから作るものへと云ふことは、何処までも個物の独自性が認められることでなければならない。

同書の思想について現在も議論のある所以だが、西田は日本が「世界の日本」、「ランケの所謂大なる列強の一」となったとして、そのふるまいについて次のようにも述べている。

主体として他の主体に対することでなく、世界として他の主体を包むことでなければならない。而して矛盾的自己同一的に事物に於て結合する一つの世界を構成することでなければならない。私は東亜の建設者としての日本の使命は此にあると思ふのである。主体として他の主体に対し、他の主体を否定して他を自己となさんとする如きは、帝国主義に外ならない。それは日本精神ではない。

「時間」のなかで「多」が「自己否定」による「同一」を目指すということと、ある「主体」が他の「主体」を否定して凌駕することとは、同一でないということになろう。「帝国主義」に対する西田の忌避的態度は認めながらも、「皇室」や「皇道」を「個物的多と全体的一」との「矛盾的自己同一的世界」と定め、「矛盾」を指摘しながらも「同一」を求めてゆく、あるいは、「でなければならない」と言い聞かせるように求めざるを得ないありように、この期の時勢を見てとることができるだろう。西田において、エリオットはこのような形で援用されたのだった。同時に、これが鮎川らの青春期だったのである。

5　意志ある余地

戦時体制下の西田が示したのは、「皇室」へと結ぶ「矛盾的自己同一」の世界であったが、敗戦後の鮎川も「一つの中心」について述べる時、「統一体」「同一化」といった表現を用いている。だがそれは、「葛藤のない」「均衡を得た」世界として次のように表象されている。

詩は知性的なものと感性的なものとから構成された種々なる統一体を作ることであり、モラルの世界と感覚的な世界が表裏をなして連結される一つの新しい経験の世界である。それは思想を感情によつて、感情を思想によつて繋ぐ世界である。我々の経験のうちにあつて異質のものが、精神の一段と高い世界に於て同一化される。それは思想と感情の葛藤のない世界であり、一つの中心によつて完全な経験の均衡を得た世界である。

（「詩人の出発」（『純粋詩』昭23・1）

さまざまの「異質のもの」が「精神の一段と高い世界に於て同一化される」のが「一つの中心」であり、それはきわめて抽象度の高い場所である。西田が創出したような、現実に根ざした「矛盾的自己同一的世界」とは、その表現において大きく異なっている。このことは、「多」を「一」へ「同一」化すべきとした西田と、「多」から「一つの中心」を求めてゆこうとする鮎川との異なりにもつながる。西田は「同一」の究極を「皇室」とし、鮎川は「一つの中心」を求めさせる「多」を「アメリカ」としたのである。

「アメリカ」という存在は鮎川によって、「デモクラシイに基づく「一つの世界」への僕達の欲求の現れ」、「僕達の思想が行きついた一つの地点」、「僕達の内部の欲求を具象化してゆく力を持った未知の未来の人類を形成してゆく原動的な世界」[16]と憧れを以て語られ、作品は、「他人の詩の断片を寄せ集めて合成した一種の実験詩で、戦後の混乱期らしく、「これでどんな共和国ができるのだろう?」という不安と期待の入りまじった気持で書いた」[17]とされる。そして、現実の「アメリカ」と作品とは、最晩年に統合されて語られるに至る。[18]そこでは、「移民国家」である「アメリカ」は「さまざまな民族の集合体」であり、「一定のナショナルアイデンティティをもって成り立って」いる「民族国家」とは異なっているとし、「集合体としてのアメリカを、作品としてはどうして表わすのか」、「ナショナルな風土とか血縁的なものから離れて、作品をつくったらどうなるか」というアイデアから、「わざといろんな人の作品からことばをもってきた」、「少なくとも半数以上の行が引用でないと意味がない、と思った」と語られている。

鮎川がここで用いている「集合体」は、西田によって象徴されていた、「多」を「同一」化しようとする志向とは実に対照的な認識であり、「デモクラシイの理想が生んだユネスコのような機構が、第一等の政治力を持つ時代も遠くないかも知れない」[19]と述べたかつての思いも引き継がれている。詩篇においては、〈はてしない空　麦畑　街々／木々　家々　大地／それがどんなふうに／わけへだてのないぼくたちのあいだに／見えない国境をつくっているか〉（「小さいマリの歌」）[20]、〈ぼくのほそい指は／どの方向にでもまげられる関節をもち／安全装置をはずした引金は　ぼくひとりのものであり／どこかの国境を守るためではない〉（「兵士の歌」）[21]として〈国境〉を嫌い、〈ぼくひとり〉が立ち上げられてゆく。

　加藤典洋[22]は、第一次大戦後に「析出」された「個」と、日本の第二次大戦後に「露出」した「大衆」とを吉本隆明との比較から対位させ、鮎川の徹底した「個」への眼差しを指摘する。この指摘が重要に思われるのは、前述したような「死」や死者を包摂したうえに成立する「無名にして共同のもの」も、鮎川にとっては強烈な「一」の感覚から始まっているようだからである。亡友森川義信の詩集編さんに関わる出来事をめぐって、鮎川は次のように言う。[23]

> 表立って見えるわけではないが、無名にして共同の多数の意志が働いていて、一人の詩人の魂を復原させ、もう一度この世に、完全な姿で再現させたがっているのである。もしかしたら、それが森川の最終的な願いだったのかもしれない。愛情の破片を拾い集めて、元どおりにしてくれ、というのが。

細見和之は、[24]ここに「晩年となった鮎川自身の願望」を見、先の加藤典洋もまた、「自分の死者の問題は「たった一人の死者」だった」として、その閉塞性を述べる。そして、この点を早くに捉えた中川友[25]は、「「無名にして共同」の世界は、圧倒的な個別の死を垂鉛とした、鮎川の表現の、そしてなお生きるための源泉である」とし、「あらゆる全体性を拒み、個を掴み直し、更に「無名にして共同」の世界を求めることの矛盾」を指摘した。しかしそれは、「「必敗者」の自覚として論理化される」とするものの、その内実は「モダニスト鮎川の苦い自己把握」に求められたのみで、明らかにされてはいない。この把握の仕方は、北川透[26]が、「死を詩に転化することによって、初めて可能となる生の詩法」を「〈他界〉の観念」としたことと通じており、「一つの中心」を「うまく論理化できない」と指摘した点とも重なろう。

鮎川の「一」には死者がいる。敗戦後の現実のなかで「アメリカ」になぞらえられ、矛盾に満ちた「多」をそのままにして求められる「一つの中心」は、「思想の両極を満たすところの生のヴィジョン」(「「アメリカ」に関する覚書」)とも言表された。それは、おそらく生と死の両極でもあり、鮎川の言う「生」には、強く「死」が同伴されている。〈ある〉ことと〈ない〉こととの振幅の上に浮かべられたエリオットの〈静謐の一点〉に重ね合わせられた「一つの中心」は、生と死とが真向かい手をつなぎ合うような、あらゆる時が混成された一点が夢想されたのではなかったか。詩「アメリカ」の二か月前に発表されてから、五年にわたって断続的に書き継がれた亡姉詩篇(「姉さんごめんよ」『純粋詩』昭22・5、「落葉」『造形文学』昭24・5、「あなたの死を超えて」『荒地詩集1952』昭27・6)には、前掲北川論が、これらに「《一つの中心》を解く鍵がある」とし、「〈他界〉の意識を産み出す根底になるもの」を指摘するように、夢想されたものの一面が描き出されていると思われる。幼死した〈姉〉を追い求める〈私〉は、自身にその面影を重ねながら、ときに幼女に変幻し、ときには姉との〈魂も身体も不用〉な〈交り〉を夢想するが、〈生きることを諦めるには／輝く海と太陽の光りが強すぎます〉と言明して私が〈生〉の側に立ったとき、姉も〈永遠に死んだふりをしている〉ものとして、〈生〉に同伴する存在に変容している。ここで亡姉が生の側へ引き寄せられ、〈永遠〉の存在となったことは、エリオットやそれを援用した西田のくり返す「永遠」に照らして重要である。「過去と未来とが現在に一となり、永遠の今の自己限定として物を創造し行くのが伝統」とした西田は、「皇室と云ふものが矛盾的自己同一的な世界として、過去未来を包む永遠の今」とし、全体の「同一」化を促進する戦時体制下の時勢を象徴的にあらわした。対して鮎川の〈永遠〉は〈生〉のなかに〈死〉を呼びこむことで時を混成させながらも、それはあくまで同伴であり、一致の夢想はついに果たされない。同様に、「一つの中心」も、西田のように現実的な一点に収斂させて言表されることがない。

「一つの中心」は、彼らの青春期を覆った「一」なるもの[27]への強烈な論理化を想起させながらそれを拒み、個別の「生」につながる余地を意志的に創出している。それは、かつて目指された「大東亜」に対して、決して同一化されない集合体としての「アメリカ」を詩篇の題名としたこととも重なろう。完成を「放棄」し、「中断」した詩篇「アメリカ」とその「覚書」において、「多」から

「一」を呼び起こし、その論理化を拒んだ鮎川の論理は、現代におよんでいっそう示唆的である。

注

（1）北川透「戦後詩〈他界〉論　鮎川信夫の詩と思想を中心に」（『北川透詩論集成1　鮎川信夫と「荒地」の世界』平26・9　思潮社）
（2）北川透「異界からの声をめぐって―宮沢賢治と「四季」派の詩」（『四季派学会論集』平24・12）
（3）本書「5「他界」から照らす「生」―北川透「戦後詩〈他界〉論」にふれて」
（4）上田保・鍵谷幸信訳『エリオット詩集』（昭50・8　思潮社）
（5）「鮎川信夫の〈アメリカ〉―一九四七年の交響―」（『国語と国文学』平5・12初出、『鮎川信夫研究―精神の架橋』平14・7　日本図書センター　所収）
（6）本書「3　戦時下における〈水〉の形象―「LUNA」クラブの詩人たち」
（7）野村喜和夫・城戸朱理・吉田文憲「記憶・外傷―「荒地」・辻井喬・稲川方人」（『現代詩手帖』平13・11）
（8）黒田三郎「一九四七年の詩壇と『アメリカ』」（『純粋詩』昭22・12）
（9）「アメリカ」には、初出（『純粋詩』昭22・7）形、『荒地詩集1951』（昭26・8　早川書房）形、『鮎川信夫全詩集一九四五―一九六五』（昭40・9　荒地出版社）形の三つがある。鮎川自身は『全詩集』の「あとがき」で、『全詩集』収録形を決定稿とすることを述べており、これが現在一般的になっている。『荒地詩集』形と『全詩集』形とでは、後者に数行の詩句が加えられたほかは殆ど異同はみられないが、初出形との間には少なからず異同がある。この三つの系列に沿ったその他の収録詩集におけるこまかな異同もあわせて、『鮎川信夫研究―精神の架橋』「資料篇2　詩篇校異」（平14・7　日本図書センター）に示した。

(10)「いまだ発見されざるアメリカ―インタビュー」（『あんかるわ』昭61・3）

(11) 本書「3　戦時下における〈水〉の形象―「LUNA」クラブの詩人たち」

(12) トーマス・マン『魔の山』に登場するフレーズであり、鮎川信夫が「現代詩とは何か」（『人間』昭24・7）において、「詩は生々とした人々の間や生気に満ちた地球の上を活動しながら、人間の精神が内心ひそかに承認してゐるところの無名にして共同なる世界を見出し得るのである」と用い、「荒地」の思想を象徴するフレーズのひとつとなった。

(13)「路上の鳩」（『ポエム・ライブラリイ』第3　昭39・9　東京創元社）

(14)『荒地』についてⅢ『荒地』における主題」（原題「荒地に於ける主題」『詩学』昭27・8）

(15)『戦中手記』の「後記」に、「この手記を書いたのは、福井県三方郡の傷痍軍人療養所の病棟においてであって、一九四五年二月の末頃から三月のはじめにかけてのことであった」とある。神奈川近代文学館に所蔵されている「戦中手記」原本と出版形を照らすに、文字遣いや細かな言い回しを除いて内容に異同は見られない。

(16)「一つの世界」（『純粋詩』昭22・7）

(17)「詩的自伝として」（立風選書『鮎川信夫自撰詩集1937―1970』昭46・10　立川書房）

(18)「いまだ発見されざるアメリカ―インタビュー」（『あんかるわ』昭61・3）

(19)「詩的自伝として」（立風選書『鮎川信夫自撰詩集1937―1970』昭46・10　立川書房）

(20)『荒地詩集1954』（昭29・2　荒地出版社）

(21)『荒地詩集1955』（昭30・4　荒地出版社）

(22) 加藤典洋・瀬尾育生「戦後思想と詩の空間―鮎川信夫と戦争」（『現代詩手帖』平13・11）

(23)「失われた街」（『現代詩手帖』昭57・2）

（24）細見和之「鮎川信夫のもうひとつの時間「失われた街」をめぐって」（『現代詩手帖』平13・11）

（25）中川友「鮎川信夫―モダニズムからの離反」（宮川透編『１９３０年代問題の諸相』昭54・5 社団法人農山漁村文化協会）

（26）北川透「戦後詩〈他界〉論 鮎川信夫の詩と思想を中心に」（『北川透詩論集成1 鮎川信夫と「荒地」の世界』平26・9 思潮社）

（27）詩「神の兵士」（『詩と詩論1』昭28・7 荒地出版社）では、〈死んで生きかえる兵士にとつて／人類の滅亡も恐るるに足りない／破滅の量をどれほどふやしても／その究極の総数は一にすぎない〉、と皮肉な描写がなされ、のちに削除された。

7　一九四七年の思惟――『荒地』・『肉体』・「桜の森の満開の下」

死んだ男のために／一九四七年の一情景を描き出さう
腸詰めのやうな寄生虫を嘔吐しながら、／一九四七年の夏、彼は死んだ。

（鮎川信夫「アメリカ」）

（北村太郎「墓地の人」）

1　気がかりな一九四七年

一九四七（昭22）年が気になる。それは、鮎川信夫が特異な詩篇を紡いだ年であったせいもある。戦後詩の代表作として取り上げられることの多い「死んだ男」（『純粋詩』昭22・1）が登場する一方で、仮構された夭折の姉を〈姉さん〉と呼びかける〈死にそこなひの私〉が、死者と生者、さらには性差の境までも錯綜させながら、亡姉を追い続ける夢想的な世界を拡げる亡姉詩篇(1)のはじまりの詩「姉さんごめんよ」（『純粋詩』昭22・5）、さらには、「私はこの作品でかなり烈しく剽窃をやつた」、「私は断片を集積する」といった挑戦的な告白（「「アメリカ」に関する覚書」）とともに、夥しい他者のフレーズをコラージュして生み出された一五〇行にわたる長詩「アメリカ」（『純粋詩』昭22・7）も、この年にあらわれている。戦死した友をうたう「死んだ男」、亡姉を求める幻想的な世界観を持つ「姉さんごめんよ」、そして、ラディカルな手法をあからさまにした「アメリカ」と、まったく異種のあらわれを持つ独特の詩篇が短期間のうちに発表されたのだが、その底辺をつないでいるのは、戦死した詩友森川義信の影を宿す〈M〉である。つまり、鮎川にとっての戦死者が、さまざまな形をとって浮上しはじめた年と言える。そのため、これまでにもこの気がかりな年について、「鮎川信夫の〈アメリカ〉――一九四七年の交響」[2]、「帰還者たちの呼び声――一九四七年の〈姉さん〉」[3]として論じてきた。この考察もまた、その興味の系譜に連なっている。

何よりこの年は、第二次『荒地』（昭22・9〜23・6 全六冊）創刊の年でもある。ここで北園克衛（「風邪をひいた牧人」『荒地』3号 昭22・11）によって辛辣に批判されているのが西脇順三郎であり、彼もまた、この年に大きな変化を見せたのだった。ヨーロッパでのシュルレアリスムを体験した西脇は、昭和八年、詩集『Ambarvalia』で日本の詩壇に衝撃を与えたが、敗戦を経た昭和二二年、それを『あむばるわりあ』（昭22・8 東京出版）として改訂再版、同時に日本的な俳味を帯びた『旅人かへらず』（昭22・8 東京出版）を出版したことから、西脇のシュルレアリスムを好んだ北園は落胆を[4]あらわにする。『あむばるわりあ』については、「再版といふよりか、一つのデフォルメエションの出版であり、従来の再版といふ概念からは相当に遠いもの」とし、「読者の側よりするならば相当に困つた問題」であり、「視覚的な場より観念的な場への移動」が、「詩に於ては全く意味をなさないといふことを躊躇することなく言ひたい」、「たゞ著者のディレツタンティズムを微笑ませるに過ぎない」と述べて容赦ない。さらに、『旅人かへらず』に対しては、「知性の腐敗」、「意識の退廃」、「脆弱な東洋的頭脳の本能的な自己保存の祈祷」と形容され、「今日、此の国の最も前方にある詩人達の詩に於てすら何とロマンチツクな単なるエロキユウシヨンに陥つてゐることであらう」とする。北園克衛を烈しく落胆させるような一大転機を、西脇順三郎もこの年に示して見せたのだった。(5)

同じ年、同時代的な問題として着目したいのは、同誌第四号(昭22・12)で組まれた特集「フランツ・カフカの『審判』」である。鮎川による「『掟』と罪」、三好豊一郎による「フランツ・カフカに於ける人間の運命」が並んでいる。特に、サルトルらとの比較においてカフカの独自性を捉えてゆく三好の論考は、深く力強い。「実存主義者としてのサルトルは、カフカのやうに不安と絶望とに胸をしめつけられてはゐない」のであり、「嘔吐」の主人公ロカンタンの運命は、その「意思の儘に在る」とする。対して、カフカ「審判」の主人公ヨオゼフ・Kにおいては受け入れられない「必然があるばかり」で、二人の男によってむざむざと殺され、「犬のやうにくたばる」。このようなヨオゼフ・Kにとって、「焼跡のそこらにごろごろしてゐる」ような「近頃云々される実存的不安」などというものはないとし、次のように言う。

対象化された不安、それは好個の哲学的題材だ。背を焼く不安と身を以て戦つたカフカにそれが出来やう筈がない。神を対象として語る。其処には神はゐない。（中略）
カフカの徹底したニヒリズムが吾々に強制してくる危機の意識は、ヒューマニズム的文化の部分的反省や批判ではなく、人間の根本的な、全体的な、量から質への徹底的超越の意識なのである。

三好にとってカフカは、「人間的手段の如何なる救済によつても、癒し得ぬ絶望の傷口を開いてみせる」存在としてある。この認識は、『荒地』創刊号（昭22・9）に再録[6]された詩「囚人」に萌芽を見せ、その後、グリューネヴァルトの磔刑図を徹底的に言葉で象って見せた「基督磔刑図」[7]（『荒地詩集1953』昭28・1 荒地出版社）に向かって描かれていった肉体解剖的な詩篇と共鳴する。三好のこの期の手法は「荒地」のなかでも独特である。徴兵忌避のためにみずから病を呼び込み、終生にわたってそれを肉体に抱え込んだ事情[8]、そして、画才に恵まれた視覚の鋭敏さといった独自の背景も、ここには作用しているだろう。詩「囚人」は『荒地』掲載の翌月、昭和二二年一〇月に「『詩学』第一回詩人賞」を受賞する。これを表題作とする詩集『囚人』（昭24・2 岩谷書店）の巻末に収められた「辯明」（「一九四八年三月」の日付をもつ）において、三好は自身の肉体解剖的な手法について、「極度の神経の露出と緊張とからくる弛緩と衰頽、焦燥と見えざる恐怖、過大な自我愛と嫌悪の中に成つた」とし、それは、「如何にしてか己が現実を愛さうとする苦痛のリアリティに他ならなかった」と述べている。カフカが開いてみせる「絶望の傷口」に抗する手段としても受けとめられる。北園の西脇批判、そして、カフカやそれにつながる三好の詩的手法に共通しているのは、「知性」に対する意識である。これは、「荒地」を表現する際に用いられる「考える詩」に通底してもいる。鮎川信夫が、「われわれの心にとつて詩とは何であるか」（『詩と詩論 2』昭29・7 荒地出版社）において、自分たちの詩は、「詩としては、実に困難で、かつ苛酷な形式」である「書く詩」であること、そして、「考える詩」でもあるそれは、「歌う詩」のように「反復」や「言葉の形式や韻律的要素」といった「言葉の音」によって記憶に残るものではなく、「イメジ、あるいは意味として心にのこる性質」を持つとしたところに発するが、鮎川が、「歌的なるもの」の排除を標榜する根は、当の昭和二二年一〇月、『現代詩』に発表した評論「三好達治」にある。そこでは、「歌」は「自然」という概念を伴って「戦争詩」に結びつき、その作者達は、「戦争を自然現象のように肯定して歌うというような、反思想的な自然詩人」と形容され、厳しい批判が展開されている。

思想や知性の問題は、同じ年に『肉体の門』（昭22・5 風雪社）を出版した田村泰次郎による肉体文学の評価に関わっても浮上している。前作『肉体の悪魔』（昭22・4 実業之日本社）について、ある批評家が「思想がない」と指摘したのに対し、田村は、「肉体が人間である」（『群像』昭22・5）において、「強権的色彩を帯んだ専制政治」を続けた「「思想」への不信」に対して「肉体だけが真実」であり、「もつと敗けた国の文学らしく、もつと混乱し、もつとめちやくちやになり、もつとエロになり、もつとハメをはずさなければならない」、「そうならないのはどこかにごまかしがある証拠である」と勢い込む。これもすべて、一九四七（昭22）年のことである。そしてこの年、知性を肉体に標榜する雑誌『肉体』が創刊される。

2　知性を標榜する雑誌『肉体』

『肉体』は、昭和二二年六月から翌年八月にかけて四冊を発行し、坂口安吾「桜の森の満開の下」を第一号に掲載したことでも知られている。[11] 大屋幸世「戦後文化・文藝雑誌細目総覧（3）」（『鶴見大学紀要』平1・3）は、その性格を、「むしろ、物語り性、ロマン性を剥いだ、人間の現実存在、実存性に迫ることを求めているように思える。その人間の実存性を〈肉体性〉と言っているのではないか」と捉え、「もちろん田村泰次郎の肉体文学の影響を、この雑誌の創刊に見ることも必要である」とした上で、ほかに、「坂口安吾や石川淳らの文学精神」、「むき出しにされた人間性といった文学風土」からの影響を考える必要性を示唆している。そして、この雑誌が「次第に思想性を深めて」いったとの指摘もなされており、この点はここでの考察とも結んで重要である。

第一号巻頭に置かれた「肉体の宣言」は、次のように述べている。

　われわれは肉体からはじめる。観念からも、物質からもはじめない。疑はしい一切のものの中で、われわれ自らの肉体的現存在だけがこの刹那においてともかくも疑はれない存在だから

である。われわれは思惟の主発点をここに据える。（中略）
われわれはこのやうに肉体から出発し、肉体をもつて思惟し、一切を肉体と対決させる。それはデカルトのコギトにはじまる近世哲学に対する抗議として把握されるべきものであらう。すべてのものの上に肉体性を回復し、肉体的思惟を建設するのでなければならない。

肉体に信頼を置くという点は、同時期に発表された、先の田村泰次郎「肉体が人間である」と同じくであるが、田村が「思想」を忌避したのに対し、「肉体の宣言」では右のとおり「思惟」の語が繰り返される。この「思惟」と関わって実存主義と肉体の関係を論じたのが、同号掲載の大西昇「肉体の凝視」である。大西はこの中で多くの実存主義者とその主張を相互に照らし、「実存哲学に実践の原理が全く欠けてゐる」、「実践とは自らの肉体を働かして現実に変更を加へることでなければならぬ」、「私は肉体を凝視して、国家を思ひ、民主国家の建設、その政治的実践を思はざるを得ない」と述べる。「肉体の宣言」における「近世哲学に対する抗議」と響いていよう。また、同じく同号掲載の柴田錬三郎「自我の形成」では、坂口安吾「デカダン文学論」に触れて、自我をいかに高めるかの課題に対して「予測できぬと逃げるのは卑怯である」と論難、「「肉体」のみにぶちあたつて這ひづり廻る自我を、如何に立ち上らせるか、問題は此後にあるであらう」と述べて、肉体を肉体のみの存在として終わらせない。これら思惟や自我といった精神性を肉体に反映させる主張は、巻末の渭原功による「編集後記」において、「この精神の内奥の限りなき闘争を経て、新世代を予言するものは、我々の肉体だけである」として受けとめられている。

その精神と肉体のありようを作品に写し出しているのが、第二号（昭22・10）掲載の八木義徳「胡沙の花」であるように思われる。主人公矢田は昭和一三年から一七年までの三年一〇ヶ月を、化学薬品製造工場の仕事のため満州奉天に過ごすことになり、新婚三ヶ月の妻有子を伴うが、東京から一歩も外へ出たことのない有子は異境で心身を失調してゆく。


黙々と機械のやうにたゞ手足だけを動かしてゐる妻の肉体を、矢田は一個の物体を眺めるやうに眺めるのだ。そしてその物体は、精神の傾斜面を逆落しに転つてゐるのだつた。（中略）お前はお前の妻の孤独な飢えた魂の上に、ただ氷塊のやうに圧しかぶさつただけなのだ。そしてお前はお前の妻を凍らしてしまつたのだ。しかもお前は、その精神と肉体の凍つた妻から、果たして遁げ出さうと試みはしなかつたか……。（傍点原文のまま）

心身の失調を描くことで浮かび上がってくるのは肉体と精神の相関であり、当時において満州を背景としたリアリティのある内容であったとも思われる。思惟や自我、精神を肉体によって照らそうとする『肉体』の主張とかみ合った作品である。

同号には大島博光による全面改訳したランボオ「地獄の季節」、「恋の砂漠——断片——」、評論「ランボオの芸術と生活」を掲載して「ランボオ特集」を組んでおり、その意図を柳澤賢三「編集後記」

は、「地獄の季節」における「ランボオの驚嘆すべき創造への意志と肉体との対決」を指摘、「人生への問ひを忘れ果てた個性のない私小説や虚構の彷徨が氾濫する日本文学界は新たな眼をもつてランボオを再読すべき」であり、「絶対自我の追求」によるランボオの作品こそが「肉体の文学であり美の金字塔」だとしている。

翌二三年二月に発行された第三号では、十返肇、今官一らをふくむ小説家や評論家一〇名によって、いよいよ「文学と肉体」といった特集が組まれるに至る。敗戦後のデカダンや私小説の自虐精神などが批判され、肉体と思考の連動がそれぞれに主張されている。なかでも柴田錬三郎「肉体の魔術」は、肉体文学が叫ばれる理由を、「作家が戦争をくゞり抜ける際にあまりにも肉体がくだらないものだと認識させられたが故に、かへつて反逆の態度をとらざるを得ない位置にとび込んでしまつたのではないか」とし、それは、「精神の危機」を救済する「肉体の思考性」ではなく、「肉体それ自体に対する狂気の虐待にすぎない」のであり、「一時的な興奮状態」であると言う。田村泰次郎の作品についても「一見如何にも健康」であるが、「本質的に病的でありニヒルであるべき肉体の魔術が、魔術故に、健康さうな仮面をかむつてみせただけ」とし、「作家の主体内容の貧しさ」をその理由としてあげ、次のように結論づける。

「文学の肉体性」の意義は、無智や不具の肉体を制約的條件とすることではなく、自我を現実と対決させる為に、逆説的に自己の主体を浮彫してみせる形式として虐待してみる時にのみ明白となると信ずるものである。これが廿世紀のダンディズムである。

柴田が「廿世紀のダンディズム」とするこの主張は、先の三好豊一郎の詩篇に見られる肉体解剖的手法を代弁するかのごとくであり、柴田の主張が同時期の「荒地」と響き合っているのは興味深い。三好の表現は、たとえば次のようなものである。

己が自愛の要求に応へるに／剃刀を軽く咽喉にふれて引く／／反転する薄い皮肌を指先につまむで／顔の上までめくりあげる／鏡をのぞく　するとつめたく暗い夜の中へ／露出した鼻口は荒い呼吸を吐きつけ／苦悶する脈管が枯れた林のやうに映る／血まみれの夢想——蒼ざめた不滅の「徳」の上に。

（「室房にて」抜『純粋詩』昭23・1）

〈己が自愛〉をかような方法でしか確かめられない悲痛な認識には、深い絶望から〈血まみれの夢想〉を見出す逆説的なエネルギーも込められている。『肉体』誌上で繰り返されている、思惟のみとされる実存主義批判と、サルトルとの比較から「カフカの徹底したニヒリスム」を評価する三好の認識との相同性が、この共鳴をもたらしているのだろう。『肉体』は続く第四号（昭23・8）でいよいよ、飯島宗享、草薙正夫、鬼頭英一といった実存哲学研究者らの本格論考を掲載し、「実存主義哲学研究」特集に至るが、[12]ここでの興味から注目したいのは、「肉体と知性 東京・十日間」と題した山岸外史による文章である。

ルノアールの描く女性の肉体は「見事に官能的で豊満だが知性の品位と純粋性がない」のに対し、ピカソのそれには「肉感」がなく、ルノアールやセザンヌ、マネらが「単純な自然模写」であるのに対し、ピカソは「自然を純化して再表現」している点で、「人工のもの」である「近代芸術」たり得ていると評価する。次いで、この比較を太宰治と織田作之助の上に展開し、織田の小説「それでも私は行く」には「理知」と「倫理」を感得するが、対する太宰については、「彼の芸術至上主義そのものが封建主義であり、彼の官能主義そのものがエゴイズム」であるとし、「稀に見る優れた感性」を感ずるものの、致命的な「知感の欠如」があると指摘する。山岸は織田作品について、「極めて透徹した理解力と心理主義とをもつて、相当に広い空間を形づくつて」いるとし、それを、「日本の美しく怜悧な小柄の女」と形容して冒頭のピカソ評価と響かせている。知性と人工、そして加工された肉体に言及する山岸の視点は、知性の宿る肉体を具現化し、[13]それを文芸につなげて見せた点におもしろさがあり、表題「肉体と知性」は、雑誌『肉体』のこれまでのながれを総括した感もある。そして、第一号に掲載された坂口安吾「桜の森の満開の下」をこの場に置いてみると、やはり、肉体と思考の問題が際立ってくるように思われるのである。

3 「桜の森の満開の下」に見る肉体と知性

「桜の森の満開の下」には、〈山賊〉の〈男〉に関わって〈考へる〉というフレーズが繰り返し用いられている。彼は〈女〉を奪い、自身の家に連れ帰るまでは語り手によって〈山賊〉と呼ばれるが、それ以降は〈男〉と呼ばれるようになる。物語において、彼が〈男〉となったところから、彼に変化が訪れる。〈男〉は〈考へる〉人へと変化するのである。彼がもともと考えない人であったことは、冒頭近く、皆が〈気違ひ〉になる〈桜の森の花の下〉について思いをめぐらす次の箇所で伝えられている(以下、引用は『肉体』掲載本文による)。

けれども山賊は落付いた男で、後悔といふことを知らない男ですから、これはをかしいと考へたのです。ひとつ、来年、考へてやらう。そう思ひました。今年は考へる気がしなかつたのです。そして、来年、花がさいたら、そのときじつくり考へようと思ひました。毎年さう考へて、もう十何年もたち、今年も亦、来年になつたら考へてやらうと思つて、又、年が暮れてしまひました。

彼の〈考へる〉は、読んで知られるように、〈思ふ〉と同意に用いられているようなところもある。それが、物語の進行にともなって峻別されてゆくようになる。(14)〈後悔といふことを知らない男〉、

〈彼の心は物にこだはることに慣れません〉とされる彼は、〈女〉によってもたらされた〈不安〉が、〈桜の森の満開の下を通る時〉に〈似てゐる〉と感じはしても、〈彼にはいつもそれぐらゐのことしか分らず、それから先は分らなくても気にならぬたちの男〉であり、〈女〉によって意識させられる〈都〉についても、〈都の空がどつちの方角だといふことすらも、考へてみる必要がなかつた〉。そして、〈女〉によってもたらされたさまざまの美しい物たちについても、〈個としては意味をもたない不完全かつ不可解な断片が集まることによつて一つの物を完成する、その物を分解すれば無意味なる断片に帰する、それを彼は彼らしく一つの妙なる魔術として納得させられた〉のだったが、〈都を怖れる心〉の生じたあたりから、変化の兆しが見えてくる。それこそが、知識という知性に関わってもたらされるのである。

そして男に都を怖れる心が生れていました。その怖れは恐怖ではなく、知らないといふことに対する羞恥と不安で、物知りが未知の事柄にいだく不安と羞恥に似てゐました。

〈知らない〉ことによる〈怖れ〉は、〈何百何千の都からの旅人を襲つたが手に立つ者がなかつた〉という〈過去〉を〈思ひだし〉、経験則を知識にすり替えることによっていったん打ち消されはするが、この出来事は、〈男〉がいよいよ〈考へる〉人となる起点となる。都へ移って都を知り、〈女〉の延々繰り返される〈首遊び〉に〈退屈〉すると、〈男〉はついに〈無限〉を〈考へる〉人となる。

その先の日、その先の日、その又先の日、明暗の無限のくりかへしを考へます。彼の頭は割れさうになりました。それは考への疲れでなしに、考への苦しさのためでした。

さらに、立て続けに〈考へる〉。

彼は気がつくと、空が落ちてくることを考へてゐました。空が落ちてきます。彼は首をしめつけられるやうに苦しんでゐました。それは女を殺すことでした。（中略）

あの女が俺なんだらうか？　そして空を無限に直線に飛ぶ鳥が俺自身だつたのだらうか？　と彼は疑りました。女を殺すと、俺を殺してしまふのだらうか。俺は何を考へてゐるのだらう？

ついには、〈想念〉や〈深い物思ひ〉までもがあらわれる。

あらゆる想念が捉へがたいものでありました。そして想念のひいたあとに残るものは苦痛のみでした。（中略）

彼はなつかしさに吾を忘れ、深い物思ひに沈みました。

そして、身も心も消滅する、あの結末を迎えることになる。〈満開の花の下〉へ〈女〉を背負って歩きこむと、この物語で三度目の〈不安〉が〈男〉に訪れる。

彼はふと女の手が冷めたくなつているのに気がつきました。俄に不安になりました。とつさに彼は分りました。女が鬼であることを。

肉体の感覚と精神とが連動し、〈鬼〉と感覚された〈女〉をしめ殺した〈男〉の精神は、それ以後も肉体との連動をもって語られる。

彼の呼吸はとまりました。彼の力も、彼の思念も、すべてが同時にとまりました。（中略）ほど経て彼はたゞ一つのなまあたゝかな何物かを感じました。そしてそれが彼自身の胸の悲しみであることに気がつきました。

しかしこの一致を見たのもつかの間、〈女〉の〈屍体〉とともに、〈彼の手も彼の身体も延した時にはもはや消えてゐました〉とされ、〈男〉が〈考へる〉人となり、肉体と思考の一致が見られた途端に消滅の幕切れとなる。廣瀬晋也「「桜の森の満開の下」の零度」（『国語国文薩摩路』平11・3）は、本稿で〈男〉が〈考へる〉と捉えた点を、「意味づけへの偏執」とし、それに対して「いかなる解答をも見いだすことができなかった」ことが、彼の「孤独」の所以であり、最後の消滅は「遂に世界への意味づけを断念した」ためとして、次のように捉えている。

それは覚醒、あるいは認識であり、また、かれの本来的な在り方からすれば人間としての崩壊であって、かれは虚無となって消失した。

また同時期の「私は海を抱きしめてゐたい」の結末ともあわせて、「〈満開の桜の森〉とその下の〈虚空〉は、人間の意識が介入できない世界、合理や意味が消滅する場であり、非合理や無意味が復権する場」であるとし、安吾が「無意識という意識があるように、無意味という意味があることを、戦中、戦後の日本と日本人に現出した「地獄」のような風景からつかみとっている」と結ぶ。廣瀬論では、物語を意味づけへの偏執からその断念への道筋と捉え、本稿では、肉体と思考の不一致から一致への道筋と捉えるが、ここで、〈男〉が彼本来でないものを手にしたことに相違はない。それは、雑誌『肉体』が標榜していた知性であり、廣瀬論の言う「覚醒、あるいは認識」である。しかし、それは手にした途端に消え去って行く。このすり抜けるような感覚を共有しているように思われるのが、鮎川信夫が同年に発表した詩篇「アメリカ」である。

4 「アメリカ」の夢見る断片

鮎川の「アメリカ」は、本稿冒頭でも触れたとおり、夥しい他者のフレーズをコラージュして成立した長詩である。それは、次のようないくつかの場面によって構成されている（以下、引用は『純粋詩』掲載本文による）。〈一九四二年の初秋〉に戦死した〈M〉への追憶と〈最初の路地で心弱くもふりかへる〉置いてけぼりの〈僕〉。〈大学生〉と〈剽窃家〉と〈独身者〉とともに過ごす〈一九四七年の一情景〉、そこでも〈ひとり卓子に残される〉〈僕〉。その〈僕〉が〈突如白熱〉し、〈せきこみ調子〉づき、〈濤のやうに喋べりかける〉〈「アメリカ・・・・」〉。そして、〈憐むべき君たちの影に過ぎぬ僕〉が〈夢みてゐる〉のは〈新らしい黄金時代〉、〈なにげない挨拶のうちから生れる未知の国民〉、そして、〈至高の言葉を携へた使者〉が〈僕らの家の戸口を大きな拳で叩く朝〉のこと、〈僕〉はそれを〈熱烈に夢みてゐる〉。

作品の詩句がどのようにコラージュされているのかについては、それらの典拠とともにすでに論じているので[15]繰り返さず、ここでは、「桜の森の満開の下」との同時代性を強く意識させることになる断片的手法について考えてみたい。これも冒頭で触れたとおり、「アメリカ」には、その創作に関わる評論「「アメリカ」に関する覚書」が同時に発表されており、ここで鮎川は、「断片」の意味について多くを費やし、その意義を論じている（以下、引用は『純粋詩』掲載本文による）。「我々の生活そのもの」は「幾多の矛盾を孕んで」いるために、「我々はいつも言葉といふものを断片的に受入れ、一時の支へとするだけ」であり、「断片から断片へとびうつらざるを得ぬ」とする。そして、「行為の現実から言葉へうつる時に、詩の魔術が働く」のだとして、次のように述べる。

哲学でも詩でも、あらゆる経験領域から受取つた断片的な言葉を、包括的な秩序の下に再組織することによつて、我々に「生の中心」を暗示するのである。すべての言葉の運動は一つの中心に向つて進む一つの宇宙を形成する。そして宇宙とは他でもない、――それは思想の両極を満たすところの生のヴイジヨンである。

鮎川によってその後も求め続けられることになる「一つの中心」という概念は、「断片的な言葉」の「再組織」によって生ずる「言葉の運動」が進む先として、ここから始まっている。さらに、この作品で「かなり烈しく剽窃」をし、「なるべく元の形をこわさぬやうにした」が、「全体との関連に於て多少はずれ」、「意味内容は甚だしく違つてきてゐる」が、「その意味のずれ方が、私の存在にとつて言葉が自分のものになる交差点を示すもの」であるとして、次のように総括する。

私は断片を集積する。私はそれらを最初は漂流物のやうに冷やかに眺めてゐるが、次第にそれらの断片によつて我々の世界が支へられてゐることに気づく私はそれらの断片に、総括的な全体との関連に於て、部分としての位置を与へる。勿論一つの断片と雖も全体を変へるほどの影響力を持つてゐるものであり、もしそれが精神に深く刻まれるなら、それから故意に逃れ出ようとする努力そのものが正常なものと言へぬことが屡〻ある。

鮎川は現実から受け取る「断片的な言葉」とその再組織にこだわる。それが、自身の「生のヴィジョン」につながると考えているからである。片や「桜の森の満開の下」においても、断片とその再組織が執拗に描かれていた。〈女〉の〈首遊び〉である。このことは、すでに天満尚仁「坂口安吾「桜の森の満開の下」論――語り 他者 トポス――」(『立教大学日本文学』平17・12)によって指摘されている。天満論は〈首遊び〉から語りの問題へと敷衍し、〈男〉にとっての〈女〉や〈桜の森〉の他者性を浮かび上がらせるなかで、この場面を次のように捉えている。

女は首のみを無数に集め、新たな一つの物語を構成して行くが、その物語には首同士の必然的因果関係は皆無である。なぜなら、女の気分次第で簡単に物語は書き換えられて行くからだ。女の恣意的な物語り=歴史化の背後に、首が人間であった頃の個別の歴史性は隠蔽されてしまっている。

〈男〉の側からすれば、それは〈魔術〉としてしか納得されない断片の解体と再組織のくり返しに通ずるものであり、捉えきれない言葉の運動である。天満論ではこれを〈夢〉の語に着目しながら、「夢と語られているのは女と桜の森に対してだけ」であり、「山賊にとって両者は自分の内面化され得ない余剰として現象するもの」としている。そして、「言語化」は「思惟そのもの」であるが、「可視的世界の住人」である〈男〉の「論理」は、「言語的な意味付けを斥けるようにしか作用せず、言語の十全性を解体するような認識」であり、この作品はそのような「非歴史的な語りを目論んだ」テクストであることを述べている。(16) だが一方、格助詞「の」を多用した「奇妙な題名」である「桜の森の満開の下」は、次のような理解から、「言語化」や「語りの行為」が「本源的に孕む恣意性の呪縛から、原理的に逃れられないことを暗示している」とも指摘する。

鈴鹿の山の桜の森の満開の下の山賊の虚空の……といった具合に、言語的把持の不可能性に位置するラディカルな他者性《トポス》を名指そうとした痕跡＝隠喩に他ならない。

このような言葉の解体と再組織をめぐる指摘は、鮎川が「「アメリカ」に関する覚書」を次のように結んだことを想起させる。

私はやりきれぬ気持でこの作品を放棄する。或は放棄するところまで行つてゐないにも拘らず悪い眩暈のうちで中断する。言葉にしがみついてゐる記憶の固執と、断片の死臭と言語の保存用アルコールの厭な臭気とを感じながら……。私の「アメリカ」がそのような暗い世界から生れたとしても、それは私の責任ではない。

言葉の集積によって「一つの中心」を求めながら、それを「中断」すると言う。言葉の運動を極めてゆけば、そこには「暗示」のレヴェルに留まらない「一つの中心」が、自ずから浮き上がってくることになるだろう。「中断」は静止であり、同時に、言葉の運動の持続にほかならない。なぜ、「断片」は保持され、「中心」の定位は回避されようとするのか。鮎川はこうも述べている。

我々は言葉の記憶のなかで思想の実態を見失つてしまふ。そして我々が詩の上で如何に実体を追ひかけてみても、思想といふものは言葉の元の鞘に戻らぬのである。

本来「元の鞘に戻らぬ」もの、すり抜けて行くものを恣意的に収めようとすれば、そこには形骸化した「思想」が残るのみだろう。(17) ここでさらに、「桜の森の満開の下」における「断片」に着目した考えに目を向けてみよう。加藤達彦「「桜の森の満開の下」――ウツ・ロ・ヒのテクスト」(『国文学解釈と鑑賞』平18・11)は、「幾千万の桜の花びら」という「断片」が「映画のカットそのものに重なっている」とし、〈男〉が〈魔術〉として納得したものは、「一つ一つの「断片」＝フォトグラムを編集し、それらをつなぎ合わせることでつくられる映画制作の原理をも言い当てているのだが、それに気づいていない」と述べる。そして、これらをふまえた次の指摘は、鮎川の「アメリカ」と

「アメリカ」に関する覚書」に通じる点として目を引く。

しかし「桜の森の満開の下」は、完成された映画ではなく、むしろ映画を作りつつある過程（プロセス）を主題化した作品、言い換えれば、物語内容よりもそこに仕掛けられた機構そのものを小説化した〈ポラロイド〉的な作品と見なすべきではないだろうか。

このように捉えられる方法を鮎川信夫と坂口安吾が同時期に見せているのには、ある共通の心性が横たわっているのではないか。それを鮎川の言辞に求めれば、やはり同じ年に発表された「青春の暗転」（『純粋詩』昭22・5）における次の述懐に行き当たる。

我々の世代の二重性、――破壊と形成、絶望と歓喜とが同時に起るところに、我々が如何に偏つた考へ方に憑かれてゐても、何かの主義に堕し得ない苦痛がある。

そして、「アメリカ」は次のように結ばれる。

そして至高の言葉を携へた使者が／胸にかがやく太陽の標章を示しながら／宮殿や政府の階段をとびこえ／おどりたつ群衆をおしのけ／僕らの戸口を大きな拳で叩く朝のことを／熱烈に

夢みてゐる

この〈使者〉は、永遠に〈僕ら〉の元へたどり着くことのない、カフカの「皇帝の使者」である。彼が走り出ようとする宮殿の外を、カフカは〈世界の中心〉とするが、そこへの到着は許さず、待つ者には到着の日を夢みさせる。ここにおいても〈中心〉を目指す運動は、到達不能によって永遠に持続されているのである。

見てきたような肉体への眼差し、断片化と再組織の往還、死と生の対位、それらが各所で湧出し共振する表現の営みは、戦時下の抑圧から知性を回復してゆくための、不信に満ちた思惟の断面と映る。第二次『荒地』の出発が一九四七（昭22）年であったのも、偶然ではない。

注

（1）「姉さんごめんよ」（『純粋詩』昭22・5）、「落葉」（『造形文学』昭24・5）、「あなたの死を超えて」（『荒地詩集1952』昭27・6）。

（2）「鮎川信夫の〈アメリカ〉―一九四七年の交響―」（『国語と国文学』平5・12初出、『鮎川信夫研究―精神の架橋』平14・7 日本図書センター 所収）

（3）「帰還者たちの呼び声―一九四七年の〈姉さん〉」（安藤宏編『展望 太宰治』平21・6 ぎょうせい 初出、『戦争のなかの詩人たち―「荒地」のまなざし』平24・9 学術出版会 所収）

(4)昭和一〇年代初頭、一様にモダニズムの洗礼を受けた「荒地」の詩人たちにとっても同様で、詩を書く少年田村隆一は、府立三商の仲間との詩雑誌に『AMBARVALIA』と名付けていた。
(5)同誌に北園と並んで掲載されている、木下常太郎による西脇論「旅人かへりぬ」は、北園とは対照的に、『あんばるわりあ』『旅人かへらず』によって、「現実、現実人間及現実関係に重点を置くことによって西脇は彼の超現実文学理論に光をあたへるにいたつた」との評価を与えている。
(6)初出は、三好が編集したタイプ印刷誌(昭20・4)。
(7)これらの詩篇については、「三好豊一郎における〈肉体〉のイメージ—昭和20年代の模索—」(『愛知県立大学文学部論集』平6・2初出、『鮎川信夫研究—精神の架橋』平14・7 日本図書センター 所収)、「「三好豊一郎—肉体に刻んだ荒地」(和田博文編『戦後詩のポエティクス 1935〜1959』平21・4 世界思想社 初出、『戦争のなかの詩人たち—「荒地」のまなざし』平24・10 学術出版会 所収)において論じた。
(8)この経緯については、「戦時下のロマンティシズム—詩誌「故園」をめぐる世界」(『日本現代詩歌研究』平20・3初出、『戦争のなかの詩人たち—「荒地」のまなざし』平24・10 学術出版会 所収)において論じた。
(9)初出は、『群像』(昭22・3)。
(10)初出は、『世界文化』(昭21・3)。
(11)黄益九「『暁鐘』版「桜の森の満開の下」」(『坂口安吾論集Ⅲ 新世紀への安吾』平19・10)によれば、本作品は『肉体』の継続前誌『暁鐘』五号に掲載予定であったが発行されず、本作品をふくむ八作品が、そのまま『肉体』第一号に掲載された経緯を持つ。
(12)同号には、齋藤磯雄によるリラダン「幸福の家」の翻訳と、評論「リイラダン伯の孤独」も掲載されていて目を引く。
(13)おもに女性の肉体として捉えられているのは、『肉体』の表紙とも呼応する。『肉体』は全四冊のうち三冊

（一〜三号）が、里見勝蔵による女性裸体のデッサンを表紙絵としている。ちなみに、第四号は瀧川博志による人面デッサン。

（14）「〈考へ〉るという行為」を「知的制覇」、「自己強化のための新たな挑戦的行為」と捉え、〈男〉の「欲望」と重ねている論もある（水本次美「坂口安吾「桜の森の満開の下」論—男の〈欲望〉」『文学論叢』平16・2）。

（15）「鮎川信夫の〈アメリカ〉—一九四七年の交響」（『国語と国文学』平5・12初出、『鮎川信夫研究—精神の架橋』平14・7 日本図書センター 所収）

（16）宮澤隆義『坂口安吾の未来 危機の時代と文学』「第九章 法と構想力—「桜の森の満開の下」論」（平27・2 新曜社）は、〈男〉が〈女〉を背負った折にあらわれる、〈身体が節々からバラ〴〵に分かれてしまつたやう〉という描写から、〈男〉にとって「世界は断片的な知覚の集積と化して」ゆくとする。対して、「バラバラで個別的なものの集合に全体性を与える、「魔術」的なエコノミー」である〈都〉の、〈魔術〉的な力を象徴しているのが〈女〉であると捉えている。

（17）鮎川は初出（『純粋詩』昭22・7）以来、『荒地詩集1951』（昭26・8 早川書房）、『鮎川信夫全詩集一九四五—一九六五』（昭40・9 荒地出版社）と「アメリカ」に手を入れ続け、『全詩集』収録形を決定稿としたが、「言葉の集積力を支えていた熱意のようなものが急速に失われたことが、この作品の進行を妨げることになったのであろうが、このことは他の種類の作品を書く意欲にも少なからぬ影響を及ぼし、一九五五年以降は自発的に詩を書くことがきわめてまれになってしまった。」（「あとがき」）と述べている。

8　「繋船ホテルの朝の歌」と中原中也——〈倦怠〉をうたう詩人たち

ああ　おれは雨と街路と夜がほしい
夜にならなければ
この倦怠の街の全景を
うまく抱擁することができないのだ

鮎川信夫「繋船ホテルの朝の歌」（『鮎川信夫全詩集1945—1965』昭40・9 荒地出版社）における〈夜〉は、〈可憐な魂のノスタルジア〉を喚起するほどに慕わしく、対して〈朝〉は〈倦怠〉に満ち満ちている。

疲れた重たい瞼が／灰色の壁のように垂れてきて／おれとおまえのはかない希望と夢を／ガラスの花瓶に閉じこめてしまったのだ／折れた埠頭のさきは／花瓶の腐った水のなかで溶けてい

る／なんだか眠りたりないものが／厭な匂いの薬のように澱んでいるばかりであった／だが昨日の雨は／いつまでもおれたちのひき裂かれた心と／ほてった肉体のあいだの／空虚なメランコリイの谷間にふりつづいている

〈垂れて〉くる〈重たい瞼〉、〈花瓶の腐った水〉、〈厭な匂いの薬〉のような〈澱〉み、この重だるい朝に差し挟まれた次の四行が、「荒地」の個性を映し出す。

西と東の二つの大戦のあいだに生れて／恋にも革命にも失敗し／急転直下堕落していったあの／イデオロジストの顰め面を窓からつきだしてみる

「繋船ホテルの朝の歌」は昭和二四年に雑誌『詩学』に発表され、幾度かの改稿を経て、昭和四〇年版『鮎川信夫全詩集』の形を決定稿と見ることができる。(1) その間一六年、詩人鮎川が気にかけ続けた詩篇であったことがうかがえる。

生命の倦怠をどこまでもひきずってゆき、地球最後の日まで止むことがないといった奇妙なイロニイを伴った悲哀の純粋持続が、そこにはある。

（「解説」『現代日本名詩集大成7』昭35・11 東京創元社）

中原中也の詩をこのように捉えた鮎川が、「繋船ホテルの朝の歌」に込めた〈倦怠〉を端緒に、「荒地」の中也に対する独特の向き合いを照らしてみたい。

1　「繋船ホテルの朝の歌」

(1)鮎川信夫と「荒地」の倦怠

「繋船ホテルの朝の歌」が最初に『詩学』に発表された前年、鮎川らは「近代の倦怠をめぐる反語的座談会」(鮎川信夫・北村太郎・田村隆一・三好豊一郎・木原孝一・出海溪也『ピオネ』昭23・6)なるものをおこなっている。田村隆一が東京の後楽園スタジアムに触れて、中也の〈なにが悲しいったってこれほど悲しいことはない〉(「黄昏」『山羊の歌』)さながら、〈悲しい〉を印象的に反復している。

このあいだ水道橋をぶらぐ歩いていたら、後楽園のスタヂアムの所に出た。円形の壁に囲まれた壁を見ていたら、奇妙に悲しくなつてきた。スポーツが悲しいのではない、スタヂアムがどうにも悲しい。うまく説明出来ないが、近代が持つている極めて抽象的な悲しみがある。

これを受けて、鮎川は「近代というものがつまらないんだ」、木原孝一は「近代というものは倦怠なんだ」と述べ、鮎川はさらに、今の詩人のつまらなさが「近代の倦怠を感じていない」ためだと指摘する。

これらは、彼らと切り離せない「実存主義」が、彼らによってどのように捉えられているのかをわかりやすく照らし出す。「倦怠」がさまざまに「克服」されようとしてきたことは「実存主義者」とも無縁ではないが、田村に言わせれば次のようになる。

実存主義者も倦怠を克服したと思っているらしいが、彼らはかえって重くしているよ。(笑声)

「実存の認識」は「神の認識」(鮎川)であり、「自己の客観化」(田村)であるはずなのに、「今の実存主義者は神との断絶ということを意識せず、かえって神を排斥している」のだと、北村太郎は指摘する。「下向きの実存」(北村)、「生理的実存」(田村)と表現されているように、抽象度の低い現実的かつ実体的なところへ「実存」の概念が下ろされていることを彼らは苦々しく思っているのであり、その極めつけに鮎川は、「近代の倦怠というものは打ち破れない」、「詩で打ち破れるんだったら何も堪える必要なんかない」と言い放っている。

こうした心性を引きずった地点で成立したのが「繋船ホテルの朝の歌」と見ることができる。田村の助言で、一人称〈ぼく〉を〈おれ〉に変えて詩篇の世界が出来上がった[2]というところには、田村の詩的センスに対するリスペクトがあり、知られるとおり、互いの詩句を共有し差し出したりしていた「荒地」の関係性[3]が、ここにもよく映し出されている。何より、先の座談会で「悲しみ」を連発した田村が、「倦怠」をよく知る人であったことも響く。そして鮎川はのちに、「この詩の背景をなすもの」として、「打ちひしがれて行きどころのない青年の心」、「強い幻滅感に浸蝕されていたにもかかわらず、なおライフに対する夢を捨てかねて、幾度も小さな難破をくりかえすといったような日々」をあげ、「この詩は、そんな日々の一つの記念として書かれたようなもの」とみずから述べている。[4]

では、これまでこの詩は他者によってどのように捉えられてきたのか。栗原敦[5]は先行研究の見取り図を示しながら、自身の解釈による各連の構造を、「まぼろしの〈希望〉への意志」、「〈希望〉からの目覚め」、「〈幻滅〉への目覚め」、「方法として、自覚的に獲得された〈幻滅〉」とあらわす。そして、詩人鮎川については、「フィクショナルで、創造的で、作品としての自立した構造を持った表現を心掛けていた詩人として追究しなおすべき」との重要な指摘をおこなっている。

この詩を高く評価し、早い時期から繰り返し言及している吉本隆明は、昭和三〇年代初頭において、[6]「この時期の鮎川の代表作」、「戦後日本現代詩の屈指の秀作」、「個人的な体験をとおして、戦後日本革命の敗北してゆく現実へ、内部世界をおしひらいてみせた記念碑的な作品」と位置付ける。その十年後、大岡信[7]は、「激動と破壊と建設」の「戦後社会の現実」を、「動かない倦怠の街」として描き出す詩人の「反現実主義」を見、それを「見捨てて立去ることもできない」として、最終連の〈狼〉に「詩人自身の自画像」を重ねるが、この点は後述のとおり、再考したいところである。

昭和四〇年代末の吉本隆明[8]は、この詩に「出発」の意志を強調する。それは「〈喪失〉に伴奏された」ものであり、「戦争の果て」の「喪失」、「希望」の「喪失」から「出発」することが「戦後世界の普遍的な課題」であったからだとしている。さらに、「秘された鮎川信夫の原風景のようなもの」として、ばらばらな父母による「家」の形成から生じた「幼児の倦怠」をこの詩の男女に想像し、社会と個の二層性を見てもいる。吉本は続く論[9]においても、すばらしい世界が開けるはずと期待された戦後は少しもすばらしくなく、この詩の表現はそうした「社会を表現し、じぶんを表現し、じぶんの内面を表現する暗さと混迷をひとつにしている」と述べている。

先掲の栗原論が、ふまえるべき「鑑賞」と位置付けた北川透[10]は、各連の進行に伴って、「通俗」の「仮装」や「意志された出発の虚妄」の「解体」が、「戦後社会そのものの出発の不可能」へと転換され、〈おまえ〉が「〈倦怠の街の全景〉に変容」したと見ることで、「抱擁の不可能」を読みとる。そうした「私的なモチーフの甘美さや切実さ」を失わずに時代を映し出したところに「時代の通俗的な衣裳」を見、それは、「すぐれた詩が必ず備えている」ものであるとしている。

これらの論に共通しているのは、個と時代とを同時に映し出す二重性が実現されているという指摘であり、そのことがこの詩に対する評価の高さにつながっている。ここではさらに、蔵原伸二郎という詩人の存在を加えることで、この詩の持つさらなる多層性を照らしてみたい。

（2）〈狼〉と蔵原伸二郎

蔵原については、後掲のように鮎川自身が「抒情詩の歩みについての対話 夢と詩と現実」（鮎川信夫・疋田寛吉『抒情詩のためのノート』昭32・1 ひまわり社）において厳しく言及している。そこで取り上げている蔵原の「戦ひをいどむ」は、次のような詩篇である。

かくてわれわれの民族感覚はわれわれの強健なる原始に目醒めた。世紀末の病都会を飛び出した若き東洋の狼は、全世界の文明に向つて戦ひを挑む。新しき東洋の精神は、新しき、野生主義は、あらゆる反対のものに、然らざるものに向つて怖しい戦をよぶ。／ 見よ！ 狼火は上つた。青く若き狼は、りんりんと爪牙をといだ。戦ひのために、しのゝめのばらいろの空気の中に、現れ、先づ草の根のにがい汁を吸つて精気を養つた。／ かくて狼は吠ゆる。跳躍する。／ 戦ひをいどむ。／ 文明病の世紀末に向つて、／ 実に慓悍極りなき狼である。

（『東洋の満月』昭14・3 生活社）

岩本晃代[11]は、当該詩篇をふくむ詩集『東洋の満月』を、次のようにイデオロギッシュなものではないと論じている。

「〈狼〉詩篇」をはじめ『東洋の満月』に表現されている〈民族意識〉や〈東洋〉は、読書体

験による歴史上の人物への憧憬が先行し、明確な概念というよりは、浪漫的イメージによる詩句だといえるだろう。（中略）

時局下に、彼の〈感覚〉的〈民族意識〉に一時的にせよ変化が見られたともいえるが、ここでは、副題（論者注＊詩篇「東方の狼」の副題）に「東洋の満月・序詩」と明記されることによって「〈狼〉詩篇」が、『東洋の満月』の詩世界の中核であることを強調しておきたい。（中略）「〈狼〉詩篇」制作当時における〈民族意識〉そして〈東洋〉の概念は、イデオロギーによるものではなく、読書体験を通じた〈成吉思汗〉への強い憧憬が中心となり、〈蒙古〉への浪漫的イメージを喚起されて形成されたものだと考えられる。

岩本論がこのように論証する理由は、『東洋の満月』が出版された昭和一四年当時において、次にあげる鮎川の述べるような背景が成立していたためである。

……反西欧主義的な気分から、国粋主義・復古主義の傾向が強くなり、それが〈伝統への復帰〉につながつていつたというわけだな。ヨーロッパ文明は、もう行詰まつたというような議論も、たとえば、シユペングラーの「西欧の没落」なんかに関連して、ずいぶんさかんだつたしね。——その反動で、妙な東洋主義（戦後はアジア主義）みたいなものが、頭を擡げてきたりした。たとえば、これも「コギト」系の蔵原伸二郎など、しきりに民族意識を鼓吹したが、文明不信を叫んで、／／　かくて狼は吠ゆる。跳躍する。／　戦ひをいどむ。／　文明病の世紀末に向つて、／　実に慓悍極りなき狼である。／（『東洋の満月』――「戦ひをいどむ」より）／／　というような詩を書いている。いかに全世界の文明が病んでいるように見えようとも、それに戦いをいどむのが、「実に慓悍極りなき狼」というだけでは心細い。「慓悍極りなき」などという陳腐な形容句しか使えないようでは、頭の古さが思いやられるというものだが、当時は、これで受けたんだからね。

（「抒情詩の歩みについての対話　夢と詩と現実」）

鮎川が皮肉交じりに取りあげた蔵原の〈狼〉が、「繋船ホテルの朝の歌」末尾の〈胸をえぐられ／永遠に吠えることのない狼〉に流れ込んでいたとしたらどうか。先掲吉本論の「戦後日本革命の敗北してゆく現実」、大岡論の「詩人自身の自画像」だけでは覆いきれない多層性があらわれ、栗原論の言う「フィクショナルで、創造的で、作品としての自立した構造を持った表現」が浮き上がってきそうである。〈頸輪ずれした〉〈咽喉〉を持つ〈おれ〉には、〈胸をえぐられ／永遠に吠えることのない狼〉に〈見えてくる〉という〈掘割のそばに立っている人影〉、従来はそれが、〈おれ〉の写像、〈おれ〉そのものと受けとめられてきたが、もう少し輻輳的な気配があらわれてくる。

鮎川が批判した蔵原の詩では、〈全世界の文明に向つて戦ひを挑む〉〈新しき東洋の精神〉である〈慓悍極りなき〉〈青く若き狼〉は、〈文明病の世紀末に向つて〉〈吠〉え、〈跳躍〉していた。それが、鮎川の詩の中では、〈胸をえぐられ／永遠に吠えることのない狼〉として登場しているとすれば、その前に置かれた、〈西と東の二つの大戦のあいだに生れて／恋にも革命にも失敗し／急転直下堕落していったあの／イデオロジストの顰め面〉にも、かつて〈全世界の文明に向つて〉挑みかかった〈慓悍極りなき〉〈東洋の精神〉の持ち主たちが重なってくる。そして、〈あの〉と表現された意味も際立つ。詩篇の最後に、〈胸をえぐられ／永遠に吠えることのない狼〉を、ここからどこかへつながる〈堀割のそば〉に立たせたことは無残でもあり、また、それを〈吠えることのない狼〉としたことが矜恃でもあるような、複雑に屈折した出発の気配をほのめかしている、そのように読めてくる。

「繋船ホテルの朝の歌」は、冒頭でも述べたとおり、こうした倦怠感に苛まれた〈朝〉に対して、〈可憐な魂のノスタルジア〉を呼び起こす慕わしい〈夜〉が前半で描かれている。この〈可憐な魂のノスタルジア〉というフレーズで想起されるのが、萩原朔太郎の詩集『青猫』（大12・1 新潮社）の「序」冒頭である。

私の情緒は、激情《パッション》といふ範疇に属しない。むしろそれはしづかな霊魂ののすたるぢやであり、かの春の夜に聴く横笛のひびきである。

朔太郎はそれを、〈遠い遠い実在への涙ぐましいあこがれ〉とも言う。そして、ここでもまた、蔵原伸二郎が関係する。

岩本晃代(12)も指摘するとおり、蔵原の詩には朔太郎からの影響が濃く見られる。蔵原の『青猫』についての評論「猫。青猫。萩原朔太郎。」は、「完全な定本詩集」として再出版された『定本青猫』(昭11・3版畫莊)の巻末に「附録」として収められており、蔵原が朔太郎の世界の良き理解者であり、朔太郎自身もそれを認めていたことを物語る。「繋船ホテルの朝の歌」における夜と朝の二面性はこうしてみると、朔太郎の『青猫』的浪漫世界と、やがてその浪漫が東洋主義的なイデオロギーと縒り合わされて、船出の幻想を見た日本の挫折と重なるかに思われる。それは、朔太郎、蔵原、日本浪曼派を結ぶ線でもある。〈おれ〉は、こうした終末から身を乗り出して〈遠く〉へ行こうと〈頸輪ずれ〉を作っているが、それが〈何処〉であるかはわからない。かつての日本の船出も、今の〈おれ〉の船出も、すべて幻想であると目覚める倦怠の朝を描けたのが、「荒地」の詩人鮎川信夫のリアリズムであったとも言えるだろう。これまで鮎川や「繋船ホテルの朝の歌」との関連では取り上げられてこなかった蔵原伸二郎に着目することで、この詩の新たな重層性を見ることができる。

2 中也の倦怠と「荒地」

鮎川の描いた倦怠を「繋船ホテルの朝の歌」に見てきたが、次に中也の倦怠とそれに対する「荒地」の詩人たちによる言及に歩を進めたい。それに先立ち、まず、中也の倦怠を考える上で参照したいのは大岡信「中原中也と歌」(『ユリイカ 特集中原中也研究』昭31・11)である。中也の倦怠は、「彼の内部から必然的に湧き出たもの」とする大岡は、中也が「全生活」と称する少年期を「虚像」とし、「実現されなかった可能性そのもの」、「完全無欠」へ立ち戻ろうとすることが、「頽廃と倦怠」を与えたとし、そうした倦怠の中でこそ中也は「情熱的」だと述べる。「事物とおのれの間に」関係性や社会を構築できなかったゆえに「作品の純粋」があり、それは「中也という生身の人間の不在証明」だと言う。それゆえ「時間、空間は悉皆単一」であり、常に「地球滅尽前日」に生き、「地球最後の」という言い回しに愛着を持ち、「歴史を完全に欠いて」いたのであり、ベルグソンから借りた「純粋持続」も中也においてはスタティックなもので、本来のダイナミックな概念とは異なっていると指摘している。

大岡の言う中也における社会や歴史との無縁さが、「荒地」の詩人たちのもっとも気に障っているところである。次にあげた鮎川の中也論(「解説」『現代日本名詩集大成7』昭35・11 東京創元社)は、先の大岡論から四年後のもので、大岡論からの影響が少なからずあったのではないか、と推測される。むろん、それは中也の「昭和二年　新文芸日記(精神哲学の巻)」の記述[13]に根拠があるのだが、鮎川がこの記述にまで遡ったとは考えにくい。

中原の詩語には、一定のリズムの基調といったものがあり、技巧的には白秋の、ムード的にはダダの影響が感じられる場合もあるが、その声は、あくまでも彼の内面生活の奥底から生れてきたものである。生命の倦怠をどこまでもひきずってゆき、地球最後の日まで止むことがないといった奇妙なイロニイを伴った悲哀の純粋持続が、そこにはある。そのような純粋持続の絶対性が、とりもなおさず彼にとっての詩であったように思われる。〈倦怠〉のアイディアは、おそらくボードレールからうけつがれたものである。

加藤邦彦(14)も中也の倦怠について触れており、それが詩集『山羊の歌』の特徴を形成していると指摘する。加藤は、倦怠の「克服」や「脱出」の願いを詩人の中に見、それが読者の日常生活と響き合うのだと読む。しかし、「荒地」の詩人たちは中也のことをそのように見ない。

「荒地」の中也論は、黒田三郎にはじまり、これを意識しながら展開されている。まず、その皮切りとなった黒田の「日本の詩に対するひとつの疑問」(『荒地詩集1954』昭29・2 荒地出版社)を見てみよう。黒田はここで中也に対して口を極めて怒っている。小林秀雄や河上徹太郎が中也を高く買っていたのは、「孤独病に罹つていた彼等の友人」、「孤独病の患者である中原中也」が前提になっているのだとし、中也については、「人と違つた妙な口調」、「言いすぎか舌足らずのように感じられることが少くない」、「日本の私小説と殆ど異ることの無い位置を詩に於いて占めている」、「芸術としての不完全さ」等々を連ね、あげく、「このニヒルな光沢の手前ですべての行動は終息しており、じめじめした畳の上にねそべつてぼんやり煙草を吸つている」のだと言う。だが一方で、「我々の中に余りに多くの中原中也が巣くつている」と、近親憎悪の根源的なところも見ており、「大部分の抒情詩人の問題は、私小説作家の問題と、殆ど異る所がない」と述べた点は、のちに鮎川によって黒田自身の作品との近さを指摘されることにもなる。

黒田は、中也をそのように捉える時代的、経験的背景を次のように語る。

我々は、自己が詩人であるか否か、を考える以前に、校庭で教練を強いられたり、軍人が政治家を殺すことに注意をひかれたのである。我々自身の運命を動かす触手、そして、その前でいかに我々が無力であるか。無力な者である我々の一時の思いつきや取りとめない想念が我々自身のためには一体何であろうか。詩を書くということの中に、自己が詩を書くこと以外のすべてをないがしろにする理由を見つけ出すことの出来ない人間である。我々は、詩人を何か我々とちがう人間のように、眺めざるをえないのである。潜水艦の待ち伏せている海へ出てゆくときも、集団の一員としてであり、我々はいつも我々と運命を共にする何物かを持ち、そのなかから脱け出ることが出来なかつた。

こうした背景を持つ黒田にとって中也の詩は、「畳の上にねそべつた蒼白い孤独な男の独白」であり、「「日本人らしい立派な詩を沢山書いた」一流の抒情詩人を今は葬り去る時」だと言わしめる存在にほかならなかったのである。

続く鮎川「5現代詩をいかに書くか 四、主題、題材、素材と技術」(『現代詩作法(増刷版)』昭30・

8 牧野書店）も、そうした私小説的傾向を「かなり低次のカタルシス」と述べるが、一方で鮎川「抒情詩の鑑賞10中原中也「サーカス」」（鮎川信夫・疋田寛吉『抒情詩のためのノート』昭32・1 ひまわり社）は、詩篇「サーカス」を「一種異様なまでに強烈な音楽」、「奇妙なオノマトペエ」と表現し、「抒情の方法それ自体が、はなはだ童謡的」であるのは、「技法的に、北原白秋の詩法を受けついでおり、精神的には、高橋新吉のダダイスムの作品に少なからぬ影響を受けて」いるためであり、「この混血の独特のリズムが、しばしば舌たらずであつたり、まつたく気質的・気分的な中原の詩の難解さといつたものをカバーしていて、親しみやすいものにしている」と、鮮やかにその詩法を分析している。さらに、黒田について論じた「詩人と民衆　安定意識について」（『季節』昭33・5）においては、黒田の詩篇「夕方の三十分」について、「従来、私小説について言われてきたほとんどすべてのことが言える」とし、「中原中也を苛酷にとり扱うことによつて、一種の自己批判をやつている」、「黒田は詩人という別な人間の存在を認めたがらないのである。いや、むしろ彼は、詩人という現実社会の軛からのがれた逃亡奴隷人種の自由を、喜んでいないどころか憎んでいる」と、黒田と中也の相似性と桎梏とを照らしている。

こうしたなかで三好豊一郎「『山羊の歌』管見――中原中也」（『ユリイカ』昭49・9）は、『山羊の歌』を「青春の愛読書」であったとし、童心の保持をニュートラルに照らしているところが印象的であり、自分たちが経験した時代の重圧についても、「中原はその試練の到来を前に他界へ去った」と環境の異なりを冷静に分別している。

鮎川はさらに、「解説／中原中也論――パラドクサルな人生よ」（『現代詩文庫 中原中也詩集』昭50・5 思潮社）において論じ、ここでは、「悲しみであり、美であり、神であり、ようするに絶対者に通ずる何か」といったものを指摘、詩篇「いのちの声」を想起するにおよんで、「なんとも拙劣で、オッチョコチョイで、いい気な奴だと思い、それを読まされたことに閉口してしまったものであるが、私も変れば変るものである」と、中也への親しみを浮かべながら混ぜ返している。

時系列では最後に位置する北村太郎の二論は、先の鮎川と同じく、詩篇「いのちの声」に反応しながら、印象的な言葉の数々で中也と自身を象っている。「中也雑感」（『磁場』昭51・9）では、常に「全存在が気にかかる」「苦手の詩人」であり、「日本ではたぶんただ一人、「空」へ視線を向けた詩人」として、「そこに「宗教的」態度」を認め、「うらやましい」と述べる。また、「中也の「悲しみ」」（『現代詩読本 中原中也』昭53・7 思潮社）では、次のような興味深い証言をしている。

中原中也を、むかしの「荒地」の友だちはどのように読んでいたのだろうか。わたくし自身についていうと、詩に興味を持ち、詩を書き始めたのは一九三七年春で、そのときは十四歳だった。（中略）その三年前に『山羊の歌』が出ており、『在りし日の歌』は、わたくしが幼稚な詩を書き散らしていた年の翌年、つまり一九三八年に出ている。（中略）あまり強い印象は残っていないのである。戦中、わたくしは「荒地」の人たちとあまり深いつきあいはしなかったし、彼らのだれとも中也の詩を話題にした記憶はない。（中略）

わたくしたちの会話のなかで中也を重要なテーマとし、その作品を精神の慰藉とするには、たぶん、わたくしたちの青春時代を押しつける空気はあまりにも重すぎたのである。

北村においてもまた、自身を取り巻く苛酷な背景は例外ではない。そして、北村が中也を捉えようとする語彙は、実に印象的である。「妙ちくりん」、「彼の使う語彙は、まことに貧弱であり、解釈不能の勝手な「私詩」が多い」、「黒田のことばを使えば、「思考は思考となるに至らず」というところが、むしろ中也の本質を解く手がかり」、「(「空」と「悲しみ」)」は「不思議な存在感がある」、「変な感じ」、「奇怪なメルヘン」、「中也なんか、もうたくさんだ」、「孤りで生きなければならないし、独りであることの意味を深めていく」のに「中也の詩は、実にはっきりと、助けにも慰めにもならない種類の作品であると思わざるをえないのである。「愛誦」するような詩なんかでは、絶対にないのだ」。

この北村のもの言いに顕著なことだが、「荒地」の中也に対する容赦のない態度には、複雑な心性がかいま見えるように思われる。中也によって詩人としての対照的な姿を見せつけられ、それを羨んでいるようなところがある。自分たちは社会や歴史と無縁ではいられない、そうした時代に身を置くことを強いられてしまった、そんな思いが中也に向かうことでふつふつと湧き上がる。「荒地」が彼ら独自の個性を持った詩を生み出すことのできた、その代償の大きさを突きつけてくるのが中也であることを、彼らの言辞は伝えている。「荒地」の詩人たちの、まさに「詩人」としての側面である。

だからと言って中也が気楽であったわけではなく、彼の倦怠は「荒地」の詩人たちをこぞってムキにさせるような、時代の異なりを超える筋金入りの普遍性を持っていたと言える。このことは、中也の詩と鮎川の「繋船ホテルの朝の歌」との語彙の共鳴からも見えてくる。次に、その点を考えてみたい。

3　倦怠をめぐる共鳴

中也の詩篇「かなしみ」（『四季』第24号 昭12・1）は、かの「朝の歌」（『山羊の歌』昭9・12 文圃堂書店）で得たモチーフを敷衍したようなイメジを有しており、「朝の歌」で〈手にてなすなにごともなし〉とうたったのと同様、〈夢もなく手仕事もなく、何事もなく〉迎える朝のめざめの悲しみと不安とが、〈時計の音〉、〈人笑ひ、人は囁き〉、〈フリユート〉、〈朝の巷や物音〉、〈人の言葉〉といった聴覚を軸に拡がり、それらに触れて呼び出される〈矉《みは》る私の聴官〉という独特の感覚、そして、〈幼な児ばかりいとほしく〉感じられる、その〈声〉なのか、〈汝等《なれら》呼ぶ淡《あは》き声のみ、咽喉《のど》もとにかそかに消ゆる〉と閉じられる。鮎川の「繋船ホテルの朝の歌」は、繰り返してきたように、慕わしい夜から倦怠の朝を迎えるのだが、そうしたところは、この詩「かなしみ」のみならず、早くから中也がいろいろにうたい込んできた。鮎川は〈頸輪ずれしたおれの咽喉〉、〈永遠に吠えることのない狼〉で一篇を閉じたが、中也の〈声〉、鮎川の〈吠える〉、どちらも、それを発する〈咽喉〉の不全感と共に描かれている点が興味深い。

また、〈夜更け〉をうたう中也の詩篇「聞こえぬ悲鳴」（『改造』昭和一二年春季特大号 昭12・4）では、〈悲しい 夜更〉を〈菫の 花が 腐れる時〉と言い、〈悲しい！ 悲しい……〉〈これでは 悲しい〉、〈疲れ 疲れた〉と悲しみと疲れを連呼したあと、〈悲しい 夜更は 腐つた花弁《はなびら》〉と言い直され、末尾で〈しらじらじらと〉夜明けを迎えている。鮎川の「繋船ホテルの朝の歌」は明け方を、〈疲れた重たい瞼が／灰色の壁のように垂れてきて／おれとおまえのはかない希望と夢を／ガラスの花瓶に閉じこめてしまったのだ／折れた埠頭のさきは／花瓶の腐った水のなかで溶けている〉と感じている。花や花瓶の水を腐らせるという倦怠の表象が通じているのもおもしろい。

さらに、〈港の町〉で〈おまへ〉と〈私〉が〈レストオラン〉に入るというシチュエーションを持つ中也の詩篇「わが喫煙」（『山羊の歌』）は、鮎川の「繋船ホテルの朝の歌」を彷彿とさせる。〈店々に灯がついて、灯がついて、／私がそれをみながら歩いてゐると、／おまへが声をかけるのだ、／どつかにはいつて憩《やす》みませうよと。〉。鮎川の〈おれ〉が〈船室の灯のひとつひとつ〉に〈可憐な魂のノスタルジア〉を見たように、中也の〈私〉も〈店々〉の〈灯〉にそれを感じていたのかも知れないが、〈おまへ〉はそれを中断させてしまう。〈時宜にも合はない〉〈陽気な顔〉をしている〈おまへ〉と、〈かなしく煙草を吹かす〉〈私〉のありようは、鮎川の〈おまへ〉と〈おれ〉とは異なっているものの、中也の〈私〉も鮎川の〈おれ〉も動き出しはしない。

以降は、「倦怠」と名付けられた詩篇について見てみたい。「倦怠」（『四季』第9号 昭10・6）は、加藤邦彦[15]が述べているように、中村稔[16]や萩原朔太郎[17]によって、その緊張感が評価されている。〈倦怠の谷間に落つる〉〈真ッ白い光〉は、〈沢山の／倦怠の呟きを掻消して〉しまうほどの真空的で強烈なイメジを持ち、〈憎怨〉となり、〈心を石と化〉す。一方、鮎川の「繋船ホテルの朝の歌」の〈谷間〉は、〈おれたちのひき裂かれた心と／ほてった肉体のあいだの／空虚なメランコリイの谷間〉であり、そこに〈ふりつづいている〉のは、〈昨日の雨〉だった。中也によっていったん「倦怠」と名指され括られ相対化されると、その〈谷間〉が意識化され、これまで名指されないで瀰漫していた軟体的な倦怠感が、一気に硬質な緊張感で押しやられてゆき、〈心を石と化〉すまでに変化してしまう、この変貌は注目される。

続く「倦怠」（『詩人時代』昭11・4）では、〈へとへとの、私の肉体《からだ》〉に倦怠が象られる。昼日中の肉体疲労に苛まれ、外界が眺められている。中也の倦怠は、朝だけではなく、夜も、そして昼も、悲しみと疲労をまとわりつかせてうたわれ続けている。

最後に見たい二篇「倦怠に握られた男」「倦怠者の持つ意志」（いずれも「ノート1924」大正13年春制作（推定））のうち、特に「倦怠に握られた男」は初期のダダイスティックな趣の反映された詩篇だが、先の「倦怠」にあらわれた、〈心を石と化〉すような〈真ッ白い光〉が生ずるようなものではなく、それとは反対に、エネルギーに満ちたものとして表現されているように受けとめられる。それは、通常の意味概念を破壊的に捉えるダダイズムの恩恵によるものなのかも知れない。同時に、

〈倦怠に握られ〉（「倦怠に握られた男」）、あるいは〈努力した意志ではない〉のが〈倦怠者〉の〈意志〉（「倦怠者の持つ意志」）であるといったように、倦怠にとらわれた者としての意識を初期から通底させていることも見逃してはならない点だろう。

また、「倦怠者の持つ意志」については、同じ「ノート1924」を出自とする『山羊の歌』の冒頭詩篇「春の日の夕暮」との構成的な似通いが、特に両者の結末部において目を引く。

瓦が一枚 はぐれました
これから春の日の夕暮は
無言ながら 前進します
自《み》らの　静脈管の中へです

（「春の日の夕暮」）

此の時
夏の日の海が現はれる！
思想と体が一緒に前進する
努力した意志ではないからです

（「倦怠者の持つ意志」）

はぐれる〈瓦〉、突如現れる〈夏の日の海〉、これらを合図に〈前進〉がはじまる。だが、「春の日の夕暮」においては、その〈前進〉の行方が〈自らの 静脈管の中へ〉と明かされているのに対し、「倦怠者の持つ意志」においては、〈努力した意志ではない〉ゆえに〈思想と体〉が合致をみせる皮肉とともに、その行方が知れない。

このように追ってみると、倦怠を倦怠として言表せず、瀰漫的に描く詩篇において普遍性があり、語彙の共鳴、あるいは影響力もあるように見える。鮎川をして「地球最後の日まで止むことがない」と認定させた、中也の詩における倦怠の動力といったようなものを見せつけられる思いがする。

時代性を濃く反映する鮎川の「繋船ホテルの朝の歌」の倦怠、そして、時代を超えた普遍性を持つ中也の倦怠、その独自性と共鳴とを追ってみた。両者の意外なほどの共鳴、そして、「荒地」の詩人たちをムキにさせる中也の詩世界の強度、〈倦怠〉はそれらをあぶり出し、また、それぞれに際立たせている。

注

（1）【初出から決定稿まで】

①『詩学』第四巻第八号（昭24・10）、②『荒地詩集１９５１』（昭26・8 早川書房）、③『鮎川信夫詩集１９４

5―1955』（昭30・11 荒地出版社）、④『詩学』第一二巻九号（昭32・7）、⑤『鮎川信夫全詩集1945―1965』（昭40・9 荒地出版社）。
『現代詩全集第三巻』（昭34・9 書肆ユリイカ）＝②
『現代日本名詩集大成10』（昭35・12 東京創元社）＝③
『現代詩大系②』（昭42・1 思潮社）＝⑤（＊）
『現代文学大系67 現代詩集』（昭42・12 筑摩書房）＝③
『鮎川信夫全詩集1945―1967』（昭43・2 荒地出版社）＝⑤
『現代詩文庫 鮎川信夫詩集』（昭43・4 思潮社）＝⑤（＊）
『戦後詩大系 第一巻』（昭45・9 三一書房）＝⑤
『鮎川信夫自撰詩集 1937―1970』（昭46・12 立風書房）＝⑤
『全集・戦後の詩 第一巻』（昭48・2 角川文庫）＝⑤（＊）
『鮎川信夫著作集 第一巻』（昭48・8 思潮社）＝⑤
『鮎川信夫全詩集1946―1978』（昭55・10 思潮社）＝⑤
『現代の詩人2 鮎川信夫』（昭59・2 中央公論社）＝⑤
『鮎川信夫全集 第一巻』（平1・3 思潮社）＝⑤
（＊）「第1連13行 思えた」「第3連18行 うまく抱擁することが出来ないのだ」以外は⑤に同じ。

【校異】底本・初出
1―2 おまえはただ行こうとしていた ②③④⑤おまえはただ遠くへ行こうとしていた
1―3 死のガードをもとめて ③④悲しみの街をすてて
1―4 悲しみの街から遠ざかろうとしていた ③④とおくの土地へ行こうとしていた

1-10　凝とうずくまつている ②③④うずくまつている ⑤うずくまっている
1-11　おれは何処か遠い航海に出るつもりであつた
③④おれはずぶ濡れの悔恨をすてて／とおい航海に出よう／背負い袋のようにおまえをひつかついで／航海に出ようとおもつた
⑤おれはずぶ濡れの悔恨をすてて／とおい航海に出よう／背負い袋のようにおまえをひっかついで／航海に出ようとおもった
1-13　思えた ③④⑤おもえた
2-3　うかべているはずであつた ⑤うかべているはずであった
2-4　ところがおれたちは何処へも行きはしなかつた
③④ところがおれたちは／何処へも行きはしなかつた
⑤ところがおれたちは／何処へも行きはしなかった
2-6　暁方の街にむかつて唾をはいた
③④明けがたの街にむかつて唾をはいた
⑤明けがたの街にむかって唾をはいた
2-11　港は腐つた花瓶の水のなかで溶けている
③④折れた埠頭のさきは／花瓶の腐つた水のなかで溶けている
⑤折れた埠頭のさきは／花瓶の腐った水のなかで溶けている
2-13　澱んでいるばかりであつた ⑤澱んでいるばかりであった
2-15　ひき裂かれた心と ④ひき裂かれた心を
2-16　ほてつた ⑤ほてった

3-2 絞殺してしまつたのだろうか ②③④絞め殺してしまつたのだろうか ⑤絞め殺してしまったのだろうか
3-7 猫背のうえに乗せて朝の食卓につく ③④⑤猫背のうえに乗せて／朝の食卓につく
3-9 未来に向かつて ⑤未来に向かって
3-13 あぶらぎつた ⑤あぶらぎった
3-13～14 ③④⑤（一行アキ）
3-14 窓の風景は額縁のなかで動かない ③④⑤窓の風景は／額縁のなかに嵌めこまれている
3-15 欲しいのだ ③④⑤欲しい
3-18 うまく抱擁することは出来ないのだ ③④⑤うまく抱擁することができないのだ
3-19 生れ ③④⑤生れて
3-21 堕落していつた ⑤堕落していった
3-25 おれの咽喉に冷たい剃刀をあてる ③④⑤頸輪ずれしたおれの咽喉に冷たい剃刀をあてる
3-26 濁つた掘割のそばに立つている人影が ③④おれには掘割のそばに立つている人影が ⑤おれには掘割のそばに立っている人影が
3-27 おれには ③④⑤（ナシ） 胸をえぐられ ③④胸をえぐりとられ
3-28 孤独な ③④⑤（ナシ）

（2） 鮎川信夫「繋船ホテルの朝の歌」（『詩学』12巻9号 昭32・7）
（3） 本書「6 「一つの中心」―論理化しないという論理」参照。
（4） 鮎川信夫「〈わが詩を語る〉「繋船ホテルの朝の歌」について」（中村稔・三好行雄・吉田凞生編『有斐閣選書現代の詩と詩人』昭49・5 有斐閣）
（5） 栗原敦「Ⅲ鑑賞一束「繋船ホテルの朝の歌（鮎川信夫）」（『詩が生まれるところ』平12・9 蒼丘書林）

（6）吉本隆明「戦後詩人論 その一 鮎川信夫論」（『ユリイカ』昭32・2）
（7）大岡信「戦後詩概観Ⅱ 1「俗」ということ」（『現代詩大系②』昭42・1 思潮社）
（8）吉本隆明「解説 鮎川信夫の根拠」（『鮎川信夫著作集　第二巻』昭48・11 思潮社）
（9）吉本隆明「戦後詩の体験」（『戦後詩史論』昭53・9 大和書房）
（10）北川透「鑑賞」（『現代の詩人2 鮎川信夫』昭59・2 中央公論社）
（11）岩本晃代「蔵原伸二郎『東洋の満月』再論―「未刊詩集『狼』」と那珂通世訳注『成吉思汗實録』との関係を視座にして―」（『崇城大学紀要』平27・3）
（12）岩本晃代「第一章 文学的出発 第三節『東洋の満月』の世界」（『蔵原伸二郎研究』平10・10 双文社）
（13）「よくは分らないが、私が私一人、空前絶後に分つたと思つてるのは、ベルグソンの「時間」といふものに当つてるらしい。／私はこの頃地球滅尽前日の幻象によつて、殺到されてゐる。／何をかいはう、私は狂だ、私は馬鹿なんですよといつて自己冒瀆をした方が早く余の魂を慰めるらしいや。／おゝロダンを読んで、ジツクジツクとやりませう。」

（「二月二十七日（日曜）―二十八日（月曜）」）

「私は孤独の中では全過程である。（全純粋持続といつてもいゝのかしら？）
私は歌ふ時、（哲学は分るが哲学書は皆目六ヶ敷い。）
純粋持続の齎らす終結の数々を掠めて過ぎる。
――百万年あとの常識。」

（「三月一日（火曜）」）

（新編『中原中也全集 第五巻 日記・書簡』平15・4 角川書店）
（14）加藤邦彦「第六部 中原中也研究のこれから―今後の課題―第二章 倦怠と幻想―『山羊の歌』『在りし日の

歌』の再検討―」（『中原中也と詩の近代』平22・3 角川学芸出版）

（15）加藤邦彦「第四部 中原中也と雑誌の関わり（2）―第二次「四季」との関係について―第二章『在りし日の歌』非収録の「四季」発表詩篇からみえてくるもの」（『中原中也と詩の近代』平22・3 角川学芸出版）

（16）中村稔「言葉なき歌」（『言葉なき歌』昭48・1 角川書店）

（17）萩原朔太郎「詩壇時感」（『四季』第10号 昭10・8）

9　黒田三郎・「蝶」の来歴――〈白い美しい蝶〉に結ぶもの

ああ
薄笑ひやニヤニヤ笑ひ
口を歪めた笑ひや馬鹿笑ひのなかで
僕はじつと眼をつぶる
すると
僕のなかを明日の方へとぶ
白い美しい蝶がゐるのだ

（「僕はまるでちがつて」）

「得恋―失恋―得恋」[1]の軌跡を一一の詩篇によって描き出した、黒田三郎の処女詩集『ひとりの女に』（昭29・6　昭森社）。〈白い美しい蝶〉は、その冒頭から三番目に置かれた詩篇「僕はまるでちがつて」にあらわれる。

『ひとりの女に』は北園克衛が装幀をした、小ぶりな正方形に近い詩集である。表紙カヴァーは、クリーム色の地いっぱいに広げられた優雅でシンプルな黒色の線描画にやわらかな青い影、その重なりのなかに詩集の題名が黒字の仏語で「à une femme」、背には影と同じ青色で、縦に「詩集 ひとりの女に 黒田三郎」。カヴァーの下の表紙には、白地に同じデザインで深紅の影が重ねられ、背文字も同じく深紅、そして、詩集を包む見返しにも同じ深紅がほどこされている。扉には、縦書きで「詩集　ひとりの女に」、それを裏返すとあらわれる仏語〈à / une femme/ comme la violette〉（菫のようなひとりの女に）――。手にした者はここに至って、装幀者北園の機知に富んだ深い意匠に気づくだろう。カヴァーの青と表紙の赤、それらは、「菫」色を構成する二つの世界であったのだ。詩篇の世界に繰り広げられている〈僕〉と〈あなた〉の対位、そしてその幸せな結末が、〈菫のようなひとりの女〉のなかに美しく混色される。北園は、黒田の紡いだひとつの物語を、このシンプルな装幀によってみごとに表現した。

このような色彩のなかをとぶ〈白い美しい蝶〉は、恋を得て、〈まるでちがつてしまつた〉〈僕〉の喜びを、無垢で静謐なありようで〈明日〉へと運ぶ。それは、〈やがてその蝶が見えなくなると、いつのまにか、／今まで流れてもゐなかつた川床に、水は／さらさらと、さらさらと流れてゐるのでありました……〉とうたわれた中原中也の「一つのメルヘン」さながら、物語の始まりを告げる役割を果たしているとも言えるだろう。

その「一つのメルヘン」の成立について、藤本寿彦[2]は、「大正末以降、前衛詩人が蓄積してきた「蝶」をめぐる表象の歴史」を見、「大正末にもたらされた前衛芸術運動に触発されたアヴァンギャルドたちの詩作とかかわっている点」を指摘した。このことは、黒田における「蝶」の来歴を考える際にも、有効である。

黒田の詩作は昭和一〇年前後の鹿児島一中、七高時代の句作を出発点[3]とし、昭和一二年八月、北園克衛の主催する『VOU』へ入会後は同誌に詩作品を発表するようになる。そのなかの詩篇のいくつかに〈蝶〉があらわれているが、それらは、いずれも意味の連結を削いだモダニスティックな手法によって描かれている。

失われた神話が外輪船の帽子をぬがすと、少女の髪は完全に穀倉を投影した。蝶。燐寸工場は白の秋の貧血。

（「砂時計の落葉」抜『VOU』昭12・10）

菫色の墓石の上でも雪は融けるに違いない／上昇するとき蝶は忘れてしまう／黄昏は帽子をぬぐために悔恨を殺す／日記のブランクを裏切り

（「青いブランコ」）抜『VOU』昭13・4）

熱帯の海に／今日／一匹の紋白蝶が微かな影を落としている

（「ポエム3」抜『VOU』昭14・12）

俳句とモダニズムの交点を経験した世代のひとりとして、詩篇にあらわれる〈蝶〉の発想の内側に、藤本論の指摘する「前衛詩人が蓄積してきた「蝶」をめぐる表象の歴史」の影響を考えてみても良いのかも知れない。『ひとりの女に』で〈明日の方へとぶ〉ことのできた〈白い美しい蝶〉の来し方は、実感の詩へと向かう黒田の戦前、戦中、戦後をつらぬく思索と詩作を照らし出す。(4)

1 運命と蝶

かつて、詩集『ひとりの女に』の成立をめぐって、黒田の日記は詩作（思索）ノートの役割を果たしていると論じた。(5)詩集に展開されている物語が、日記に記述されている経緯に重なり、〈あなた〉の形容をはじめとする数々の言葉が、そのまま詩句として採られていることを確認できるからである。彼の詩作において重要な役割を担っている日記のなかの「蝶」を追ってみよう。それは、戦争と、それに向き合う自身のありようを、ニーチェに由来する「運命」あるいは「宿命」の語で象ってゆくなかであらわれてくる。以下、黒田の日記引用は、いずれも『黒田三郎日記』（戦中篇I～IV、戦後篇I～II　昭55・4～56・12　思潮社）による。

日米開戦前、二〇歳前後の黒田は、(6)「戦争をロマンチックに考えているのだろう。僕は戦争にゆきたい。」（昭15・1・5）と述べる一方、のちに実現させることになる南洋暮らしの希望についても、

「三年位南洋の島で暮せたらいいだろうと思う。詩をかくために自分の一生を勝手に操縦するほど自分が何も知らなければいいと思う。」（昭15・3・5）としてあらわし、またある時は、「夜雪解けのぬかるみを歩き乍ら、あまりにも重い自己の宿命に暗澹たる気持になる。全く「それが私の罪だろうか」というあの弱々しい格言を唯一の頼りにしなければ立つ瀬のない自己の身に、清浄な涙を落す。」（昭15・3・1）といったロマンティシズムも見せている。

こういったなかで、「蝶」は、「いつかの新橋のプラットフォムで逢って、五反田迄いっしょに省線に乗合した少女」にまつわり「紋白蝶」としてあらわれる。

菜の花をとびわたる紋白蝶を見ているように何となく楽しかった。青い春の空に紋白蝶が消えてしまった後までも。聡明そうな顔立である。それにしても、今日はお化粧のお陰でデパアトの売子や洋品店の女店員と同じようにあたりまえの一人の女にすぎなかった。

（昭15・5・23）

翌年には、ニーチェの「運命を愛する（Amor fati）」にまつわって「緋の蝶」もあらわれる。

運命を愛する（Amor fati）、それが私の最も内なる本性である。とニイチェはかいた。そして彼は発狂しなければならなかったのである。Amor fati この言葉を僕は決して忘れないだろう。

もうかなり前からのこと、ひとりぼんやりしているときに、僕は宿命論者であるとひとりごととして悦に入っていたものである。翅を休めた緋の蝶が今にもひとびとの眼から消え去ろうとしているように見える雛罌粟の非情の美しさを見守るときのように、僕はこういうひとりごとをひそかに愛した。

（昭16・6・18）

さらに、ニーチェの「運命」は続く。

ニイチェの愛した言葉が思われる。汝の運命を愛せよ。

（昭16・7・30）

もう一度、汝の運命を愛せよ。

（昭16・7・31）

この数ヶ月後（昭16・11・19）に、五年半の間思い込んできた性病罹患の疑いが晴れるまで、「汚らしさ」「陋劣さ」に悩み、「死のう」とまで思い詰めていた状況も手伝ってか、先に引いた、「あまりにも重い自己の宿命」に落とした「清浄な涙」と同じく、軍隊についても「清々しい」という形容をくりかえし、「人間をつくり直す」ために兵隊になるのだと言う。

戦いにゆくために僕は先ず何よりも先に自分の卑しき病気を克服しなけりゃならん。そして僕には軍隊という清々しい組織の下に己を失うときに新しい世界が始まるように思える。僕はこの組織を愛する。ここには尚果敢なる生命がある。服従ということは清々しいことだ。

（昭16・9・6）

僕は来年の七月には卒業するんだという。それから兵隊だ。兵隊になりたいと思う。僕という人間をつくり直すためには兵隊になる外道は無い。だが障害がある。僕は淋病患者だ。事も無げに云うけれども、そのために五ヶ年を希望なくして、素直に生きてゆく希望なくしてすごした。そして土壇場だ。僕は僕自身の自意識と死闘しなければならない。

（昭16・9・20）

そして迎えた日米開戦の日。自身の病に対する愁いはすでに晴れたが、ふたたび「清々しい気持」が表明される。

宣戦の詔書が渙発された。〇時、明治製菓の二階で黙然としてきいていた。

今日みたいに嬉しい日はまたとない。うれしいというか何というかとにかく胸の清々しい気持だ。

同じ月、〈黄色い蝶〉を自虐的で空虚な詩篇の夢中に舞わせている。

（昭16・12・8）

ひとりの男が木の葉の下に立っている／ひとりの男が扉をあけて扉をしめる／ひとりの男が本をよんでいる／しかし／どれもそうひとりの男が考えているだけではないのか／自分自身に対する永遠の裏切者よ／／捩じ切られた告白／（鎖された窓の下）／捩じ切られた告白が空罐のように口をあけている／その上にはらはらと／思いだしたように／落葉がふる／窓のなかに眠っているのはたれなのか／僕はかつてそこに何を見たのだろうか／窓のなかに眠っているのはたれなのか／／頭上をひらひらととんでゆく黄色い蝶／ひとつの肉体がそれにぶら下がる／ぶらぶらゆれる／夢からさめるために／ああ夢からさめるために夢のなかで僕は叫ぶのである／銃殺せよ／銃殺せよ／裏切り者を銃殺せよ

（昭16・12・25）

ここで描かれた〈ひとりの男が考えているだけ〉であるのかも知れない幾人かの〈ひとりの男〉のありようは、〈自分自身に対する永遠の裏切り者〉の語からも伺えるとおり、軍隊と南洋とを両極にして、さまざまに揺曳する黒田自身が反映されているように見える。

同時に、「運命」と「宿命」をたずさえたニーチェは、いっそう親しくなってゆく。

ニイチェは云った。汝の運命を愛せよ！僕には幸も無ければ、不幸もない。ただ愛すべき己の運命があるばかりである。そしてひとびとにはそれを理解することが出来ない。（中略）

自分が自分を詩人だと考えるか否か、ということは必ずしも自分が詩人であるか、否かを決するものではない。そういう所に問題はないのである。そこにあるのはやはりひとつの運命なのだ。運命が問題なのだ。

（昭16・12・26）

ニイチェはかいている。「異れる人の血を解することは容易ではない。私は本を読む遊惰者を憎む。」今でもありありと覚えている「ツァラッウストラ」の一節である。それにしても僕はかつてニイチェの血を解したことがあるのか。僕はもう何年か前から、ビスマルクのドイツ帝国に生きたニイチェと現代の日本における僕等の世代とが、極めて類似した現象に際会しつつあり、またするであろうということを体得し且つ予感していた。それほどにもニイチェにひきつけられたのである。（中略）

それにしてもひとつの宿命が僕を駆立てる。宣戦の大詔が僕の胸の奥深くかくされていた湖に波を起してしまったのである。むしろ流される血に対する渇き、そして僕は自己の愚劣の急流に自己を蹴落すことに光栄と喜悦を感ずる者だ。

そして黒田はついに、「「amor fati」という詩をつくり上げる。一月六日につくったものである。」（昭17・1・13）

（昭17・3・8）として、これを詩篇に結実させることとなる。[7]

同じ頃、美しい「紋白蝶」の形象は、キルケゴール「誘惑者の日記」にも与えられる。

思想が非常に新鮮でデリカシイに慄えていると共に、文章が翻訳になっても未だ美しさを失っていない。デンマアク語ではもっと美しいんだという原文をドイツ語訳から重訳したというんだが。あああおとした湖の上で舞っている一匹の紋白蝶というところだ。（昭17・3・31）

「紋白蝶」はほどなく、空襲のありさまとは対照的な郊外にあらわれ、黒田の心は、南洋へ行くことと軍人になることとのあいだを往き来している。

少しすると、きれいな住宅街をぬけてじきに麦畑に出た。麦が一尺余りのびている。ああ紋白蝶がとんでるな、と思う。（中略）
紋白蝶がとんでいるのさえ、我を忘れて、見つめている。（中略）

僕にはひとつの比較があるだけなんだ。南方の会社へはいって、植民地生活をすることと、軍人になることと、どちらが、僕にいい体験を与えてくれるかということだ。（中略）僕は環境をかえたい。その意味では軍人になるも、南方へゆくも同じことだ。ただ失望の質量が異なるだけだ。失望、そして失望もまた得難いひとつの体験である。

（昭17・4・22）

そしてまた、「運命」。

アモオル・ファティ、つまり汝の運命を愛せよ、というニイチェの座右銘を悲しいかな、僕は、あなたの運命は無いのです、という風に解釈しているのです。僕には占いに、あなたの運命はないのです、と出たとき、それが一寸も不思議で無いような、そのくせひどく憎らしい気がしてなりませんでした。

（昭17・6・11「友への手紙」）

このひと月後に南洋興発株式会社や台湾拓殖株式会社からの連絡を受け取り、九月に東京帝大を繰り上げ卒業となった黒田は、南洋興発株式会社へ就職、翌一八年一月にスラバヤへと出発してゆくことになる。南洋への思いは、次のように記される。

南洋へゆこう、とは前々から考えないわけでもなかった。しかし別に深く考えたことはない。映画を見にゆこう、と友を誘うほどの気持で、自分に南洋へゆこうといってみた位のものである。そしてかつて自分が南洋へゆこうと思っていたことがある、というそれだけのことが、南洋へゆく原因となったようなものである。僕はロレンスやゴオガンのように未開社会へはいってゆきたいのでも無ければ、現代文明に絶望と嫌悪をしか感じないのでも無い。お国のために南洋の土となることを念願するのでも無い。

（昭17・7・20）

その一方で、捉えることのできないものが「蝶」の飛翔に託される。

自分がとり逃がしてしまったものがどんなに多いか。蝶のようにとんで行ってしまった数知れないもの。

（昭17・7・16）

このとき黒田は、相対する南洋への思いと「蝶のようにとんで行ってしまった」ものとを、詩「傍観者の出発」（「日記」（昭17・7・14）に当該詩篇を清書したとの記述がある。引用は『新詩論』（昭17・11）

発表形による。）のなかでは、次のように結びつけている。〈感動して我を忘れて翔んでゆく自分を／どこかとほくの方から見てゐたい〉、〈あをいじつにあをい／そのとほい空の彼方へ〉〈荒々しく／私は私を投げつける／紋白蝶のやうにかるがると行つてしまふやうにと〉。素材から作品へと、フィクショナルに昇華されてゆくさまを見ることができる。

そして、なされる決意。

賭けること、之が僕の人生に対する唯一の方法だ。賭けることによってはじめて僕は人生に手掛りをつくることができる。僕には何ひとつ手掛りなどはありゃしないんだ。

（昭17・9・4）

この感覚は、のちに『ひとりの女に』（「賭け」）のなかで、ふたたび呼び出されることになる。

軍人になることと南洋行きとのあいだで揺曳していたかに見える日記のなかの黒田ではあるが、実妹吉原安乃は、「マーシャル群島の中の島の方へ軍属で赴任」した黒田と、「専売公社のタバコ試験場の方から軍属を志望して南方へ行」った次兄とをあわせて、「父は海軍」という「軍人の家系」にありながら、「軍人が嫌いでしたもの。私たちは親の意志に反するような育ち方をしなかったのですけど、兄が軍人にならなかったのは、ことさら陸軍を嫌っていたことがあります。七高に行ったのは文学が好きだったからでしょう。」と、黒田の軍人忌避を証言している。(8)

敗戦前の日記は、南洋へ立つ三ヶ月前の昭和一七年一〇月七日までを読むことができる。見てきたように、戦時下においてニーチェによる「運命」の享受は現実を受け入れるよすがであり、対して、少女や自然や、美しい思想やといった現実とは対極の心象を託されていたのが「蝶」、なかでも「紋白蝶」であった。

2　囚われの蝶

黒田は昭和二〇年二月に現地召集を受け、二一年七月に帰国。敗戦後の日記は帰国翌日の昭和二一年七月五日から読むことができる。「僕は昨日動乱中のジャワからかえって来て昔ながらの自分の家に、見知らない人人と雑居して、ぼんやりと、果てしない焼けあとに眼をやったりしています。」（昭21・7・5「北園克衛宛書簡」）とされ、以後の日記は帰国後のとまどいをあらわす述懐で充満している。帰国から一週間後、「蝶」は無慙な認識とともにあらわれる。

自分の精神を蝶の標本のようにピンで止めて、ひとびとの前に見せてくれる人間などというものを、ひとびとは不思議に予期しているようである。むしろそれは生きた蝶である。自分のものにしようとして、ひとびとがわし掴みにするとき、それはひん死の重傷を負い、もはや二度ととぶことの出来ない形骸と化しているのである。

さらに一週間後（昭21・7・21）には、出国前に友人に預けた詩篇の焼失(9)を知るが、ほどなく、詩集『時代の囚人』（昭40・10 昭森社）に収録されることになる作品を、精力的に生み出してゆくさまが見てとれる。

そのさなか、黒田は「美しい蝶を捕まえた」と言う。帰国直後の無慙な認識から九ヶ月後のことである。

（昭21・7・13）

何か好きなことを僕がやろうと思い立ったとき、それはいつのまにかひとつの義務になってしまうのである。美しい蝶を捕まえた瞬間にそれは恐しく重たい荷物になる。こういう思いにへどもどしている中に、僕は自分のかつてやりたいと思ったことを、楽しみもしないでやり終えてしまったことに気がつく。けっきょく何もしないでいた方がましなのだ。だが何もしないでいればいるで、自分のとり逃がしつつあるものの大きさのみが気になる。とり逃がす以外に腕の無い自分のふがいなさのみが気になる。

（昭22・4・17）

詩は続々とできあがり、詩誌への掲載も実現する。この期の黒田の精神は、敗戦後の社会への異和を充満させており、それがこれらの詩篇にも反映されているのだが、「好きなこと」である詩作、「美しい蝶」であるそれらを手にする瞬間を味わうことも、それがすぐさま「恐ろしく重たい荷物」と感覚されてしまう異和のひとつであった。「僕は自分のかつてやりたいと思ったことを、楽しみもしないでやり終えてしまったことに気がつく」とは、何ともシニカルな認識だが、戦時下から、「自分がとり逃がしてしまったものがどんなに多いか。蝶のようにとんで行ってしまった数知れないもの。」（昭17・7・16）といった感覚に捕らわれつづけていた黒田であればこその実感だろう。「とり逃がす」ことの方に親和している黒田にとっては、「失ったものをとりかえしたとき人は逆に失わなかったものを失ってしまうように見える」（昭22・5・11）のである。

この一〇日後（昭22・5・25）、黒田に「失うもの」をもたらす『ひとりの女に』の〈少女〉多菊光子が、「女子大出の人形のような顔をした少女」と形容されて日記に登場する[10]が、彼らの物語はまだ始動しない。『時代の囚人』収録誌篇が続々と創作され、『荒地』の創刊（昭22・9）とその編輯によって活発な動きを見せるなか、黒田の思いはジャワの恋人スティへと向かう。

詩「ひとりの無智な女に」をつくる。
スティよ。お前といっしょにいたときは、呑んだくれてばかりいた僕が、今かけがえのないお前を思い出す。それは顔のように僕の心に食い入りそれは贖罪のように僕を清めてくれる。
（昭22・10・15）

僕は思うのだが「失われた日日」「別れ」「今にして」「異国の無智な女に」「空しさの中で」の五篇を「異国の無智な女に」という題で「荒地」の次号に出したい。僕はただひとりスティのみをどのように深く愛していることか。之で縁談がフイになっても悔はしない。今夜ひとりでウイスキイの口をあけ、しずかに机の前に座っている。若しも、僕の前にスティがいてくれたら！僕はこういうことをすっかり忘れて暮していたように思う。

（昭23・5・27）

詩人は、「とり逃がしてしまったもの」の方へみずからの心を向けるもののようである。そしてこの時、〈囚はれ〉の〈一羽の蝶〉を比喩とする詩「心弱く」（昭23・4・9制作）を書き上げる。この詩篇は同題で『詩学』（昭25・8）に発表され、のちに「星のように遠く」と改題・改稿されて『時代の囚人』に収められることになる。二詩篇の異同に興味深い点があるため、引用部分については「心弱く」を元として異同箇所に傍線を付し、〈　〉内に詩集収録形「星のように遠く」の本文を入れた。

一寸した過失が／胸の湖水に〈お前の胸に〉雲のやうに影を落す／過ぎてしまつたことは取り返しがつかない〈「過ぎてしまったことは取りかえしがつかない」〉／たつた〈たった〉それだけの理由で／心弱く／一羽の蝶のやうにやすやすと〈一羽の蝶よりもやすやすと〉／悔痕の張

りめぐらす蜘蛛の巣に／囚はれてしまふのか〈お前は貪欲な蜘蛛の巣に身を投ずる〉（中略）
ひとは〈ああ〉／重すぎる己の運命を着物のや〈よ〉うに脱ぐために／あてもなく〈お前はあてもなく〉呼びかける／『〈「〉それが私の罪だら〈ろ〉うか』〈」〉（中略）
蝶のやうに〈一羽の蝶よりも〉軽々〈かるがる〉と此の世に生きてゐ〈い〉て／ただ僅かに私〈自分自身〉であればよかつたのではなかつたか〈／それでよかったのではなかったか〉

初出形「心弱く」と詩集収録形「星のように遠く」との大きな異なりは、後者において二人称〈お前〉が挿入され、〈悔痕の張りめぐらす蜘蛛の巣〉が〈貪欲な蜘蛛の巣〉へ、その〈蜘蛛の巣〉に〈囚はれてしまふ〉という受動が、〈身を投ずる〉能動へと変化した点である。そして、〈蝶のやうにやすやすと〉〈蝶のやうに軽々と〉と直喩で結ばれていたものが、〈蝶よりもやすやすと〉〈蝶よりもかるがると〉とされることで、〈蝶〉と主体とがずらされ、先の受動から能動への変化と相まって、全体に繊弱さが弱まり、シニカルで自虐的な様相が強められている。〈一羽の蝶のやうにやすやすと〉〈囚はれてしまふ〉ありさまにかかる、この詩の核心であったはずの〈心弱く〉が削除され、詩篇の題名が改められたのも、この点と関わっていよう。

詩集『渇いた心』（昭32・5 昭森社）の詩篇「微風のなかで」「一枚の木の葉のように」「ただ過ぎ去るために」などに見られる人称区別の特徴に着目する栗原敦[11]は、それらとの比較から当詩篇「星のように遠く」について、次のように述べている。

このように叙述のための人称を効果的に交替させて、作品の内部主体（主人公）を立体的に出そうとする試みは、『時代の囚人』にもないわけではない。たとえば、「星のように遠く」の場合に、「ちょっとした過失が／お前の胸に雲のように影を落とす」とはじまり、やがて「お前」自身に「それが私の罪だろうか」と自問させ、後半部分では転換して「星のように遠く美しい世界で／たれかが私の右手を握っていてくれたことがある」となるように（傍点筆者）。

けれども、「微風のなかで」「一枚の木の葉のように」「ただ過ぎ去るために」などでは、「お前」が「僕」であり、その詩を語る「語り手」であり、しかもたんに或る心情や心境の定着としてでなく、表現者自体を客観化する充分な大きさをもった作品となっており、ひとりの客観存在としての人間の歴史的現実的な関係位置というべきものをこれらの長さのうちでとらえきっていることが決定的な相違である。

〈心弱〉い〈私〉のモノローグであったものが、〈お前〉の挿入によって〈心弱〉さから引き離され、〈一羽の蝶〉であることからもずらされたところで成立したのが「星のように遠く」であった。ここで確認しておきたいのは、その先行形である「心弱く」が、栗原の述べる「表現者自体を客観化する」、「ひとりの客観存在としての人間の歴史的現実的な関係位置」といったところからは、いっそう離れたところで成立した詩篇であったということである。

この詩のなかには、見てきたような敗戦後の日記の記述に加え、敗戦前のそれとの照応を見いだすことができる。

ひとは／重すぎる己の運命を着物のやうに脱ぐために／あてもなく呼びかける／『それが私の罪だらうか』

〈重すぎる己の運命〉、そして、リフレインされる〈それが私の罪だらうか〉。〈運命〉がニーチェによって親しかったことは、もはやくり返すまでもないが、これらは、戦時下における黒田のロマンティシズムをあらわす記述として紹介した、「昭和十五年三月一日」の日記における次のような心性がそのまま浮かんでいる。

夜雪解けのぬかるみを歩き乍ら、あまりにも重い自己の宿命に暗澹たる気持になる。全く「それが私の罪だろうか」というあの弱々しい格言を唯一の頼りにしなければ立つ瀬のない自己の身に、清浄な涙を落す。

「弱々しい」心持ちは、「あまりにも重い自己の宿命」、「それが私の罪だろうか」というフレーズとともに、ここでふたたび呼び起こされ、接続された。詩中で思い起こされている〈星のやうに遠く美しい世界〉は、スティと過ごした南洋だったろうか。

3 白い美しい蝶

「心弱く」創作から二か月後、『ひとりの女に』の物語が動き始める。「多菊君と急速に仲よくなったのは、この十日ばかりである。」（昭23・6・21）、「僕ののぞんでいる無智で馬鹿な女。それが、この余りにも聡明で個性的な（家庭のフンイキさえ止めない位個性的な）少女の中に、あるような気さえした。」（昭23・7・12）、「僕らは結婚しようと約束した。」（昭23・7・21）。ひと月のあいだに急展開を迎えたふたりの恋愛は、このあと光子の実家からの反対、黒田の結核罹患、婚約解消、再婚約といった日々を経て、半年後の昭和二四年一月、ふたりだけの結婚の儀式を迎えるに至る。冒頭でも紹介したように、光子自身の言によって捉えられた詩集構成（「得恋—失恋—得恋」）は、彼らのそういった実際をなぞっている。

失うものが僕に出来てしまったのだ。失ってはならないものが僕に出来てしまったのだ。そのために僕はすべてを忘れる。心から幸福そうにしているこの少女を失わないために、僕は嗤いを忘れ、嘲りを忘れる。ジャワへ発った僕が、あの頃東京で何ひとつ生甲斐を感じなくなっていたときの気持は、「私に力を貸して」という人間が、この世にただひとりもいなかった、ということではなかったか。これから先もいないであろう、ということではなかったか。無為無能の生活から、僕は今、雲の切間を見出したのである。雲の切間だけでなく僕の方へ一身に駆けてくる少女を。

（昭23・7・23）

世俗的な義務や権利に縛せられもせず、又自分自身を縛りもしないところで、僕はひとりの女に賭けたのである。

（昭23・8・9）

日記に記された黒田の幸福な衝撃は、そのまま収録詩篇に映されており、吉野弘[12]による、「はじめから恋を未来へ賭けているのではなく、むしろ、恋を理不尽な暴力のようにすら受け取っている。」という受けとめ方は、詩篇そのものにおいては言うまでもなく、その背景を形成しているこれら日記の叙述からも共感できる。

そして、吉野が指摘する感覚にふさわしい詩篇のフレーズ、〈運命は／屋上から身を投げる少女のやうに／僕の頭上に落ちてきたのである〉（「もはやそれ以上」）、〈風のやうに気まぐれなあなたの運命に／僕の運命を重ね合はすことが出来さへすれば！〉、〈そのとき／僕は乱暴にはふつたのだ／かはらけよりもこはれやすい僕の運命を〉（「明日」）、これらに見られる〈運命〉は、かつての重く、愛することを強いなければならないそれとはまったく異なっている。戦時下に創作の成ったことが伝えられていた詩「アモール・ファティ」（『失はれた墓碑銘』）の、〈ああ／腹を立てまいがためにだけ／amor fati と呟くことが／それが／僕の運命を台なしにしてしまつたことを〉といったフレーズを傍らにすれば、わかりやすい。

しかし、彼らの実際には暗雲が立ちこめるようになる。幸福な衝撃から半年後、光子への出さなかった手紙が写し取られている日記には、「運命」が次のようにあらわれている。

あなたはあなたの運命を生きるがよい。

光子は何を考えていたのか知らないけれど、僕は光子の言葉からいくら僕が運命を重ねようと努めても、重ねることの出来ない運命があなたにある、ということを正直に受けとった。

（昭24・1・12）

そして、『ひとりの女に』の詩篇すべてが、別れの決意ののちに書き上げられたものであることも、翌日からの日記によって知られる。かつて南洋の恋人スティに向けられたように、ここでも、「取り逃がして」しまう感覚の生起によって詩が成っていったようである。

北園氏に「詩三篇」として「それは」「もはやそれ以上」「僕はまるでちがって」

木原君に「風」「そのとき」「あなたも単に」「突然僕にはわかったのだ」。

田村に「明日」「曙」（論者注・「賭け」？）（昭24・1・13）

年末に幾篇か光子のために詩をかき、そして昨日は、「そこにひとつの席が」をつくった。お別れだ、すべてのものとお別れだ。（中略）

夕飯をすましてから、光子に、「あなたは行くがいいのだ」という詩をつくる。つづいて「流れに運命を」。（昭24・1・15）

このあと間もなく事態は好転、これによってすでに書き上げられていた一連の詩篇は、現在見られる構成を得ることになったのだろう。

世の中がまるでちがってしまった。僕は結婚する。近い中に。

「光子への手紙」（論者注・「突然僕にはわかったのだ　光子に」末尾に「一九四八年クリスマスの夜に」。）（中略）

二十三日（日）（中略）ひるから北園氏のところへ詩を持って行った。持って行った九篇のリリックは夫々三名宛三組に組んでいたのだが、北園氏は「サンドル」の次号のために「あなたは行くがいいのだ」「そこにひとつの席が」「たかが詩人だった」の一組をとった。之がいちば

んいい、という。（昭24・1・24）

北園の選んだ三篇が、どれも失恋詩篇であったことは興味深い。これらは実際に、『サンドル』から復題した『VOU』（昭24・10）に掲載されている。

戦時下において、逃れがたく重い「運命」の対極に飛翔していたのが「蝶」であったが、ここに至るまでの敗戦後にあらわれたそれは、すでに見たとおり、日記においても詩篇（「心弱く」）においても「囚はれ」の「蝶」であり、重い「運命」と軌を一にした存在となっていた。その「運命」のありようが一変し、ふたたび「蝶」の飛翔を許したのが、光子との出会いだった。それはまず、光子宛の書簡[13]（昭23・日月不明）にあらわれる。

あなたがさびしい顔をしていると、僕は奇妙にさびしくなる。僕の胸のなかを白い美しい蝶がぬけて行ったように。「失うもの」が僕に出来てしまった。こんな不安をあなたは笑うだろうか。

「紋白蝶」とも異なる、「白い美しい蝶」。これは、同じく日記に記された次のような光子の形象とも重なろう。

僕は何故か光子が白い美しい鳩のように僕の手からとびさるような気がするのだ。
（昭23・8・15）

詩「僕はまるでちがつて」だけにあらわれた〈白い美しい蝶〉は、このようにして生まれた。詩人に失うものを与え、明日を信じさせた、たったひとりの少女にのみまつわる形象。〈白い美しい蝶〉があらわれたのは、あとにも先にもこの一度きりであり、黒田の「蝶」を追うことは、「ひとり」に込められ、捧げられた意味の深さに突きあたる。

『ひとりの女に』以降に成立した詩篇にあらわれるのは、いずれも次のように〈紋白蝶〉ばかりである。

保母さんたちに見送られて／小さなユリと僕は今来たばかりの道を／家へ帰る／紋白蝶のとんでいる道／生垣の間から日まわりののぞいている道／夏の朝の人影もない白い道を
（「僕を責めるものは」『小さなユリと』昭35・5 昭森社）

沈黙と行動の間を／紋白蝶のように／かるがると／美しく／僕はかつて翔んだことがない

僕はただ無心にビールを飲み／都会の群衆の頭上を翔ぶ／一匹の紋白蝶を目に描く／彼女の目にうつる／はるかな菜の花畑のひろがりを

（「ビヤホールで」『ある日ある時』昭43・9 昭森社）

真昼の原っぱに／人影はなく／忘れられた三輪車が一台／その上を／ゆらゆらと／紋白蝶がとぶ／烈しい草いきれのなかで／思うことは／何もない／むなしく滅びたもの／かつては血と汗と泥にまみれたもの／地から出て地にかえったもの／すべては夢のように／ただ／紋白蝶が／もつれてとぶばかり

（「夏草」『羊の歩み』『定本黒田三郎詩集』昭46・6 昭森社）

紋白蝶が頭上低くをとび／不規則にとびかうのを見る

（「見ても見ず」『羊の歩み』）

それはまるで、〈白い美しい蝶〉から分化して詩人の生活に紛れこみ、一瞬間の想念にいざなってゆくもののようである。「紋白蝶」のイメジから黒田の詩篇の変遷を照らす上手宰は、[14]これらを次のように分析している。

最初期のもっとも美しい紋白蝶のイメージから、それが哀惜の対象となり、また、時には輝きともなり道しるべともなった時期を私は初期とみてよいのではないかと思う。その次に来るのは、現実の陰影をふちどるために蝶がとぶ時であり、それはさらに表象性を失なう段階に到着する。具体的に言えば詩集『ある日ある時』『羊の歩み』が、後期にいたる断層ではないだろうか。

さらに、『失われた墓碑銘』にあらわれる「こわれやすいものが砕けるイメージ」（「未来」「逃亡者と影」）を指摘し[15]、それらと「紋白蝶」の関係について、「投げつけられて砕け散るはずのものが、地に落ちる前に、やさしくすくいとられて紋白蝶になった」とし、「もろい、美しい何か」である「私たちの生活であり人々が共に生きていくことの意味のようなもの」に対して、「彼は投げつけようとした手を虚空で止め、それを紋白蝶の美しいイメージに託して空に放った」のだと指摘する。そして、「運命や未来や明日というものがいつも一番こわれやすい、それでいて一番美しいものであることを黒田三郎は知っていたにちがいない。」としている。

述べたように、『ひとりの女に』にあらわれたのは〈白い美しい蝶〉、「星のように遠く」（「心弱く」改題）で囚われていたのは〈一羽の蝶〉であり、〈紋白蝶〉とは書き分けられていた。このことは、戦時下の日記において、少女にまつわる「紋白蝶」、キルケゴールの思想や文章の美しさにまつわる「紋白蝶」、ニーチェの運命にまつわる「緋の蝶」、自虐的で空虚な詩篇の夢中に舞わせた〈黄色い蝶〉が、それぞれにあらわされていた点からも重要であり、詩人にとって、〈白い美しい蝶〉がただ一度きりの特別な形象であったことを、今一度強調しておかなければならないだろう。それをふまえた上で、『ひとりの女に』以降にあらわれる一連の〈紋白蝶〉を考える際に、上手論の「こわれやすいもの」が「やさしくすくいとられて紋白蝶になった」という指摘に共感できる。

見てきたとおり、黒田の詩作における〈蝶〉は、折々の心性を映し出す重要で魅力的な形象である。冒頭でも述べたように、その発想の由来とともに、近代詩における〈蝶〉の脈列のなかで捉えてゆくと、詩と俳句の交点などにわたる興味深い側面を照らしてくれるのではないか、と夢想する。「蝶」の行方を、追ってゆきたい。

注

（1）黒田光子「書簡集『ひとりの女に』註」（『人間・黒田三郎』昭56・12 思潮社）

（2）「共振するテクスト、反発するテクスト」（『始更』平24・10）

（3）細井啓司「黒田三郎と俳句」（『俳句人』平4・2）、「黒田三郎の俳句」（『詩人会議』平4・7）は、当時の黒田の俳句作品を調査紹介するとともに、新興俳句からモダニズム詩へのながれを指摘している。

（4）昭和一〇年一〇月に創刊された俳句誌『風流陣』は、『文芸汎論』を創刊した岩佐東一郎によってはじめられ、同年七月にモダニズム詩誌『VOU』を創刊した北園克衛ら、モダニズム詩人たちが投句をして関わるなど、興味深い連関が形成されている。同誌には、木原孝一の句も見られる。同じく「荒地」で見れば、三好豊一郎も黒田と同じ頃に俳句をはじめている。三好の導き手であった小川富五郎もまた『文芸汎論』に関わっており、彼らのガリ版刷り詩誌『蝶』（昭17・6発行推定）にも、俳句が墨書きで掲載されている。三好の俳句や詩誌『蝶』に関しては、『戦争のなかの詩人たち』（平24・9 学術出版会）で論じた。

（5）「黒田三郎詩集『ひとりの女に』」（『日本文学』平4・8初出、『鮎川信夫研究—精神の架橋』平14・7 日本図書センター 所収）

（6）黒田の日記は、「戦中篇I」として刊行されている昭和一四年九月一日からの記述を読むことができる。それは、黒田が帝大受験に失敗して鹿児島から上京をした以降にあたる。中桐雅夫、鮎川信夫、牧野虚太郎、森川義信ら、のちの「荒地」の詩人たちをふくむ当時のモダニスト「LUNA」クラブメンバーとの交友がはじまっており、北園の「VOU」クラブのパーティーにも出かけ、『文芸汎論』を熱心に講読している。

（7）「アモール・ファティ」として詩集『失はれた墓碑銘』（昭30・6 昭森社）に収められた詩篇かと思われるが、この期の詩篇の大半が焼失したことに加え、現在見られる詩集収録形には敗戦後の思いが加えられた可能性もある。

（8）茂山忠茂（聞き手）「兄・黒田三郎について—吉原安乃さんにきく」（『詩人会議』平12・11）

（9）南洋興発からの連絡を受けとったあたりから、詩集編纂の意図を明らかにして精力的に詩作に取り組み、「一冊のノオトをめくって勘定してみると、かきかけの詩が二十四ある。外にかきかけの原稿用紙が一束。その外に第二、第三詩集のために、として大きな袋の中にも一杯つまっている。その半分は未完成である。」（昭17・9・18）としていたが、その大半は戦火による焼失を免れなかった。

（10）ふたりは、黒田が帰国後に就職した日本放送協会の同僚として出会った。

（11）「黒田三郎論」（『詩が生まれるところ』平12・9 蒼丘書林）

（12）「黒田三郎作品論」（『詩学』昭41・9）

（13）黒田光子『人間・黒田三郎』（昭56・12 思潮社）所収。
（14）「紋白蝶の死」（『詩人会議』昭57・2）
（15）「時代と孤独をたえた詩」（『詩人会議』平1・1）

10　「荒地」と『詩学』

『詩学』は、敗戦後から平成に至る六〇年（昭22・8〜平19・9）の長きにわたって月刊詩誌として刊行された。編集人のひとり城左門は、創刊号の「編輯後記」において「『詩学』の目的」を、「詩壇の公器的存在たらしめようとする」、「広く文学的総合誌たらんとする野心抱負」、「詩精神を以て貫かれた総合誌」、「他面の導入に依つて詩それ自体を培はうとする」と述べた。これらは、前身誌である城らの詩誌『ゆうとぴあ』（昭21・9〜22・5）においても共有されていた志であった。このうち、特に「詩壇の公器」を軸に戦時下の詩誌との関係性に着目した杉浦静「概説・〈詩壇の公器〉の再生――「戦後詩」誌の初発――」[1]によれば、『詩学』が「詩壇の公器」を目指す背景には、「戦中の公器的存在に対する否定」があり、それは、敗戦前年、昭和一九年六月に詩誌の統合によって生まれた『日本詩』と『詩研究』[2]が、「国策遂行への翼賛雑誌」として担った役割への批判的な意識化を意味している。また、『詩学』と同様の意味合いで「詩壇の公器」を目指した敗戦後創刊の詩誌（『現代詩』『蝋人形』）もありながら、『詩学』が残った要因として次のような分析も杉浦によってなされている。

その要因は、既成詩人のみではなく、荒地グループを始めとする戦後意識を明確に自覚する詩人たちをも擁し、詩学研究会による新人の発掘のシステムをもったことなど、複合的であったが、今一つ、初期においては、「宝石」で成功していた岩谷書店の資金力が背後にあったことも忘れてはならないだろう。この時期、いくつもの詩誌が、経済的理由で立ちゆかなくなっていったのであるから。

恵まれた外的要因も味方に付けて、『詩学』は影響力を持つ詩誌として受け入れられてゆく。「荒地」の詩人たちは、作品発表はもとより、編輯や後進の育成に関わり、また、批評の対象ともされた。ここでは、彼らをとおした「戦後詩」を、昭和三〇年代までの『詩学』に見てみたい。

1 「マチネ・ポエティク」への言及

近代詩草創期からの詩史的接続を意識していた『詩学』において、戦時下からの接続という側面では、押韻定型詩の創作発表を昭和一七年に朗読会の形式ではじめた「マチネ・ポエティク」参加詩人たちの作品が、創刊号から掲載されている点が注目される。ソネット形式の加藤周一「別れの歌第三」、窪田啓作「SONET Op.1」がそれにあたり、いずれにおいても作品末尾に「(一九四二年)」、「──マチネエ・ポエティーク作品──」が付記されている。次号(1巻2号 昭22・9)にも同様に、原條あき子・枝野和夫のマチネ・ポエティク作品が掲載され、中桐雅夫「マチネ・ポエチック批判」(2巻4号 昭22・11)、「特輯 日本詩の韻律の問題」(3巻4号 昭23・5)を呼び、『マチネ・ポエティク詩集』(昭23・7 真善美社)発刊をあいだにおいて、瀬沼茂樹「果して「詩の革命」か?──マチネ・ポエティク批判──」(3巻10号 昭23・12)、中村真一郎「マチネ・ポエチックその後」(5巻3号 昭25・4)、鮎川信夫「中村真一郎の「詩集」について」(5巻10号 昭25・12)へと至っている。

「歌う詩から考える詩へ」を標榜した「荒地」の詩人たちは、これにどう向き合ったのか。マチネ・ポエティク作品の掲載を受けた中桐雅夫「マチネ・ポエチック批判」では、『新体詩抄』をはじめとする明治期新体詩における押韻を例示ののち、掲載されたマチネ・ポエティクの作品などを実際に取りあげながら、形式先行のために不自然さが生じ、その詩が有する本来の良さを損なう可能性を指摘、ソネットの必然性が理解できないと結論している。

一方、マチネ・ポエティク参加詩人らをふくんだ座談会「日本詩の韻律の問題(加藤周一・中桐雅夫・窪田啓作・鮎川信夫・相良守次・湯山清・城左門・岩谷満)」(3巻4号 昭23・5)において、城左門がマチネ・ポエティクの活動について「古臭い」と述べたのに対し、鮎川信夫は「詩そのものに対しては古臭い」と思うが、「運動として見ると非常に面白いし、色々な意味で注目」していると述べている。鮎川のこの捉え方は、二年後の「中村真一郎の「詩集」について」においても、マチネ・ポエティクの詩人たちが仲間を持っていることは幸いであり、共通した経験を持っていることは重要であると述べ、当時において意識せざるを得ない党派制に関しては、個性や年齢だけを尺度にしていないところを評価する一方で、実作に関しては、その思想性において相容れないとする点も変化がない。理論を先行させた作るための詩であることを、「美という観念を持つてゐるために、美を発見することが出来ないように思われる」と言い、中村の『詩集』に収録されている戦時下の詩篇と戦後の詩篇とに、その内容においてまったく異なりがないと指摘、三好豊一郎の『囚人』にながれる思想性との「相異」が、「荒地」とマチネ・ポエティクとの「相異というものを象徴的に物語っていて面白い」と結んでいる。田口麻奈[3]は、こうした鮎川信夫のマチネ・ポエティクの捉え方について、「文学的経験をグループの紐帯とする点」が、「鮎川にとっての深い共感の対象」であったとし、マチネ・ポエティクと「荒地」とが、「方法論の上で対立しながらも同じ問題系（論者注・「特権的な共同性への批判」と作品の「現代性」への「疑念」）に囲繞されていた」という見立てにおいて接続され得ると整理している。

また、マチネ・ポエティクは当時において、「マチネ・ポエチックを見たまへ。結局、あれはハシカに過ぎなかつたのだ、それも舶来のハシカだ。あの熱ぐらゐでは現代詩の沈滞した悪血を潔める何のたすけにもならぬ。さらにチブスでもわづらつて幸にも生きのびて居られたら、マチネ・ポエチック氏も一人前になれるであらう。」（「詩壇時評」4巻2号 昭24・2）といったような悪態をつかれる対象でもあった。中村真一郎「マチネ・ポエチックその後」は、こうしたところを経過して、「一九四〇年から一九四五年までの文学グループ「マチネ・ポエチック」は、戦争終結後、戦時中の実験的作品を大部分発表して、社会の批判を仰ぐと共に解散し、戦後の現実の中で、同人夫々が別個の方向へ活動の圏を拡げて行つた」、「方法そのものは可能性がある」、「戦争中の筆者の心の閉鎖的な姿勢と余りに調和してゐたその詩法は、戦後に至つて、心を外に向つて開かうとした時、自己を束縛するものと感じられて来た」、「詩作が第二芸術の段階に堕ちた」、「現代日本語の貧しさと荒さとは、具体的には、第一に概念の混乱、第二に音感の不快さ、である」と、内省的かつ他罰的な吐露に至った。『詩学』は創刊からの三年間をとおして、マチネ・ポエティクとともに、その結着を見届けたと言える。

2 「同時代詩人評」と「死んだ仲間の詩」

近代詩史への接続、同時代的なトピックであるマチネ・ポエティクへの批評的関与に加えて注目したいのは、同時代詩人を積極的に批評の俎上にあげ、批評する側の魅力とともに照らした点である。ここでも「荒地」の詩人たちが筆を揮う。木原孝一「移動する座標の観測 北園克衛の詩に関するノオト」（3巻1号 昭23・1）、中桐雅夫「菱山修三論」（3巻5号 昭23・6）、黒田三郎「春山行夫論——新しい詩人——」（3巻10号 昭23・12）、鮎川信夫「三好豊一郎論「荒地」の精神的風土」（4巻3号 昭24・4）、田村隆一「「囚人」の成立條件について」（4巻3号 昭24・4）といったラインナップで、「北園克衛研究」(6巻6号 昭26・7)として特集も組まれ、「作品」村野四郎、「人間」岩本修蔵、「詩論」黒田三郎といった論者を擁し、安藤一郎・壺井繁治・中桐雅夫・高橋宗近・嵯峨信之・木原孝一による「座談会 北園克衛を分析する」もおこなわれている。北園特集号の木原孝一による「編輯後記」は、こうした同時代詩人の特集を組む意義を次のように述べ、この試みの新しさを自負している。

この頃、わが邦の詩史的な研究が多く現はれてゐる。吉田精一氏を初め、各出版社が注釈的な詩解説書に努めてゐる。この傾向は、徒らに新奇に趨ることよりも現在の必然性を確認する上には甚だ有意義な企画であると思ふ。だが、現存の、それも現役的な立場に居る詩人の史的評価は実に大いに困難なことなのだ。その困難を押し切つて、最初に着手したのが本号の北園克衛研究である。村野岩本、黒田三氏の論説と、安藤、壺井氏に依る座談会である。これで縦横に、詩人北園克衛を同時代人に依つて、流行語で云へばツルシ上げにするわけで、逆に、研究としては略々完璧に近いものなのではなからうか。ご精読を得たい。今後も、この意味で、詩人個人を研究して行きたいと思ふ。

『詩学』自体も詩史的接続には意識的であるなかで、同時代詩人を対象とすることが、さらに新しい「研究」に結びつくという視点が内外に対して動態的である。『詩学』における「研究」という語彙の新鮮さは、後述の「詩学研究会」とも響き合うようで目を引く。

注目の特集に、「物故詩人追悼特輯　死んだ仲間の詩――作品と回想――」（6巻7号 昭26・8）がある。一七人の詩人の作品と回想で構成され、詩人と回想の書き手との組み合わせもふくめて興味深い特輯である。以下掲載順にあげてみる。

立原道造／中村稔、野村英夫／鈴木亨、逸見猶吉／緒方昇、津村信夫／杉山平一、加藤千春／井上長雄、森川義信／鮎川信夫、西崎晋／岩本修蔵、川島豊敏／上林猷夫、楠田一郎／岡田芳彦、宮西鉦吉／扇谷義男、石渡喜八／長島三芳、左川ちか／北園克衛、饒正太郎／小林善雄、永田助太郎／近藤東、牧野虚太郎／中桐雅夫、澁江周堂／池田克己、岡本彌太／島崎曙海。

戦時下、『新領土』や『文芸汎論』等に作品が掲載されていた若き詩人たちの名が見られるなか、中村稔による立原道造が「死んだ仲間」の冒頭に置かれているのも、『詩学』特有の接続の意識が垣間見られるように思われる。また、鮎川信夫による「森川義信について」は、鮎川が記した森川に対する文章のなかでもっとも哀切な思いを響かせて作品の強度を照らしているもので、この特輯にかなった名文である。

彼はただ生きていて、僕達のそばに居てくれさえしたら、それだけで平安と慰めを与えるような男であつた。詩なんか書いてくれなくたつていい、ただ生きていてくれたら……しかし残念なことに、そんな僕の嘆きを、彼の詩は男々しく拒絶している。僕達は今更ながら〈完成〉

の底に死があることを思わずにはいられない。

前号の「編輯後記」で木原は同時代の「詩人個人を研究」する動態的な視点を記していたが、同時代詩人であったはずの「死んだ仲間」を、仲間の批評で特輯することによって、その作品を生かし続けてゆく接続の意識も注目に値する。

3 「詩学研究会」における新人育成

谷川俊太郎、茨木のり子ら「櫂」の詩人たちを育てていった「詩学研究会」は、『詩学』の貢献を語るものとしてよく知られている。その創設は次のように知らされた。

詩壇は常に新しき詩人を待望してゐる。しかしながら真に新しき詩人は偶然に出現するものではない。その時代を背景とした歴史的な必然のなかに生まれる。本誌は茲に詩壇の公器たる自負と光栄との上に詩学研究会を組織し、新しき詩人の培養基たらんとする。／一、詩学研究会は詩文学誌〈詩学〉を中心とする詩の研究機関であり、本部を東京に、支部を各府県に置く。／二、会員資格は詩文学誌〈詩学〉の購読者であれば良く、特別の規定はない。／三、会員の研究作品は編輯部にて銓衡の上詩文学誌〈詩学〉誌上に発表する。／四、支部には委員若干名を置き、研究会の事務を委任する。／五、研究会は毎月一回支部毎に開き、希望に依り、毎年二回程度本誌編輯部主催の講演会又は研究会を開くことが出来る。／六、研究作品は毎月二十日締切とし、送稿及び通信はすべて東京都港区芝西久保巴町十二　岩谷書店編輯部　詩学研究会宛に送られたい。／右の外種々会員諸氏の便宜を計るべく随時計画を立案する予定である。ついては購読者各位の中で熱意ある諸氏に、研究会支部の委員としてご活躍を願ひたいと思ふので、御希望の向きは至急当編輯部へ連絡をとられたい。

（「詩学研究会について」3巻5号　昭23・6）

「詩壇の公器」、「新しき詩人の培養基」、「詩の研究機関」といった役割の自認があり、さらに、「支部を各府県に置く」とする組織化が当初より構想されている点が目を引き、この三号あとから「詩学研究作品」コーナー（3巻8号　昭23・10）が登場する。礒永秀雄「遍路」以下八篇が選ばれ、以降はほぼ毎号にわたっていろいろな詩人が入れ替わり立ち替わりあらわれている。村野四郎は翌号の投稿時評「夏日覚書」（3巻9号　昭23・11）で、『詩学』投稿詩篇は「他の新聞や雑誌の投稿詩に比較すると、数等たかい水準にあるように感じた」としながらも、それらは「こじんまりしたユニフォムを一様に身につけていた」「秀才型」だとし、「つつましいユニフォムにはおさめ切れぬような異常骨格の詩精神には遂に遭遇できなかつた」と述べている。また、同号編輯後記では木原が、「研究作品も順次その熱意を加へつつあり多くの佳篇を得ることが出来て幸ひである。僕らは此の研究作品に依つて、ひとつのドアが開かれることを多くの期待をもつてみつめてゐる」としており、初発の段階から「詩学研究作品」には、比較的高水準の作品が寄せられていたことがうかがえる。

こうしたなかで、白石かずこが詩篇「時……」で「詩学研究作品」(4巻3号 昭24・4)に登場し、その一年後(5巻8号 昭25・9)に、谷川俊太郎(「秘密とレントゲン」「五月の無智な街で」のちに『二十億光年の孤独』収録)、茨木のり子(「いさましい歌」)が揃って登場する。ここには友竹辰比古の作品も掲載されており、同号は次世代のはじまりを胚胎する象徴的な誌面を有していると言える。(4) なかでも谷川は、嵯峨信之・木原孝一・森道之輔・黒田三郎・中桐雅夫・鳥見迅彦・岩本修蔵による「審査委員会推薦詩合評会」(6巻2号 昭26・2)において、「生まれつきのうまさ」(中桐)、「生地が良い」(木原)、「相当素質がいゝ」(岩本)といった指摘が繰り返されているように、恵まれた資質、それを誰もが感得した新しい存在だった。この後、「詩学研究作品」に先行して登場していた友竹辰、白石かずこの作品が一般の「作品」コーナーに掲載され始める(6巻4号 昭26・5)のと同じく、谷川の作品(「想う人と動く人についてのノート」)も同様に「作品」コーナーに掲載(7巻1号 昭27・1)され始め、白石の『卵のふる街』(昭26・9 協立書店)、続いて谷川の『二十億光年の孤独』(昭27・6 創元社)と、「詩学研究会」に投稿していた新詩人たちの第一詩集が上梓されてゆく。それぞれ「詩学研究作品」登場から二年で詩集出版を迎えている。

4　鮎川信夫の先見性

村野四郎の「詩学研究作品」選者引退が告げられる（「編輯後記」6巻11号 昭26・12）と、翌号（7巻1号 昭27・1）から、長江道太郎、鮎川信夫、小林善雄が選者となり、編輯部から嵯峨信之、木原孝一が加わって「作品合評」をすることが報告（「選者の言葉」）され、五名による「第一回研究会作品合評」が掲載された。すると、鮎川信夫の新人発掘における先見性が際立って見えてくるようになる。茨木のり子、吉野弘に関わっての発言を例にとってみたい。

「第七回研究会作品合評」（7巻7号 昭27・7）における茨木のり子「民衆」をめぐってのやりとりでは、長江や嵯峨が「態度」や「思想性」を取りあげようとすると、鮎川は、「詩によつてのみ表現されうるようなムードとか感情、あるいは論理、直観、そういうものが表出されている」ところに「感心」しているのであり、「思考の線と情緒の線とが、ほかの詩に見られないような、うまいぐあいに、屈折をしているところは、ちよつと珍しい」と評価する。さらに長江が、「一番おもしろいことは、女でありながら男のやうな、ある意味では男女といふ性別を考えさせない作品」であるとした点に対して、鮎川は「その言い方に対してむしろ疑問がある」として、次のように指摘する。

　これはむしろ今まで見てきた中で、女の人の詩の持つている一つのいい特長を持つていると思うのです。つまりイマージュとか印象とか、そういうものが、非常に通俗的な知性とか論理というものとコントラストをなしておるということなんです。たとえば今までの詩を見て飽きてしまうとかつまらないとか思うのは、展開がわかってしまうのだ。それがここでは何が出るかわからない。ひょっとして、十行はつまらなくても一行ぐらいおもしろいものが出て来るという期待を持たせると思うのですよ。

男性論理や既成の思想性に絡め取られない独自性を評価するこの指摘は、茨木作品の個性をいち早く見出し、詩人の伸びてゆく方向性を示し得た評と言える。

「第十回研究会作品合評」（7巻11号 昭27・11）では、吉野弘の代表作ともなる「I was born」について、鮎川が熱弁をふるう。この詩があらわれた時点では、意外なことに形式論が持ち出されて評価が分かれている。小林が「非常に散文的すぎる」と述べ、木原が「コントになるだろうと思う」と続けると、鮎川はその反応を予想していたとしながら、そうした形式の中で「この方がずっといい」と評価して次のように中身に触れる。

上手ですよ。これは……。「I was born」から始まってかげろうを出すところなんか、子どもの位置にもなり、子どもが親にもなるというように入り組んでいます。

さらに、「ジャンルの問題はこの場合どうでもいい」、「おもしろいか、つまらないか」を問題とすべきであると繰り返し、「そうした形を度外視して、これには感心した」と、終盤で形式論に楔を打ち込んでいる。他の評者が形式にこだわる中、作品の世界観を評価軸に孤軍奮闘の感があるが、先の茨木作品に対したのと同様に、のちの評価につながる中心的なところを押さえた先見的な評が、ここでも鮎川によって強く示されているのは印象的である。

鮎川ら「荒地」と茨木ら「櫂」の詩人たちは、現代詩史のなかで、思想性と感受性をそれぞれの特質として理解されてきたとおり、その作風において異なっているが、鮎川信夫の「評」をとおして見えてくるのは、自身の描く世界観とは異なった後続世代の作品の個性、伸ばすべき心棒にあたると思われるところを深部で捉えて的確に評価してゆく真摯な姿勢である。優れた詩人の直観に支えられた作品に対する謙虚な向き合い方が、まちがいなく続く詩人たちを育てていたのだと知られる。また、「合評会」では評価の分かれた吉野の作品ではあるが、それはきわめて高質な次元でのことがらであり、『詩学』としては次のような取りあげ方をしていることが前提にある。

研究会作品として頭角を表し、多くの注目を惹いてゐた川崎洋、船岡遊治郎、吉野弘、三氏の作品をその力量の点からも詩界に紹介するに充分なものと思ひ、敢へて各位の承認を得て推選作品とした。新しき詩精神の発掘は本誌の義務である。

（木原孝一「編輯後記」同号）

この後も「研究会作品」については、評者を入れ替え、「合評」において各作品に対する得点を表にするなどの試みをしてみたりと、新人育成について心を砕いている様子が随所にうかがえる。この一年後、「茨木のり子氏は最近川崎洋氏と共に詩誌櫂を発刊、新鮮な詩精神を燃やしている」（木原孝一「編輯後記」8巻8号 昭28・8）として、いよいよ『櫂』が創刊（昭28・5）され、翌年には「われらの仲間」のコーナーに川崎洋が「ある日の例会〈櫂〉」（9巻4号 昭29・4）を一頁にわたってユーモラスに執筆しており、活躍めざましい。

5 詩劇

この時期の特徴的なことがらとして、「詩劇」創作の流行があげられる。「荒地」の詩人たちのなかで、木原孝一、中桐雅夫は特に関わりを深くしている。「詩壇時評1956」（無署名）（11巻9号 昭31・8）は、エリオット以下西欧詩人の影響もさることながら、新しい表現形式を以て表現しなければならないものが彼等を突き動かしたと分析、自らも詩劇を創作する木原（茨木憲・木原孝一・小宮曠三・菱山修三・遠藤慎吾「座談会 詩劇の可能性について」『悲劇喜劇』昭和31・7）は、「言葉を本当に生かす意味では、詩人と劇作家の協力によつてしか、この達成は考えられない」とし、「日本語」とその「リズム」の問題であり、「大きく言うと日本文化の問題」であると位置付ける。時評子の言う「エリオット以下西欧詩人」に即せば、中桐雅夫がすでに、「W・H・オウデン&C・イシャウッド犬になつた男――詩劇論の一部――」（7巻4号　昭27・4）、「W・H・オウデン&C・イシャウッド国境にて――詩劇論の一部――」（7巻6号　昭27・6）、「W・H・オウデン&C・イシャウッド　国境にて――詩劇論最終篇――」（7巻7号　昭27・7）を連載、また、「七〇歳をむかえたT・S・エリオット」（13巻13号　昭33・11）として、同年発表の新作詩劇「老いたる政治家」にリアルタイムで言及があるなど、関心の高さがうかがえる。

そうした影響を受けながら、意識化され追究されてゆくのが、日本語における「音韻」の問題である。前述のとおり、「マチネ・ポエティク」の作品を創刊号から掲載した『詩学』は、そのひとり中村真一郎が自身らの試みの不全について内省的かつ他罰的に吐露（「マチネ・ポエチックその後」5巻3号　昭25・4）するに至るまでの結着を見届けたのであり、木原が詩劇創作の問題を「日本語」とその「リズム」に見、「大きく言うと日本文化の問題」と指摘した点は、マチネ・ポエティクの試みとその終焉との二重映しを読む者に引き起こしもしただろう。

鮎川信夫、茨木のり子、川崎洋、北園克衛ら一二名が登場する「コレスポンダンス／現在の私の仕事」（10巻2号　昭30・2）において、茨木のり子は、「いま、詩劇「埴輪」を櫂に書いています。詩劇と銘打てるものかどうかわかりませんが、私の詩劇に対する考えを、ひとつの作品としてまとめることができたら……と思つています。[5]」と詩劇創作に意欲を見せ、翌月の安西冬衛、上田敏雄、谷川俊太郎、中桐雅夫ら一二名による「コレスポンダンス／私の詩的実験」（10巻3号　昭30・3）では、谷川俊太郎が、「1、日本語の音韻をもう一度丹念に試み、その方向から、詩劇の可能性を探究すること。2、詩以外の方法を実験すること。」と明瞭に述べ、次のような「口上」とともに「唄二つ」(「ただこれだけの唄」「七つの四月」11巻4号 昭31・3)を掲載した。

日本の新しいうたを目指して、友人の若い作曲家、俳優たちと、グループをつくりました。まだ大変未熟なものですが、近作を二つお目にかけます。詞だけでは勿論不完全なものですが、前者はギターの弾き語りによるスロウバラード、後者はにぎやかなサンバです。いずれお耳に入る機会の参りますまで、音楽の方はよろしく御想像いただければ幸甚です。

谷川のジャンル横断的な活動の端緒が、この時期の「詩劇」をきっかけとした新しい表現形式の追究によって開かれていったことが知られる。

谷川らが「詩的実験」について述べた「コレスポンダンス」と同号(10巻3号 昭30・3)の「詩壇時評1955」では、詩劇のあり方について実例をあげながら具体的な言及がなされており、当時の様態がよくわかる。上演に際しては、劇団員による「誇張朗読」に対して、「詩の美しさ」や「詩のモラル」は「抑制」にあるとし、「エリオットの言う「第三の声」(論者注「詩人自身から完全に独立した人物を通じて語られる声」)を持つて欲しい」と戒め、創作については、「ある一つの観念を執拗に造形し追求するという生き方が主要」であり、「抽象精神」や「批評的」であることの重要性を指摘している。翌月の「コレスポンダンス/詩劇・抱負と実験」(10巻4号 昭30・4)では、木原孝一が詩劇実作において「自己の声」しか出せず、「言葉と詩人の声」を「立体的にドラマとしての対立を詩に於ける必然として発見することが先決問題」とし、ここにおいてすでに、「詩人と劇作家の完全な協力」が「研究と実験のための意見の交換」から必要であると述べている。木原においては、「『詩劇』が問題になつてから、そろそろ五年」という認識である。

「詩壇時評1957」(12巻8号 昭32・7)では、「今年」に入ってから「考える詩から歌う詩へ」というスローガンが多く言われるようになったとある。言うまでもなく「荒地」の詩人たちが標榜した「歌う詩から考える詩へ」の裏返しであり、「『荒地』にたいする批判はここ数年来持続的にあらわれている」(「評論」唐川富夫『詩学年鑑1958年版』13巻2号 昭33・2)といったながれとも一致する。「外部的にはシャンソンの試作」、「内部的には日本の風土的な抒情派の抬頭」がそのあらわれとされ、理由については、イマジズムの行き詰まり、「考える詩」の全盛による反動、民衆にアピールするための「歌う詩」があげられている。しかし、「考える詩」は必要であり二者択一ではないこと、「『歌う詩』が喧伝されはじめたのが原因でもあるまいが」、「今年になつて見るべき詩論が殆どない」、「詩人と社会の底の浅さを痛感する」と指摘は続く。

この「歌う詩」と「考える詩」の観点は、「詩劇」に求められていた「新しい表現形式」に結ばれているように思われる。「詩劇」は「音韻」や「リズム」といった音楽的要素を通じて、谷川の実践のように「うた」へ連繋されながらも、一方で、「観念」、「抽象」、「批判」(「詩壇時評1955」)といった思考的要素も求められてきた。つまり、「歌う詩」と「考える詩」の両要素を併せ持つ高度で困難なジャンルとして措定されたのが「詩劇」だったのではないか。木原の詩劇創作への執心もそうしたところに起因しているのではないか。(6)「荒地」の詩人たちの関心の在所が理解できそうである。

6 『死の灰詩集』論争

昭和二九年三月一日、静岡県焼津市のマグロ漁船第五福竜丸が、ビキニ沖でおこなわれたアメリカの水爆実験による「死の灰」を浴びた事件によって、原水爆禁止を求める市民運動をはじめ、さまざまな動きの起こるなか、同年一〇月に「現代詩人会」によって、アンソロジー『死の灰詩集』(宝文館)が編まれ、『詩学』に登場する詩人らも多くふくまれた。同年七月の九巻七号(昭29・7)でも、この事件に関する言及が随所に見られ、翌三〇年の一〇巻四号(昭30・4)には、前年一二月、S・スペンダーがBritain To-Dayに発表した“WAR, PEACE AND POETRY”が、「戦争・平和・詩」として堀越秀夫訳で掲載された。スペンダーはここで、「一人の人間の平和の宣伝は他の人間の戦争の宣伝である」とし、『死の灰詩集』に感銘を受けたとしながらも、「私たちの側の作家」が「確信をもつまでは発言を抑制しているように見受けられるのを嬉しく思つている」と述べる。

これを受けて、黒田三郎は翌号の「詩論批評」(10巻5号 昭30・5)で、「自分にとつてそれが最も重大なことだからといつて、そのすべてを詩にあらわすことができるとは限らないのである」と同意する。そしてさらに翌号、鮎川信夫が「戦後詩人論」（臨時増刊『現代詩戦後十年』10巻6号 昭30・6）で、スペンダーの述べる「確信」と響かせるように内部と外部との関係を、「確実な内部を持たないかぎり、確実な外部というものはありえない」、「「確実な」とは自分自身の価値体系を持つこと」、「内部と外部は相関関係」にあり、「内部とはさまざまな外部が意識化したものであり、外部とはさまざまな内部が物質化したものに他ならない」、「対立関係にあるものではない」、「個人の「意味」」を育て、「詩人の内部の創造的、発展的な力が、たえまなく保持されてゆくことが問題」であると説く。

同月の「「詩壇の動き」／「死の灰詩集」論争」（10巻7号 昭30・6）では、スペンダーの意見に向かう「詩人の態度」の相違をまとめている。伊藤信吉、北川冬彦、深尾須磨子らは、それぞれスペンダーの態度を傍観的だとして批判、対して鮎川が「常識的で穏健」と評価し、『死の灰詩集』作品の多くが、水爆を招来した文明の背景を捉え得ずに浅薄な抗議や叫喚の声をあげていると批評したことを紹介している。そして翌号の「詩壇時評1955」（10巻8号 昭30・7）は、スペンダーの言う「確信をもつまでは発言を抑制」することについての賛意を示している。さらに、同号の黒田三郎「詩論批評」（10巻8号 昭30・7）は、鮎川の「『死の灰詩集』の本質」（『東京新聞』昭30・5）と、前々号の「戦後詩人論」とを取り上げて高く評価する。黒田は「原水爆の問題が持つている意味と「死の灰詩集」自体との間にあるズレ」を指摘、「問題自身（A）」、「それぞれの詩人がそれについて「書かねばならぬ」としているもの（B）」、「実際に書かれたもの（C）」、この三者間の食い違いが論争の重要な原因と捉え、「詩人の態度」は「書かれたもの」が一切であるとする。そして、鮎川の『死の灰詩集』の本質」で展開されている論理が、黒田の示す（C）（B）（A）の順でおこなわれ、作品から問題自身の持つ認識を問うている点に共感を示している。つまり、「詩人がすぐれた詩を書こうとする前に、集団的な示威運動に走ること」は「詩人の社会的責任」に値しない、とするのである。それは、戦時中に「戦争賛美の詩」を書き、戦後に「水爆反対の詩」を書く「詩人の社会的責任」を明らかにすべきとする鮎川の「戦後詩人論」に対する強い支持の表明である。[7]

翌号の嵯峨信之による「編集後記」（10巻9号 昭30・8）が、スペンダーの考えに触れて、「詩の社会性、政治性」は観念的な問題としてでなく、具体的な「日常感覚」として「解決の見透しすら情緒化され、一つの詩的美に高められているような詩こそ今日の詩ではないかと思われた」こと、「「詩の政治性、社会性」という文学は、西欧では二十年前に終つてしまつた文学だろう」と認識されたと述べていることが印象的である。そして、鮎川は「「死の灰」詩集論争の背景――その成立・過程・終結」（10巻11号 昭30・10）で総括をおこなう。

こうした『死の灰詩集』をめぐるさまざまは、関わった多くの「詩人の態度」をそれぞれに際立たせる役割を果たした。なかでも、鮎川の集団と個に対するぶれない論調は独創性を発揮したと言えるだろう。しばらくののち、鮎川らよりひと世代若い中村稔も、「現代詩のエッセイスト――鮎川信夫、関根弘、大岡信、安東次男――」（12巻13号 昭32・11）において、鮎川のエッセーは多くの場合相対的であり、否定的発言（『死の灰詩集』など）において最も説得力を持っていると評価する。ちなみに、他の論客たちに対しては、関根弘は敵を定めてものを言うが本人が思っているほど相手は傷つかず、そのエッセーのつまらなさもその辺りに由来している、大岡信は良い意味での啓蒙家であり、自身の体験に根ざしてきわめて整理された形で提示をする、安東次男は啓蒙的でなくわかりにくい文章である、とそれぞれに媚びない体で評している。

『死の灰詩集』論争は、遡っては戦時下の『辻詩集』、下っては湾岸戦争詩論争との連なりにおいて重要であり、スペンダーの俯瞰的見解とともに、社会的な出来事に対する際の「如何に」は、何時においても参照されるべき褪せない問題である。こうしたことがらに関する向き合い方や提供の仕方は、「詩壇の公器」としての自負を持って出発した『詩学』のあり方を反照することにもなっただろう。

7 「H氏賞事件」と新人

昭和三五年、一気に注目を集めた一九才の詩人藤森安和の登場に「詩壇時評」(無署名)も穏やかでない。先年末の『現代詩』(6巻12号 昭34・12)誌上で藤森の詩「十五才の異常者」の新人賞入選が発表されたのを受け、その詩篇批評とともに現代詩壇の分析に及んでいる。「いたずらに女の腿を切る痴漢のような詩」、「佳作にあげられている詩のなかにもエロチックな詩が多い」と評し、これらに何ら「異常な感覚」、「異常な想像力」は無く、「少しイカレていて、肉体だけが発達した少年たちの妄想に過ぎない」と裁断。続いて、「「詩学」の作品に見られる平穏さと、「現代詩」の作品に見られる妄想癖とのあいだに、いまの日本の詩の弱点があらわれている」と分析、「三十代以上」の詩人たちは「平穏無事に詩的フレームのなかで怠惰な日を送つて」おり、「十才代と見られる新人」たちは「カミナリ族のようにどこかへ身体をぶつつけたがつている」とし、これらをつなぐものは何もないと言う。そして、賛成四票、反対三票で入選させた選考委員の意見を、次のように捉えている。

関根弘は「自己批判の材料として」この作品を認め谷川俊太郎は「非常に強烈な問いみたいなもの」としてその存在感にシャツポを脱いでいるが、鮎川信夫は「存在感というか、強い衝撃が来ないんですよ、ほかの詩は」というわけで、仕方なくこれを入選としている。ほかの委員、菅原克己と木島始は全然これを認めないし、司会をやつた長谷川龍生は「じやしようがない。それが入選だ」と云つている始末である。

これまでの詩人が「魂のことばかりに気をとられ」て「からだのことを忘れていた」とする関根の見方に対して、「「からだ」のこと、セックスのことを書いているとは、ほんとうは云えないし、日本のビートニックと呼ぶにはあまりに貧弱」、「詩における「カミナリ族」のようなもの、無法者のようなもの」と言い、「ビートニックの一面」や「アンチ・ポエムのようなもの」を持ちうるかも知れないが、「アングリー・ヤング・メンでないことはたしか」であり、「自己自身をふくめたなにものにも怒つていない」と、当時の若者たちに対する形容を総動員して藤森の詩に対している。

そして、嵯峨信之と木原孝一による「編集後記」は、ある転回点を迎えた感触をそれぞれに伝えている。嵯峨は、「戦後もすでに十五年目」、「深い感懐をこめてふりかえるのは三十五六才以上の人たち」、「それ以下の人々にとつては、戦争はもはや夢まぼろしのように単に記憶の周辺を通過するだけ」、「廿才前後の人々には、戦争はちちははから聞いたとおい昔ばなしで、すでに時間の中にすら存在しなくなつたようです」と、戦後という時の感受の仕方に変化のあらわれていることを述べ、動き出したあらたな時について次のように続ける。

現代詩は戦争から帰つてきた者の血まみれの手で書かれた詩に始まり、戦後の飢餓と絶望の詩を経過して、昨年の後半あたりからようやく人間の根源的な性理《ママ》を掘り下げようとする詩があらわれはじめたようです。ユリイカ、現代詩に選ばれた新人の性の合歓の歌は、まだ詩法を《ママ》技術の確立もない未熟なものでしたが、ともあれ人類の未来に展ろがろうとする本能から発しられた声であることは、まちがいのないじじつです。「未来は始まつた」のです。

また、木原は、「最近、本誌の詩が無気力だ、と何人かの人に云われた。この一年が、ほとんどの詩人にとつて混迷の一年だつたから、そうした影が感じられるのかも知れない。」として、前年四月に端を発し年末まで尾を引いた「H氏賞事件」による動揺をほのめかしている。そして残念ながらこの禍根は深く、一年後に再燃することになるのである。

同年二月号（15巻3号）の座談会「1960年代の詩を探る」（吉野弘・清岡卓行・岩田宏・飯島耕一・鮎川信夫）冒頭でも、鮎川信夫が、「今年（論者注・前年の昭和三四年）はH賞事件が半分くらい占めちやった」、「そんなことだけでわいわいいってたから」「殆ど何にもない年だね」と切り出しているように、H氏賞事件によって多くが翻弄され、停滞した年であったことが、前掲の木原による述懐と同様に伝わってくる。「現代詩人会」は幹事の総辞職、新幹事による立て直しの挨拶状を同年末に公にし収束をはかったのだったが、事はそう簡単に運ばなかったようである。鮎川らの座談会掲載と同月の『詩学年鑑』（15巻2号 昭35・2）では、「クロニクル1960」において同事件も年表のなかの出来事に収まったかに見えたのだったが、この一年後の昭和三六年一月号（16巻1号）の記事「MERRY GO ROUND／草野心平「あきれたること裁《ママ》」／安西均「北川さんへご注意」／脇田保「談話」」を皮切りに、向こう一年間にわたる再燃の様相を呈することになる。それは、北川冬彦が当該事件を蒸し返したことに端を発したもので、北川の発言を元に関わった詩人たちの疑心暗鬼と潔白証明がその年の終わりまで続出、北川は、これがために自身が創設に関わり、初代幹事長を務めた「現代詩人会」を同年退会するに及んでいる。

こうした年長者たちのくすぶりをよそに登場してきたのが、十代の藤森らである。先の座談会でH氏賞事件によって何もない年だったと切り出した鮎川は、話題にできるのは「「ユリイカ」と「現代詩」の新人賞くらいしかないんじゃないですか」と続け、「セクシーな詩」が入選した（編集部）という指摘に対して、「他にいい詩がないため」、「ナンセンスな文学」、「文学以前のもの」と批評、「詩人も芸能家なみになってきた」といった感想とともに、「選者の責任として、選んだものが評判になるということは必要」であると、その戦略性を述べ、「こつちもちよつと汚いものでも摑むような」感じがあるとする。そして、藤森らの作品が「ビート・ゼネレーション」や「アングリー・ヤング・メン」であるとは思わないが、「ヒヨツとしたらそういうものがでてくる可能性のある共通の地盤みたいなものを、一遍みたかつた」とも明かしている。また、詩人と社会との対立関係において、「あくまで違つた生き方が可能であるという、ビジョンを提出すること」の必要性とあわせて、座談のなかで吉野弘が述べた「肯定的なイメージ」の重要性に同意し、「否定しつ放し」は「日本の進歩主義文学の非常な弱さ」だと明示している。

8　特集と「荒地」

一九六〇年代の幕開けとともに、現代詩における転回点の自覚を嵯峨信之と木原孝一が「編集後記」で吐露していたことは先に触れたが、その感覚は誌面特集にも反映されている。学究的な趣を以前に増して宿しながら組まれてきた特集のながれのなかで、「荒地」の特集も登場する。昭和三八年八月号（18巻8号）の「特集・〈荒地〉」では、評論や詩集と並んで掲載された座談会「荒地の遺産」（清岡卓行・黒田三郎・中村稔・関根弘・嵯峨信之・木原孝一）が目を引く。木原や黒田がしっかりと語っている。

木原「戦争中はモダニズムににげやすかつたわけです。そいつでなにかをつくつていれば自己防衛はできた。ぼくらには防衛しながら不満があつたんです。（中略）モダニズムは防空壕だつた。弾が当たらないという感じがあるわけです。完全に美学でしょう。」

木原「『囚人』が問題になつたのは、三好が兵隊にもならず、外地へもいかなかつたから三好の内部では詩が継続されていたということです。ぼくは外地へ行つてかえつてきて、なにをしていいかわからなかつた。そのとき「囚人」を書いてもつてきた。三好はサンボリズムの直系みたいな男だから、内地にいて、モダニズムの影響はうすれていつた。青山鶏一とか、もつと人生派に近いような詩人たちとつきあつていて、そのなかから「囚人」という詩がでてきた。ぼくらが生きのこつて、最初にかえつてきたとき、そこに杭が立つていたという感じがした。澄んだ詩というようなものよりも、杭のような感じがしたんです。」

黒田「やはり戦争中にいい詩を書けたのは彼だけという印象が強いですね。」

木原「こつちがこわされている間に、三好はつくつていた、という感じがする。」

黒田「たとえば、硫黄島の詩は硫黄島でしか通用しない、という批判があつたわけです。そういう意味では、戦争体験でしか通用しないというのが仲間うちにある。詩というもんじやいけない、という考え方がある。だから、戦争体験を書きつくしたから、役割が終つたというのは、いい方がおかしい、ぼくら結局そつちの方にゆがんで詩で、自分の居あわせたところでしか書けないわけだけれども、それが普遍的な形をもたないというか、ちがう体験をもつた人には同感してもらえないということですからね。まあ、嵯峨さんがそういう発言をなさつたからいうんですけれども、死の灰の問題があれば、現象的に死の灰を問題にするという態度では詩を書けないわけです。それもいいとおもうんです。すぐ、その場で詩をかける人は、応援歌の必要なときはすぐ書ける人は書いた方がいいとおもいますけれども……。」

関根「ぼくは、センチメンタリズムだと思うんだな。それがトラジックな要素ばかりを強調した。体質的に反発を感じたというか……。」

黒田「それはわかるな。」

嵯峨「それがなかつたのは黒田君なんかですね。」

清岡「中桐雅夫の生活を対象とした詩は観念的な高さはあるが……黒田さんは異質だとおもつた。」

黒田「ぼくは横において論ずるわけですよ。」

「荒地」における三好豊一郎の位置付けや、詩と体験についての慎重な姿勢、悲劇的要素に対する批評的反応など、「考える詩」の作り手たちであることをあらためて印象づけている。

「荒地」は「戦後詩」を捉える上で検証され続ける存在であり、そのことは『詩学』の初期から変わらないが、この期においても同様である。右の座談に先立つ松田幸雄「詩論批評」(16巻11号 昭36・9)では、「荒地」をめぐる種々論評を取り上げており、沢村光博「戦後詩の探求」(『湾』11号)からは、「時代の気分が生んだ浮動的な精神を免れていて理性的であつた」ことを汲み取り、新鋭の詩人と評論家による討論「美学者の末路――鮎川信夫と田村隆一」(『現代詩手帖』8月号)については、論者たちの美と倫理、あるいは美学的観点の未消化を指摘している。

「詩人会議 62 危機に立つ詩人の場からメタフオア論にいたるシリアスな発言」(木下常太郎・村野四郎・原崎孝・中川敏・江森国友・嶋岡晨・安西均)(17巻4号 昭37・4)は、影響力のある批評を必要と感じながら、それをなし得ない理由を「荒地」との時代的差異に還元し、かつては戦後意識という強い連帯感や共通性が存在したが、現今においてはそうしたものがないために、インパクトのある批評は生み出せないとする。批評の不発の要因を所与の条件の異なりに求めている論理そのものが、行き詰まりと危機を感じさせる座談である。この一年後に、先の座談「荒地の遺産」をふくむ特集(18巻8号 昭38・8)が組まれ、さらに一年後の匿名批評「S・Kライン 現代詩と伝統の問題」(19巻6号 昭39・6)では、田村隆一を中核に置いたエリオットと「荒地」との比較伝統論が展開されている。

「荒地」は、敗戦ムードの希薄化とともに行き詰まる詩界が自覚されるたび、検証されている。「荒地」の詩人たちはみずからをよく相対化してその検証に応え、また、新人育成や詩劇へのチャレンジも怠らない。一方、社会の変化によるモティベーションの減退に逆らわない詩人鮎川の態度もあり、そうしたありようが詩界による「荒地」の反芻を招来してもいる。折々の眼差しによる検証と、それらへの応答にともなって、「荒地」の成熟は深まり醸成され続けているようにさえ映るのである。

注

（1）『戦後詩誌総覧②戦後詩のメディアⅡ』（平20・12 日外アソシエーツ）
（2）二誌の方向性および『詩研究』の総目次を紹介した研究に、猪熊雄治「詩誌『詩研究』『日本詩』」（『学苑』平30・3）がある。
（3）「第Ⅱ部 鮎川信夫の「荒地」第一章「荒地」の輪郭と根拠」（『〈空白〉の根底―鮎川信夫と日本戦後詩―』平31・2 思潮社）
（4）のちに友竹辰として「櫂」の同人となる。友竹はすでに数号前から登場し、全国詩誌推薦詩にも詩誌『VISION』から登場している。
（5）「埴輪」（『櫂』10号 昭30・1、同11号 昭30・4）は、『櫂詩劇作品集』（昭32・9 的場書房）に収録ののち、昭和三三年一一月、再構成してTBSラジオ芸術祭参加ドラマとして放送。
（6）田口麻奈「第Ⅱ部 鮎川信夫の「荒地」第二章 一九五〇年代の詩壇と「荒地」」（『〈空白〉の根底―鮎川信

夫と日本戦後詩―』平31・2 思潮社）は、『詩学』誌上で特集を組まれる「詩劇」への着目から、田村隆一や「荒地」の詩人たちがそれと共鳴するスタイルの作品を書き、鮎川の「橋上の人」決定稿もそれを体現したものとして位置付けている。

（7）田口麻奈「『死の灰詩集』論争と戦後詩における〈近代〉批判の布置」（『現代詩』復刻版別冊』令2・4 三人社）は、「戦後詩人としての鮎川の主張の要点」として「戦前と戦後とを併置した全体主義批判、また全体主義の礎となる〈近代〉批判」を指摘、「戦後初期からの鮎川の発議」が「ついに『死の灰詩集』と交叉」したと位置付けている。

11 「歌う詩」と「考える詩」——詩劇をめぐる声

——生きましょうよ、ねえ、
——おれはおまえをいれる立棺だよ。

（鮎川信夫「裏町にて」）

戦時下の詩の朗読や唱和への嫌悪から、戦後詩を「歌う詩から考える詩へ」として開始した「荒地」の詩人たち。彼らに「声」を求める起点を与えた「詩劇」は、他者性や共同性を浮上させ、彼らの標榜する「無名にして共同のもの」と共鳴した。詩をめぐる古くて新しい問題であり続ける文字と声の往還を、詩劇とその周辺をとおして考えたい。

1　白鳥省吾・福田正夫編『日本詩劇集』

そもそも日本の詩人たちのなかで「詩劇」とはどのように認識され、創作されてきたものなのか。大正末年に出版された『日本詩劇集』（大15・1　聚芳閣）は、それを捉える上で興味深いアンソロジーである。本書の編纂は白鳥省吾と福田正夫によってなされており、彼らと同じ民衆詩派の井上康文、ほかに、岩井信実、高梨直郎（足立直郎）、南江二郎（南江治郎）、清水暉吉、中田信子が名を連ねる。彼らは、詩や短歌、小説、戯曲に加え、童話（岩井）、演劇評論（高梨）、人形劇研究（南江）、翻訳（清水）といった分野を能くする多彩な創作家たちであった。

巻頭に置かれた「編纂者」による「序」の冒頭に、彼らの「詩劇」の捉え方と位置付けを見ることができる。

詩劇は嘗て明治年代に於て、北村透谷氏の「蓬莱曲」、岩野泡鳴氏の「海堡技師」等が発表された。さうして当時の文壇の視聴をかなり強く惹きつけたのであつた。しかしながら詩壇が文壇と相はなれ、象徴詩、抒情詩時代が来つてから、詩はいつも短かい形式によつて発表されるやうになり、殊に自由詩形の時代の来るに及んで詩劇は遂に日本の詩壇に於て見ること能はざるかの観があつたのであつた。この時敢然として自由詩形によつて詩劇の作を発表したのが福田正夫である、ついで白鳥省吾、井上康文、南江二郎、中田信子、岩井信実等、大正八九年から十一年頃に到るまで、続々として力作を発表して世に問ふたのである。さうして批難と嘲笑とにめぐられながら詩の一分野としての詩劇が漸く認められるに到つた。

詩劇のルーツを北村透谷『蓬莱曲』（明24・5 養真堂）に定め、自由詩形で創作することに重きを置き、福田正夫にその端を発した大正八年から一一年あたりを、彼らによる詩劇創作のピークと自認していることが知られる。そして、それ以降前出の創作者たちが詩劇創作に専心していたかは疑問であるとしながらも、「一度詩の分野として確立するに到つた詩劇」は、あらたな作り手を得て、「新人旧人のこれが試作に没頭するもの漸く多く、叙事詩、散文詩と相俟つて、詩人の長編的努力の対照《ママ》となつて来た」とし、自由詩形での創作には批難も疑問もありながら、「詩劇が詩の一分野としてあるべきであることは確実となつた」と繰り返し、「年刊詩劇詩集を刊行する大きな意義」、「次の時代への記念」として「新しく詩劇が提唱されてからこゝに七年」、決して早くはなかったとされる本書編纂の意図を述べている。

さらに、巻末には「日本詩劇年表」を掲載し、「序」との対応を見せている。こうした視点で編まれている年表は珍しく、彼らの認識を映したおもしろさがある。明治二四年の『蓬莱曲』から本書出版の前年にあたる大正一四年までを範囲とし、大正年間は七年三月の岩井信実「最後の祈り」を始まりとして本書収載メンバーの作品が並ぶ。大正七年の自由詩形による詩劇創作に先立つ明治二〇年間（『蓬莱曲』（明24）から平木白星「平和」（明45））に詩劇として挙げられているのは三三作品。そのうち、三、四作品の作者として高安月郊、島崎藤村、岩野泡鳴、坪内逍遥らが並び、五、六作品の作者として目立つのが吉野臥城、平木白星らである。全体に文芸誌、詩集への目配りを効かせているが、詩劇と認定された作品は実に稀少と言える。明治二〇年間と大正七年間とで挙げられている作品数がほぼ同数であるところを見ると、そこには、彼らの創作によって「詩の分野として確立するに到つた詩劇」(「序」)としたい意識の介在があったのかも知れないが、詩劇評[1]をふくむこの年表は、そうした本書の意義補填をはなれても目を引く資料である。

本書収録作品は、先に示した八人による一〇作品であるが、そこには「舞踊詩劇」と銘打たれたものが四篇、「散文詩劇」、「幻想詩劇」とされるものが各一篇と、あらたなジャンルが付されている。このうち「舞踊詩劇」とされる井上康文の「虫の精と薔薇の恋」「乱舞者」の「附記」には、「以上の二篇は大正六年の作、当時石井漠氏のために創作せるまゝ遂にその発表の機を得ず、後散文集「情熱の嵐」(大正一二年版)に収録したるもの。舞踊詩劇の試作として、又その創作の多くを広く日本の詩人に望む意にて敢えて再度の発表をなす。大正十四年十月　康文記」とあり、上演を前提に創作されていたことが知られる。新国立劇場情報センター「日本の現代舞台芸術年表」[2]には、「大正五年」の項に、「石井漠の舞踊詩運動はじまる。新劇場第1回公演で舞踊詩《日記の一頁》上演(日本人による最初の創作舞踊)」、「石井漠、新劇場第2回公演で舞踊詩劇《明闇》上演」とあり、井上による「舞踊詩劇」の創作は、最先端の舞台動向に連動していたことがわかる。井上の作品は、いずれも男女の恋と生命とをテーマとし、その狂おしいありさまに〈狂ひ踊る〉との表現も見られるが、総じて後に示す福田らの「詩劇」と大きく異なる点はない。

また、「散文詩劇」においても同様に、〈青年〉と〈恋人〉の観念的なやりとりと別れの描かれている高梨直郎「死の彷徨者」の「附記」に、「この一幕劇は私の最初の散文詩劇で、「日本詩人」の十月号に「港」として発表したものを、創作座の人々によつて上演されるに際し、「死の彷徨者」と改題して更に改稿したのである。大正十四年十一月三日夜」とあり、こちらは実際に上演された模様であるが、これも他の収録作品と大きく異なる点はない。彼らがルーツと位置付ける『蓬萊曲』が、透谷自身によって「吾が蓬萊曲は戯曲の体を為すと雖も敢て舞台に曲げられんとの野思あるにあらず」(「序」)とされ、上演を目的としないレーゼドラマとして位置付けられていることは知られるとおりだが、『日本詩劇集』では上演が意識されている一方で、その修辞面においては収録されているジャンル間での異なりがない。

ここで少しさかのぼって、先の「年表」に詩劇評として挙げられている岩城準太郎『明治文学史』(明39・12 育英舎)を改訂した『増補版明治文学史』(明42・6 育英舎)から、上演に関する修辞の適不適に関する言及について触れておきたい。岩城は、森鷗外による「玉匣両浦島」(『歌舞伎』明35・12)について、斬新な設定(人界に帰還した浦島太郎が末裔と邂逅、海外雄飛の志の継承を「これもひとつの不老不死」と解釈)のおもしろさは認めつつも、その科白については、同じく鷗外の「日蓮上人辻説法」(『歌舞伎』明37・3)との比較から次のように指摘する。

全体、歌劇風の劇詩にして白は総て七五律を以てし、典雅平正なる雅言体にて成る。されど此の大胆なる創意は形式の単調科白の緩慢の為に、不幸にも舞台上の失敗を免れざりき。『辻説法』は七五調によらず、雅言に拘せざりしが故に、此点に於て少からぬ利益ありき。

（「第三期 第七章 文学一転の機 第二節 小説及戯曲」）

舞台上では典雅な七五調が緩慢で失敗を招く原因となっており、雅言にこだわらない言い回しの方が成功しているのだと分析している。ここにはまさに、黙読と音読、文字と声の問題があらわれている。岩城はまた、脚本演劇において、文芸の理想に立脚する「読むべき文学としての脚本」と、実社会を直截に反映する「劇場に実演せらるゝ脚本」とを同日に論ずることの困難を述べてもいる（「第四期 第八章 新興文学の由来 第六節 脚本界新声」）。

また、先の「舞踊詩劇」へとつながってゆく坪内逍遙『新楽劇論』（明37・11 早稲田大学出版部）において、旧来の「能劇」「歌舞伎」「常磐津長唄」のうち、「常磐津長唄」に発展の兆しを見ている点を評価し、その実践として和楽洋楽を取り混ぜて歌い踊り奏する『新曲浦島』（明37・11 早稲田大学出版部）等をとりあげ、劇界が「動揺と変遷との渦中」にあるさまを照らしている（「第三期 第七章 文学一転の機 第二節 小説及戯曲」）。そうしたなかで、「旧演劇の中一種の芸術として新劇壇に生残るべき唯一の技」は「振事又は所作事と称する舞踊劇」、「新時代の詩的劇曲」であるとして、逍遙による『新曲浦島』以降の「試験的述作」を挙げながら、「新楽劇又は新振事劇はむしろ音楽舞踊に近く、人をして忘我の境に神遊せしむるを旨とする者にして、吾人の生活《ライフ》にひたと相合して感ぜしめ考へしむべき性質の者に非ず」と裁断、新思潮とは相容れず、史劇や社会劇には新しい作劇法が必要だとしている(「第四期 第八章 新興文学の由来 第六節 脚本界新声」)。

岩城が明治年間に指摘した修辞と内容の問題は、昭和戦後詩の「歌う詩」と「考える詩」の議論に通じている。一方、大正年間の『日本詩劇集』では、述べたようにジャンルの別に関わらず修辞に異なりがなく、そのほとんどが男女の恋愛を題材にしているのだが、うち二作がレプラを悲劇の素材としている点が目を引く。

岩井信実「呪はれの門出」は、医師の青年とレプラの〈黒い血〉を持つとされる娘が恋に落ち、授かった子の行く末を案じた娘の、子を捨て別れる決意を結末としている。娘と青年とは、〈私の体にはこの世で/恐れかなしまれてゐる黒い血が/ああ、黒く燃ゆる血が/汚らはしい黒い血が/びくびく/波うつてゐるんです/どうして、あなたのやうな/純な、血の持ちぬし/純な魂の持ちぬしを恋していいでせう。〉、〈黒い血がなんだ/汚れた血がなんだ/お前の血が黒ければ/お前の血が汚れてゐるなら/そして、私の血が純であるなら/おお、それだけ/私の血で/お前の血を洗ひ浄めるんだ。〉といった掛け合いを展開し、最後の場面では子どもに、〈子供よ/お前のお母さんの血は黒くとも/お前の胸うつ波は赤く/真紅に燃えてゐますよ。//子供よ/知らないでおくれ、この母を。〉と語りかける。また、福田正夫「地と空の夢」は、天地に属す精霊らの会話を軸に、相互の悩ましいくるめきを描出するなかで、〈丘の上の男は病気なのだ、/人間の仲間に嫌はれる、レプラという病気なのだ。〉（樹の精）、〈ただ、世界の中で俺達だけが苦しいのではないのだ。／人間、そしてまたあの空に輝いてゐる／星や月ですら永い悩みと戦つてゐるのだ。〉（樹の精）と、レプラの男を登場させ、その恋の懊悩と、恋人とともに死に向かうさまを幻想的な風景の中で描いている。

男女のロマンスによる馴染みの良い入り口、そして、世の中の思うに任せぬ憂情をレプラに象徴させる悲劇的設定、それらが「詩劇」の確立と伝播とを背景としていたようであることは、本書巻末の広告文からも推測される。「長篇散文詩」と銘打たれた福田の『死の子守唄』（大14・4 聚芳閣）は、「二百余枚の長篇散文詩」、「美しき熱情と涙の物語！」と歌いあげられ、「長篇叙事詩」とされる白鳥の『青春の地へ』（大14・6 聚芳閣）においても、信州伊那の「悲痛なる実在を活写」、「堂々二百枚にわたる長篇叙事詩」、「愛と情熱」、「悲痛なる涙」とあり、「長篇」、「熱情」、「悲劇」が、その要点とわかる。加えて前者には著者朗吟の写譜も収められ、さらに、松竹蒲田での映画化も伝えられるなど、文字が声を求め、そして、映像へと拡げられていったさまも見てとれる。

2　詩劇の画期と鮎川信夫の声

上演を目的としないレーゼドラマをルーツと任じられていた詩劇は、見てきたように、明治大正年間におけるスタイルの模索、修辞と内容との問題を抱えてきたが、昭和における敗戦後は、ラジオドラマとともに、いっそうさまざまなジャンルの人々が論議を交錯させる画期に入る。かつての逍遙らの試みが発展し、詩人、演出家、役者、音楽家、それぞれの主張から、文字と声とが活発に往還し始めるのである。昭和三〇年代初頭の『詩学』からは、詩劇が、「音韻」や「リズム」といった音楽的要素を通じて「うた」へ連繋されながらも、一方で、「観念」、「抽象」、「批判」といった思考的要素も求められ、「歌う詩」と「考える詩」の両要素を併せ持つ高度で困難なジャンルとして措定されていたようであることがわかる。この点についてはすでに論じたので[3]、ここでは、そこで触れ得なかった昭和二〇年代初頭から追ってみたい。

早川書房から昭和二二年に創刊された演劇雑誌『悲劇喜劇』では、昭和二四年八月号で「ラヂオドラマ特集」が組まれている。ここには、先の『日本詩劇集』に名を連ねていた人形劇研究家、南江治郎(二郎)が、評論「ラヂオドラマと作家」を寄稿している。南江は昭和九年にNHKに入局、ラジオ放送と縁の深い人物となっている。ここでは、当時のラジオドラマの捉え方を映す文章として、無署名の「巻頭言 ラヂオドラマの演出」を見ておきたい。それは、次のように言う。NHKのラジオドラマの演出は、戦前には専門家がクレジット付きでおこなっていたが、戦後は局内の誰ともわからぬ人間がおこなっており、不心得も甚だしい。加えて、「ラヂオドラマは何か戯曲に近い芸術だといふ不思議な迷信が支配」しており、戯曲家が脚本を書き、「戯曲的な対話がラヂオドラマの本質的な要素」だと思われてしまっている。「ラヂオ小劇場」という枠は「ラヂオドラマの実験的な試み」のために生まれたはずが、「変にもつてまわつたやうな心理劇が大部分」で、ラジオの「機械的性能」を活かす「新しい芸術形式」に対する試みはない。この「巻頭言」の批判を保証するように、本特集に掲載されたラジオドラマの作者ら（中村真一郎、内村直也、飯沢匡、菊田一夫、西澤揚太郎）は、中村真一郎を除いた全員が戯曲家である。

同年の『詩学』には、鮎川信夫が「荒地的詩劇の発生を暗示している」[4]と後に述べたことで知られる、生者（A）と死者（B）の懸け合う中桐雅夫の五〇行ほどの詩篇「合唱」（昭24・12）があらわれ、翌年の同誌上では北園克衛が、辛口の「ラジオ放送詩の所感」（昭25・4）を寄せている。北園は、「今日の詩の放送は完全に失敗してゐる」と言い、現代詩の朗読に合わない「ドラマチックなエロキュション」をおこなっている「朗読技術者の訓練」に問題があると指摘、加えて、詩篇の選択として「アヴァンギャルドの詩」を入れるべきこと、さらに、「伴奏音楽」については「「森の鍛冶屋」の水準を出てゐない」残念さを述べている。詩篇の選択要望についてはモダニスト北園らしい偏りがあるものの、朗読と伴奏についての言及は、当時の「放送詩」の様態を想像させる内容である。そして翌年には、田村隆一が中桐と同題の二〇行ほどの詩篇「合唱」（昭26・1）を発表、陰鬱な認識をリズミカルに、〈眼は泥の中にある／眼は壁の中にある／眼は石の中にある／眼は死んだ経験の中にある　しかし／われわれの中にはない！〉と歌い出している。

ほどなく同誌で組まれた座談会「ジャーナリスト大いに詩を談ずる」（昭26・5）は、「朝日」、「毎日」、「読売」の各新聞社に雑誌『改造』、「NHK」、そして「詩人」といった興味深い参加者で構成されている。「NHK」の宇井英俊は、「放送朗読詩」の確立に尽力、NHKの朗読番組で朗読された詩を集成した『放送朗読詩集』（昭26・4　宝文館）にも関わっていた。ちなみに、本書の「序」

は、日本放送協会理事となった南江治郎（二郎）が寄せており、印刷文化の発展によって文字に閉じ込められたことばを取り戻す重要性を述べるとともに、放送詩の朗読は昭和八、九年から自分が始め、一五、六年からは五本木光男、戦後は宇井が担当していると、その来歴を示している。こうした放送の現場に居る宇井の発言を追ってみると、受け手にとって興味が無ければ放送はスイッチを切られてしまうため、「わかりやすい詩」を提供する必要があること、放送局開始の頃には舞台劇をラジオドラマとしていたが、現在は「完全に純粋なラジオ・ドラマ」ができて放送されているので、「放送のための詩」があっても良いと思うこと、さらに、「長篇叙事詩」や「詩劇」の可能性として、「言葉の美しさ」によって効果があることを指摘している。先に見た『悲劇喜劇』が、ラジオドラマと戯曲との差異のなさを問題としながら、この二年前に「ラヂオドラマ特集」を組んでいたこともあわせ、その成立の先行が知られる。

そして詩劇はこのあたりから、木原孝一ら「荒地」の詩人たちを先陣に続々創作され、その手法をめぐる議論が昭和三〇年あたりから活発に交わされ始める頃、「櫂」の詩人たちがそこに加わってくる。「荒地」と詩劇の相関を論じた田口麻奈は、(5)「荒地」の詩人たちが詩劇と共鳴するスタイルの創作をしたなかで、鮎川信夫の「橋上の人」（『荒地詩集1951』昭26・8 早川書房）を、その長詩化と多声性とから、「極めて早い時期に詩劇待望論への応答を示して見せた長篇詩」、「八幕の「劇」として構成された」作品と位置付ける。「エリオットの詩劇論」が持つ「超越性への希求を踏まえて共同体の輪郭を構想するというヴィジョン」へ「合流」するものとして、「個人のモノローグという閉塞を越えた詩の言葉の出どころ」を、「幻滅の中で救済を希求する魂からなる共同体でなければならない」と定め、「同時代の流行としての詩劇が目指していた実効的な地平から高く浮き上がりながら、自らの立つ近代日本という場所の無根拠＝根拠を構築しようとしていた」とする超越的な思念の措定によって、「橋上の人」と詩劇とを批評的に接合している。一方、鮎川には中桐や田村の「合唱」と同じく、長詩の形式を採らずに「歌」の試みをしたような興味深い詩篇（「裏町にて」『詩学』昭26・7、『荒地詩集1952』昭27・6 荒地出版社、「夜の終り」『荒地詩集1953』昭28・1 荒地出版社）もある。鮎川個人の詩篇のなかでは異彩を放つが、次に示すような『荒地詩集』という場では親和する、そうした詩篇である。

「荒地」はグループのアンソロジーとして、『荒地詩集』「1951」〜「1958」（昭26〜33）、『詩と詩論』「1」「2」（昭28、29）、『荒地詩選』（昭32）の一一冊を刊行しており、ここで中桐や木原、北村太郎、加島祥造らが、「詩劇」、「音楽劇」、「放送のための構成詩」、「放送のための詩劇」といったジャンルを自ら冠し、あるいはそれらと同手法の作品を詩劇論とあわせて入れ替わり立ち替わり掲載し、最終巻の『荒地詩集1958』には、谷川俊太郎が「NHK放送文化研究所放送詩劇研究会の委嘱」によって創作した詩劇「部屋」を掲載してもいる。同研究所には黒田三郎が勤務し同研究会にも参加、後述するように、研究所の『調査研究報告』に詩劇論を寄せている。鮎川の二篇はこうした場にあり、いずれも男女の言葉が交わされているところに特徴がある。「裏町にて」は、各連四行全八連構成、次のように歌い起こされる（引用は、『荒地詩集1952』収録形に拠る）。

大きな夕暮の環に灯をともして、／町はあたたかい吐息の下にあつた。／――今日は今日、通行人が呟やいた、／――明日は明日、と街燈が答えた。

ト書きと科白とが相半ばするような四行が、次連以降は明瞭に振り分けられ、科白にあたる二行が奇数連では連の後半に、偶数連では前半に置かれ、男女の言葉とト書きとが連を超えて向き合う構成となっている。そして、男女の言葉はずれ続ける。

――あなた、帰つてきたの？／――おれは運ばれてきたんだよ。（二連）
――憶えているかい？／――ああ、あのことね。（三連）
――すつかり忘れたんだな？／――そう、あなたは誰なの？（四連）
――生きましようよ、ねえ、／――おれはおまえをいれる立棺(6)だよ。（五連）
――とても淋しいわ、／――さあ、あかりを消せ！（六連）

彼らは〈さまよう〉〈ふたつの亡霊〉とされ、〈夜と窓とぴつたり重なつても、／こころとこころは遠くの空へ飛びさつた。〉として、〈夜と窓〉とは対照的に、重ならないままの〈こころ〉が明かされる。そして、否定に塗り込められた認識を、誰ともわからぬ、あるいは、否定の認識においてのみ呼応する彼らの声が、次のように歌う。

——星のない夜には希望がない、／——愛のない窓には未来がない。

「夜の終り」も同じような男女のシチュエーションを持つが、こちらは、女の独白（「1」）、男の独白（「2」）、男女の掛け合い（「3」）の三章六一行で構成されている。

恐ろしいひと、あなたは／夜の岸辺のように／わたしの血潮の流れを抱きよせる／恐ろしいひと、あなたは／鋭い愛の杭にかけて／わたしのからだを水藻のように／みもだえさせ、ずたずたにひき裂く（「1」）

歌うように続く女の言葉は、男に呼びかけるリフレインとともにやわらかくまとわりつくが、それは最後にすり抜ける。

あなたがいくら黒い髪を愛撫しても／肌のふれあう水ぎわから／わたしの感覚はぬけおちて／あなたの指は何もつかまえることができない。（「1」）

一方、男は〈なまの筋肉で出来ている〉〈動く格子〉に〈ぼくたち〉は閉じ込められていると言い、〈ぼくはどうしても逃れることができない〉と焦慮する。

おまえの熱い血の管は／ぼくのほそい頸にまきついて／形のない魂の叫びまでしめあげてしまう／わからない、どうして此処へ落ちたのか／ぼくにはわからない。（「2」）

そして、男を閉じ込めているのが〈はてしない〉女の肉体さながらであるかに言う。

ぼくは見えない出口をさがすように／またしても／はてしない壁を手さぐりして／おまえの胸をおしひらく。（「2」）

すり抜ける女、閉じ込められる男。終章は対位する彼らと、彼らを取り巻く声とが響く。

誰も知らない寝室の／窓掛をひつぱるのは空気の手／誰も知らない寝室の／天井からのぞくのは霧の顔

誰とも知らぬ声がリズムを持って歌うように響き、女と男は、〈なんという冷たい手をしているの〉〈わたしを殺してどうしようというの〉、〈なんという青白い顔をしているのか〉〈ぼくが死んだらどうしようというのか〉と、死をあいだにして、おそらく最初で最後の向き合いを果たす。女の言葉のあとには、〈誰です？冷たい空気の手で／骨の手風琴を鳴らすのは〉と、萩原朔太郎の「黒い風琴」を思わせるような声が、そして、男の言葉のあとには、〈誰だ！青白い霧の顔で／血の涙をうかべているのは〉と、田村隆一のそれかと見紛う声が響く。

3 「歌う詩」と「考える詩」の相補的往還

見てきたように、「裏町にて」「夜の終り」の二詩篇は鮎川信夫においては特異な趣で、リズムと対位による構成的な手法を持つが、このことは先にも触れた中桐雅夫の「合唱」を、「荒地的詩劇の発生」と位置付けた「詩劇について」（『ポエム・ライブラリイ1』昭30・12 東京創元社）とあわせてみるとおもしろい。この評論は「A」「B」「C」「D」の四者を想定した対話形式を採り、「詩劇に対する考え方がいろいろあって、どれが一体本当の詩劇か分からなくなってしまうな」（「A」）という状況を、多角的に映し出そうとしている。そして、木原を始めとする詩劇作者たちに対して、「難しく考えすぎる」（「C」）、「理屈っぽすぎる」（「A」）、「もっと、ラクに楽しめる詩劇があってもよいと思っている」（「C」）という視点を一貫させているところが目を引く。また、「主題に対する意識が、いちばん大きな働きをしているはず」であるのに、問題にされていない（「B」）、「主題喪失の状態にいながら、〈現代の緊迫感〉なんてことを言っている」、「観念だけで〈極限状況〉をつくりあげている」、「現象的、表面的で、深部にまで浸透してくるものではない」（「A」）と指摘、最終的には、「複雑なトリック」は必要なく、「詩人の想像力をとおして、すべてのものが新しい意味を帯びてくるところに、詩劇の未来がかけられている」（「D」）、「現実意識を変革し、現実のドラマをゆりうごかす起動力となる〈思想〉」の必要性（「A」）といった普遍的な意識へと展開されている。

こういったなかで、「男女の愛」について、「二人が愛し合うに到るいきさつなんか、どんなに合理的に説明したところで、本当は誰も納得しない」（「A」）、「事実をみとめたがらない場合にかぎって、いろいろ理由が必要になってくる」（「D」）、「近代劇の構造のなかで、〈事件〉や〈行動〉の本質に迫ろうとすると、愛なんていうものは、まっさきに分解してしまうんじゃないか」（「A」）と捉えている点は、『日本詩劇集』の主題におよぶところでもあり、あらかじめすれ違う男女を長詩とせずに描き出した「裏町にて」「夜の終り」を、当時の詩劇の手法を裏返すことで、その影響を跡付けているように見せる。一方、両詩篇のリズミカルな歌的要素を持つ対位は、中桐や田村の描いた「合唱」さながら、声を呼び寄せている。ギリシャ劇のルーツと知られる合唱と詩劇的発想との共鳴を『荒地詩集』が意識していたようである(7)ことは、戦前から前衛的な詩作をおこなっていた永田助太郎（昭和二一年没）の作品を、「或る合唱」の総題で『荒地詩集１９５４』(8)に掲載していることからも推測される。リズミカルなリフレインによって構成されている表題作は昭和一四年の創作（作品末尾に制作年月日〈1939,3.〉）で、永田の特質である破壊的でラディカルな作品を表題とせず、「合唱」

としたところに再評価の軸のありかがうかがわれる。

詩劇創作と詩劇論に邁進する木原たちだが、鮎川が「難しく考えすぎる」、「理屈っぽすぎる」と嘆いた要因のひとつに、T・S・エリオットが詩劇に関して言う「第三の声」へのとらわれがある。木原が演劇評論家らとの座談（「詩劇の可能性について」『悲劇喜劇』昭31・7）のなかで主張しているのは「メタフィジックな世界」であり、それが「第三の声」だとしている。「第一の声は詩人自らに話しかける声」、「第二の声は聴衆に話しかける声」、「第三は詩人が韻文でものを言う一人の劇中人物を創造しようとするときの声」とされ、最も抽象的な段階にある。それゆえ、詩人の菱山修三から、ポエジイは抽象的なイデーにつながるものだが、詩劇はもっと「なまな人間と対決しているもの」が必要であり、劇作家はポエジイを、詩人は人間を前に持ってきてもらいたいとの発言を引き出している。そして「言葉」の問題においては、俳優たちの声にのせると「何か浪花節の詠嘆になることが多い」と評論家から苦言が出、それに対して木原は「演出家の失敗」だと切り返すが、黙読と音読の異なりを指摘され、「俳優のことを考えた言葉で」、「詩人と俳優とではかなり違う」と、揉めに揉めて終結する。この黙読と音読の問題は、前出の岩城準太郎が鷗外の「玉匣両浦島」について指摘していた点と通じている。

先述したように、NHKの放送文化研究所に勤務していた黒田三郎は、ここに置かれた「放送詩劇研究会」参加者としての「希望的憶測」と「私見」とことわりながら、詩劇論（「詩劇論の周辺」『日本放送協会放送文化研究所調査研究報告3』昭33・3）を寄せており、当時の様相をわかりやすく整理している。当代の詩劇の直接的な影響はT・S・エリオットらの作品と詩劇論であり、大部分は二、三〇代の詩人たちによって創作されているが、ハッキリとした輪郭を持ち得ていない。演劇家らは劇の立て直しの中に詩への郷愁を秘め、詩人の方は北村透谷や福田正夫の詩劇創作が単発に終わり、昭和二八年以降、現代詩の孤立と難解さとを解放する手立てとして詩劇を求めてきたが、言葉のみでなく、アクションを伴う手法は、詩の領域拡大とその否定という二重性をはらんでいると指摘する。そして、「詩劇は第三の声」であり、「第一、第二の声である悲劇詩と明瞭に区別」され、「登場人物のセリフ」は「作者の肉声ではない声、登場人物の声であり、それによって、作者は彼自身の第一、第二の声をきかせる」のだとする。そのうえで、「作者の第一の声の重要さを理解しないとすれば、詩劇へ向かう詩人たちの本来の姿を見失うこととなる」と言う。さらに、観客に向かって「肉声ではなく、劇中の人物の言葉によって詩人が訴えようとしはじめた現在、焦眉の問題」は「美しい話し言葉」の創造であり、「書き言葉化」している詩に対するものとして重要視している。黒田においても、「第三の声」の観念的な難解さはほどけない。

他方で木原は翌年、テレビの「映像言語」に対して、「言葉と音のみのドラマ」である「放送詩劇」は詩人たちにとって「言葉の実験」の場であり、「有利なもの」（「詩劇の問題——その必要性・可能性」『国文学解釈と鑑賞 特集増大号 現代詩』昭34・7）として音声の重要性を述べ、前衛的な「放送詩劇「叫び」」で「昭和三十五年芸術祭奨励賞」を受賞、さらにその五年後には諸井誠作曲の「音楽詩劇 御者パエトーン」で「第十七回イタリア賞グランプリ」を受賞し、大がかりな実践を見せるようになる。

詩人たちにはもともと自作朗読の文化がある。先述したように、福田正夫が『死の子守唄』に著者朗吟の写譜を収めていることもそのながれであるし、詩劇論において詩人と俳優の異なりが演出の巧拙をともなって取り沙汰されるのもそのためだろう。おそらく詩人たちの内側では、詩句の現出とそれを響かす声とがともに生じているのであり、他者をとおしてそれをあらわすのが「第三の声」となるのだろうが、あらかじめ他者の声を想定して描出される科白とのあいだには、すんなりと跨ぎきれない困難が生じているように思われる。ここに、他者性あるいは共同性の問題が浮上してくる。「無名にして共同のもの」を標榜した「荒地」の詩人たちに共鳴する点であり、「歌う詩から考える詩へ」が捉え返される起点となり得るところでもある。

鮎川信夫はこの点について、「新しい抒情詩のために」（鮎川信夫・疋田寛吉『抒情詩のためのノート』昭32・2 ひまわり社）で筆を尽くしている。「歌う詩」は「歌うという感情の高まり」によって、「現実の悩みを解消させてしまう」ために、「自己の内部と外部」、「精神と自然」とを一体化した肯定感を基盤とするのに対し、「考える詩」は「第一次的な現実を否定し、想像力の働きによってそれを再創造する」ことを身上とする。そのため、思想的に行き詰まり現実否定のみがせり出した戦後の「考える詩」は、「現実との深刻な違和感に悩む単独者の詩」となり、「大衆の好み」や「時代の一般的要求」と一致しなくなったと認めている。他方、その反動による「詩劇」と「歌う詩」の「詩的効果はいやおうなしに社会的関係の中に立たされる」とし、「歌う詩と考える詩の平行、対立、葛藤」によって「新しい抒情詩の可能性が探究されてゆく」なかで、詩人は「歌う詩」によって、「考える詩」が「奪回し得なかつたもの」をどこまで回復できるのか、つきつめるべきだとする。それは、「今日の抒情詩」が「考える詩」の延長にあり、「否定と絶望と諦めと嘆きとの、悲歌」であるとの認識とも関わっている。詩人の「社会的責任」、「歌う詩」、「詩劇」が盛んに議論されている戦後の詩界は大きな可能性に恵まれているが、「強固な一筋の現実意識を欠いている」ために、ひとりよがりの三文芝居に陥りやすい。まず回復されるべきは、「共同体験的な意識に発する生活の「現実」そのもの」だとしている。

このように、「歌う詩」と「考える詩」を相補的に捉える観点を鮎川に迫るものがこの期にはあった。それは、「戦後の社会がまがりになりにも安定期に入つた」ことで生じた「時代の一般的要求」とのずれを自覚する起点であったと思われる。彼らが「詩学研究会」で育成した谷川俊太郎、茨木のり子ら「櫂」の詩人たちが、『櫂詩劇作品集』(昭32・9 的場書房)を刊行し、多彩な声を響かせ始めるのも、まさにこの時だった。

注

(1) 明治年間の例では、『帝国文学』誌上(明38・12)で坪内逍遙の「新浦島」に対する評、『白百合』『帝国文学』誌上(明39・12)で同じく坪内の「新曲かぐや姫」に対する評、そして、岩城準太郎『明治文学史』(明

39・12、育英舎）に詩劇に関する評のあることなどが掲載されている。
（2）https://www.nntt.jac.go.jp/centre/library/timeline/taisho.html
（3）本書「10「荒地」と『詩学』」および「詩誌『詩学』の世界（2）―戦後10年からの展開」（『愛知県立大学説林』令4・3）。
（4）「詩劇について」（『ポエム・ライブラリイ1』昭30・12 東京創元社）
（5）「第Ⅰ部 鮎川信夫の戦後 第六章「橋上の人」論」、「第Ⅱ部 鮎川信夫の「荒地」第二章 一九五〇年代の詩壇と「荒地」」（『〈空白〉の根底―鮎川信夫と日本戦後詩』平31・2 思潮社）。
（6）ここで登場した〈立棺〉は、中桐雅夫を経由して田村隆一の詩篇「立棺」（『荒地詩集1952』）を成立させたことで知られている。前年の初出（『詩学』昭26・7）を受けて創作された。本書「6「一つの中心」―論理化しないという論理」参照。
（7）田口論（注5）でも、「楽曲構成の比喩を用いて声の重層性を演出する詩篇」の多いことが指摘されている。
（8）「或る合唱」のフレーズは、鮎川信夫の詩篇「アメリカ」（『純粋詩』昭22・7）にも組み込まれている。

12　反芻される「荒地」——継承と批判の六〇年代

「言葉の集積力を支えていた熱意のようなものが急速に失われたことが、この作品（論者注・詩篇「アメリカ」）の進行を妨げることになったのであろうが、このことは他の種類の作品を書く意欲にも少なからぬ影響を及ぼし、一九五五年以降は自発的に詩を書くことがきわめてまれになってしまった。」

（鮎川信夫「あとがき」『鮎川信夫全詩集1945—1965』一九六五・九　荒地出版社）

「授賞そのものについては誠に光栄に思いながらも、「ひとりの女に」その他の活動という授賞理由は、僕個人としてはかなり不満なものであつた」、「友人諸君の失笑を買うだろうが、一念発起して今までの無精と怠惰を一擲し、今年中に「失われた墓碑銘」「時代の囚人」「ただ過ぎ去るために」と引きつづき三冊の詩集を発表することに心を決め、その第一冊を最近上梓した。」

（黒田三郎「H氏賞受賞の感想」『詩学』一九五五・七）

戦争の影を詩篇に刻み込み、いわゆる戦後詩を牽引した「荒地」の詩人たちだが、敗戦後一〇年を迎えるあたりでは、いろいろに分岐する。それをよくあらわしているのが、右にあげた鮎川信夫と黒田三郎の場合である。鮎川は、「一九五五年以降は自発的に詩を書くことがきわめてまれになってしまった」と言い、黒田は同じ一九五五年に詩集『ひとりの女に』でH氏賞を受賞すると、これから一年以内に三冊の詩集を出してゆきたいのだ、と勢い込む。その後のふたりは実際に、ほぼこのとおりの軌跡をたどってゆくことになる。

こういった「荒地」の趣と入れ替わるように活躍し始める六〇年代詩人たち、なかでも『暴走』や『凶区』などの詩誌に活動の場を得ていた渡辺武信と野沢啓の詩篇には、かつての「荒地」の語彙がすべり込んでいるのを見てとれる。「無名にして共同なるもの」を標榜した「荒地」と、安保闘争を経て共同性を求める六〇年代詩人たちとに架橋される心性とその差異、そのあいだにあって強烈な「個」の存在感を発揮する谷川俊太郎。彼らのことばによって反芻され続ける「荒地」を追ってみたい。

1 〈死〉に向き合う〈朝〉・鮎川信夫と渡辺武信

まず、渡辺武信（「つめたい朝　六・一五の記憶のために」『暴走』一九六〇・九）における鮎川信夫（「繋船ホテルの朝の歌」『詩学』一九四九・一〇、「死んだ男」『純粋詩』一九四七・一）の反響を見てみよう。「荒地」の受容については渡辺自身が、次のようにその時期とを詩集とを明らかにしている。

高校三年生になった一九五五年にぼくは突然、同時代に生きる詩人たちの作品を知った。ぼくは鮎川信夫、田村隆一、北村太郎、吉本隆明ら「荒地」の詩人たちと、その一つ後の世代に属する大岡信、飯島耕一、谷川俊太郎、岩田宏らの詩人たちの作品を、ほとんど同時に受け入れ、それに憑かれたことから自分で詩を書きはじめた。

（「建築家としての立原道造　遠い後輩の断片的感想」『現代詩読本 立原道造』一九七八・一一　思潮社）

五一年から年刊の『荒地詩集』で注目を集めていた『荒地』の詩人たち、特に二〇年生まれの鮎川信夫、二三年生まれの田村隆一には関心を抱かざるを得ず、『鮎川信夫詩集』（荒地出版社・五五年刊）や『四千の日と夜』（東京創元社・五六年刊）などを、現代詩に関心を持つと自然に噂で知ることになる渋谷・宮益坂上にある中村書店で購入した。

（「第一章　戦後詩との遭遇」『移動祝祭日――『凶区』へ、そして『凶区』から』二〇一〇・一一　思潮社）

渡辺の述べるところに拠り、以降の鮎川の詩篇の引用は、特にことわらないかぎり、『鮎川信夫詩集１９４５―１９５５』（一九五五・一一　荒地出版社）から、渡辺らの詩篇の引用は、それと呼応する様態を映す初出によることとする。

〈慢性胃腸病患者のだらしないネクタイをしめ〉た〈おれ〉と、〈禿鷹風に化粧した小さな顔を／猫背のうえに乗せ〉た〈おまえ〉との倦怠に満ちた朝の風景を物憂い様子で語り出してゆく「繫船ホテルの朝の歌」を、鮎川自身は詩篇発表から八年後の一九五七年、『詩学』（一九五七・七）誌上で「〈わが代表作〉」にあげて簡単な解説をほどこしており、その後、一九七四年にもほぼ同内容のことがらを述べている。[1]そこでは、「戦争から生き残った友人の何人かが、この時期に自殺したり病死したりしたけれど、どんな慰めの言葉もなく、手を束ねて見守るほかはなかった」、「この詩の背景をなすものは、戦争で荒廃した街であり、そのアンダートーンをなすものは、打ちひしがれて行きどころのない青年の心」であると、その背景を明かしている。「朝の歌」と名づけられていながら、〈ああ　おれは雨と街路と夜がほしい／夜にならなければ／この倦怠の街の全景を／うまく抱擁することができないのだ〉、〈街は死んでいる／さわやかな朝の風が／頸輪ずれしたおれの咽喉につめいた剃刀をあてる〉と描かれるのは、「戦争から生き残った友人」たちの「死」、そして、「打ちひしがれてゆきどころのない」「心」が横たわって、〈さわやかな朝〉を受けとらせないためだろう。

それより二年早く発表された「死んだ男」は、鮎川の代表作のひとつにあげられる詩篇である。

たとえば霧や／あらゆる階段の跫音のなかから、／遺言執行人が、ぼんやりと姿を現す。／――これがすべての始まりである。／／遠い昨日……／ぼくらは暗い酒場の椅子のうえで、／ゆがんだ顔をもてあましたり／手紙の封筒を裏返すようなことがあつた。／「実際は、影も、形もない？」／――死にそこなつてみれば、たしかにそのとおりであつた。／／Mよ、昨日のひややかな青空が／剃刀の刃にいつまでも残つているね。／だがぼくは、何時何処で／きみを見失つたのか忘れてしまつたよ。／短かかつた黄金時代――／活字の置き換えや神様ごつこ――／「それが、ぼくたちの古い処方箋だつた」と呟いて……／／いつも季節は秋だつた、昨日も今日も、／「淋しさの中に落葉がふる」／その声は人影へ、そして街へ、／黒い鉛の道を歩みつづけてきたのだつた。／／埋葬の日は、言葉もなく／立会う者もなかつた、／憤激も、悲哀も、不平の柔弱な椅子もなかつた。／空にむかつて眼をあげ／きみはただ重たい靴のなかに足をつつこんで静かに横わつたのだ。／「さよなら、太陽も海も信ずるに足りない」／Mよ、地下に眠るMよ、／きみの胸の傷口は今でもまだ痛むか。

本詩篇については別に論じたので(2)詳細はそれに譲るが、ここで描かれているのは、戦争で兵士として死んでいたはずの自分と、現実に生者としての肉体を有する自分との間で引き裂かれる二重性であり、死者たちの〈遺言執行人〉としての自己定位であると受けとめられる。つまり、これらの詩篇に充満する「死」は、詩人自らのものでもあったと言えるのである。
では、安保闘争における樺美智子の「死」を表象した渡辺武信の詩篇「つめたい朝　六・一五の記憶のために」はどうだろう。

あらゆる記憶が／告発の形してかがやくぼくたちの街で／ひとつの小さな死の重さを測ることは／ほとんど無意味だ／だから　ぼくたち測るまい／記憶の中のきみのまなざしの重さを／／ぼくたちが耐えた時間の重さに／ついに夜明けにむかつてくずれはじめた空／それを見上げるぼくの瞳に／きみの死は　ひとつの記憶に過ぎなかつたか／ぼくたちの傷口は　いつせいに／つめたい朝の光にうたれ／血は　じよじよに固まりはじめていた／／たとえば　きみのみじかい髪の香りや／幼い日のひそやかな身ぶり／を知らないぼくが／泣くほど世界はうつくしくない／記憶の奥できみの肖像ははげしく溶け／ぼくの瞳に熱い風となる／ぼくは親しい街々の曲角　あるいは／故郷の低い山々に／きみのまなざしの跡を見つけだす／／渦巻き燃える夜を映したまま／閉ざされてしまつた瞳の中で／世界は決して冷えることはない／街はいつまでも熱くふるえ／道はしなやかにうねりながら／空にむかつて無数の指を出し／そして　きみが／最後に吐いた息にくるまれ／世界は　いまでも苦しげにもだえている／／ぼくたちの視線の下で／歴史は静かに乾ききり／朝は　いつも遠くから／炎の予感を持つて来る／／やはり　こんな冷い朝のことだろう／ぼくたちがつかれはてた視線をあげ／東の地平を滑つて来る最初の光の

中に／きみのかすかなほほえみを読むのは

鮎川の「死んだ男」が、〈ぼくら〉から〈きみ〉と〈ぼく〉へ、生き残った者と死者とに分かたれてゆくのに対し、渡辺の詩篇では、死者と自分、そして自分の背景にある無数の〈ぼく〉と思しき存在が〈ぼくたち〉と語りとおされ、〈きみ〉が〈世界〉そのものとなって〈ぼくたち〉をくるんでゆくさまが描かれる。

鮎川の〈きみ〉は、〈遠い昨日……／ぼくらは暗い酒場の椅子のうえで、／ゆがんだ顔をもてあましたり／手紙の封筒を裏返すようなことがあつた。〉と、過去や記憶を共有する存在から、死者となって、〈Mよ、昨日のひややかな青空が／剃刀の刃にいつまでも残つているね。／だがぼくは、何時何処で／きみを見失つたのか忘れてしまつたよ。〉として、〈ぼく〉と世界を分かつ存在へと変わる。対して渡辺の詩篇では、〈あらゆる記憶が／告発の形してかがやくぼくたちの街〉と語り起こされるのにはじまり、〈きみの死は　ひとつの記憶に過ぎなかつたか〉と問われたのち、〈きみのみじかい髪の香りや／幼い日のひそやかな身ぶり／を知らないぼく〉が、〈記憶の奥できみの肖像を〈はげしく溶〉かすことで、〈きみ〉を、〈熱い風〉や〈親しい街々の街角〉、〈故郷の低い山々〉に〈見つけだ〉し、〈世界〉そのものとしてゆく。そしてついに、〈冷い朝〉、〈東の地平を滑つて来る最初の光の中に／きみのかすかなほほえみを読む〉までになるが、それは、鮎川の「繋船ホテルの朝の歌」における〈おれたち〉が、〈さわやかな朝の風〉を痛みとし、〈朝〉から置き去りにされるありようとは対照的である。

鮎川の詩篇では、〈空にむかつて眼をあげ〉るのも、〈胸の傷口は今でもまだ痛むか〉と問われるのも〈きみ〉であるのに対し、渡辺の詩篇では、〈夜明けにむかってくずれはじめた空〉を〈見上げる〉のは〈ぼくの瞳〉であり、〈傷口〉は〈ぼくたち〉のもの、そしてそれは、〈いっせいに／つめたい朝の光にうたれ／血は　じよじよに固まりはじめていた〉と、〈朝の光〉によって変化するものとして描かれている。

このような渡辺の〈世界〉について、同時代評は次のように述べる。

秋元潔(3)は『凶区』(一九六五・一〇)誌上で、「「世界」という言葉は、鮮烈な説得力をもたない」とし、その理由を、「彼は危機へもう一歩ふみださず、不安を抱きながら、一歩安全な場所に身をひいて書いたのだろうか?」と問いながら、「死の絶対価値をみとめまいとする強い意志の働きかけ」による「観念的世界」への「後退」を見る。そして、「渡辺の詩の中の《ぼくたち》《きみたち》とは、彼の肉体の細胞組織」であり、それが、「爽快な官能的陶酔」につながっているとしている。

一方、同誌上で堀川正美(4)は、「彼の詩作の特徴の一つは、自己復習」にあるとし、「街、世界、ぼくたち、きみ、祭、空、風、まぶた」などの語彙をあげ、「彼が内心あこがれている一つの中心のイメージ、すなわちうずまき輝くもの、そのうずまく集中化」に近付いているとする。

秋元・堀川両論から五年後の清水昶(5)による論評は、先掲二論の指摘を併せ持ったものと位置づけられる。「情況を唄いながら奇妙に情況から隔絶したところにみずからを置く青年詩人」における

「情況」や「記憶」は、その「前提から仮像」であること。そして、「彼の仮像としての言語は、きわめて緻密」であり、初期の作品群においては、「「朝」「視線」「傷口」「まぶた」「指」「額」「記憶」といった言語が、ほぼ均等に全詩篇に配分され」、「詩の世界をはっきり構築しているにもかかわらず」、「「どこから唄いはじめたか」の結果の鮮明さに比べてその背後に存在する彼自身の「快楽の原点」は、ひどく不鮮明に堂々めぐりを繰り返している」ことを指摘する。

また、もっとも新しい北川透論[6]では、「六〇年のオブセッションは「暴走」の詩人たちにのみ憑依したもの」であるとし、「二人（論者注・菅谷規矩雄と渡辺武信）の抒情詩は、何処まで行っても、〈ぼくたち〉あるいは〈ぼくら〉に拮抗する他者が登場しないことによってモノローグ」であるとまとめている。

見てきたように、同時代評から現在にいたるまで、渡辺の詩における「死」や「現実」の抽象化、観念化を捉える観点は共通している。そして、おそらくそこに対置されているのが、「荒地」の描いた「死」や「現実」であったものと思われる。渡辺は、〈ひとつの小さな死の重さを測ることは／ほとんど無意味だ／だから　ぼくたち測るまい／記憶の中の君のまなざしの重さを〉と言い切るが、たとえば、「荒地」の黒田三郎は、〈死のなかにいると／僕等は数でしかなかつた〉（「死のなかに」『サンドル』一九四八・一〇）としながら、その〈数〉の内実をひとつひとつをすくい上げてゆく。それは、〈僕〉が〈そのひとり〉であると定位されているためである。

渡辺自身は先に紹介したように、一九五五年に「荒地」と、その次世代である谷川俊太郎たちの作品をいちどきに摂取したことで詩作を始めたと述べており、そこからすれば、詩篇に「荒地」の語彙がすべり込んでいるのは当然のことと言える。和田博文は、[7] 渡辺の詩篇に「荒地」の三好豊一郎とのイメジの相同性を見ることで、「戦後詩の規範力」を指摘するが、それは、むしろ論評する側に強くはたらいているのではないか。述べてきたように、渡辺の詩篇には、「荒地」の語彙を用いて観念的な跳躍を試みているようなところがある。

2　戦争と安保の架橋・野沢啓

一方、前世代の戦争と安保闘争とを意識的につなげて言表しようとしているのが野沢啓である。先の渡辺と創作活動を共にし、その作品は当時において高い評価を得ていた。なかでも、『凶区』（一九六四・四）に掲載された「オルフェの鏡　ぼくたちはどこへ行くか」に描かれている〈墜落感覚〉は目をひく。

〈時間の裂け目〉から〈墜ちこんでゆく〉、〈得体の知れないあの〈もの〉〉、〈〈異物〉として現れる〈それ〉、そして〈陶酔〉。〈第二次世界大戦の実写フィルム〉に見る〈日本兵〉の〈虚ろな視線〉を〈鮮やかに断切〉る〈日本軍戦闘機が火を吹いて急速に落ちていくショット〉と、もたらされる〈ぼく〉の〈放心〉。その〈放心〉は〈安保闘争〉の〈デモ隊〉を〈先導〉する〈ぼく〉の〈陶酔〉へとつなげられている。〈斗いのなかに一人の死者をつくりだしたこと〉を〈安保闘争の幻想〉だと言い、〈死ねない者たちの代理人の死〉、〈トリックとしての死〉だと言表する野沢は、渡辺が、ひとりの死を観念化した世界へとつなげて、みずからをくるんでゆくのとは異なっている。野沢が、〈得体の知れない、兇暴な実体〉を前世代の〈戦争〉に重ねているところや、のちに触れる〈全体性〉の語につなげて〈死〉や〈未来〉と同意であるとする態度は、戦争を経験した前世代との架橋に意識的であるように映る。

詩「秋のために」(『凶区』一九六四・一二)を見てみよう。

記憶には始まりがあるだろうか／眠りは起源をもつだろうか／ひろい空地を運河沿いにやつてくる男／午後はいつもまばゆく／太陽は狙撃されている／男の眼の中で銃が爆ぜる／秋／ぼくらには残された戦いがあるだろうか／世界のどこに戦地があるのか／落葉のように踏み敷かれる時間／始めもない終りもない／そして何でもない荒廃／ぼくは以前帰還する兵士を夢み／いまぼくは帰らざる兵士の出征を夢みている／日々ぼくのもとから離れていつた幻の兵士たち／きみたちは戦禍のために／なんとその不在のために負傷し／死をも未遂に終らせたはずだ／秋 男の靴音は／枯葉の舗道に　眠りの感触をひびかせる／記憶に始まりがあるのだとしたら／死の覚醒は確定的だ／時間はひとを鮮やかにし／太陽の襲撃と血の勝利は／時間の問題だ／記憶の捕虜収容所で／世界が樹に吊されてから／秒読みが始まつている／戦いの決定的不利は戦う肉体の欠除は／闇のなかでぼくらの眼を有利にする／時間は目測され／ぼくらの視線はその

バリケードをくぐりぬけ／なおも死との異常な関係を続けようとする／秋／ぼくらの眠りは始源に至る／ぼくらの儀式が始められる

〈きみたちは戦禍のために／なんとその不在のために負傷し／死をも未遂に終らせたはずだ〉、これは、先に述べた〈安保闘争の幻想〉としての〈死〉という認識に直につながっているように思われる。そして、〈戦いの決定的不利は闘う肉体の欠除は／闇のなかでぼくらの眼を有利にする〉というシニカルな認識は、同じく野沢の詩「はじめての泉」（『凶区』一九六五・三）の世界観にも重なる。そこでは、〈ファニイが到着する日　水は処女の静脈をひたすら流れ　未来の膣にあふれた　そこは時間のただひとつの出口でもある　樹液がしみわたるまで季節の鬱血は続き　寺院は地下茎になって裸形の大地の内側を這つた〉というように、世界が徹底的にエロティックな肉体として象られてゆくにもかかわらず、最後には、〈ファニイ　見えないファニイ　きみの犯罪意図は自立に向う　魔の湾のなかでかがやくきみの巧緻な計画〉とされ、〈見えない〉存在としてその実在が確かめられてゆく。〈ファニイきみがめざめにたどりつく日〉、〈ああファニイが眠りの水際にたどりつくとき〉として、〈めざめ〉と〈眠り〉に世界は二分されながら、後者において〈あらわ〉になる、〈太陽〉の〈奇妙な浸透性〉、〈向日性の陥穽〉の〈貪欲な意志〉と〈殺人的な魅惑〉。「はじめての泉」におけるこのような交錯と同様に、「秋のために」においても、〈眼〉だけの存在であることへの矜持と、それが〈眠り〉のなかでのみ実現される観念的なものであることとの背反とが描かれているのである。

「秋のために」では、〈記憶には始まりがあるだろうか／眠りは起源をもつだろうか〉というフレーズに導かれて、〈ひろい空地を運河沿いにやつてくる男〉が、「はじめての泉」では、〈きみは記憶の運河に掛けられた半透膜の吊橋をわたつてきた〉として〈女〉が、それぞれ時の〈運河〉をさかのぼってやってくる。ここには、先に見た鮎川信夫の「死んだ男」の冒頭部、〈たとえば霧や／あらゆる階段の跫音のなかから、／遺言執行人が、ぼんやりと姿を現す。／——これがすべての始まりである。〉や、同じく鮎川が戦中から戦後にかけて書き続けた詩「橋上の人」（第三作「文学51」一九五一・七）において、〈重たい不安と倦怠と／石でかためた屋根の街の／はるか、地下を潜りぬける運河のながれ、／見よ、澱んだ「時」をかきわけ、／櫂で虚空を打ちながら／下へ、下へと漕ぎさつてゆく舳の方位を。〉と描いた〈時〉の〈運河〉の形象が、おそらく響いていよう。

さらに、鮎川の、〈いつも季節は秋だつた、昨日も今日も、／「淋しさの中に落ち葉がふる」〉（「死んだ男」）、〈始めがあつて終りがあるのではなく／なんでも終末があつて発端があるのでせう／しかし落葉のなかでふりかえつても／淋しいわたしの足跡は落葉に埋つて見えません〉（「落葉」『造型文学』一九四九・五）[8]、〈姉さん！／あなたとわたしは／始めも終りもない夢のなかを駈けめぐる／二つの亡霊になつてしまおう〉（「あなたの死を超えてⅡ一九五〇年一月三日」『荒地詩集1952』一九五二・六　荒地出版社）といった、〈時〉の表象としての〈落葉〉や〈始めも終りもない〉という認識も、野沢の、〈落葉のように踏み敷かれる時間／始めもない終りもない／そして何でもない荒廃〉（「秋のために」）につながっているだろう。

渡辺武信が「荒地」の語彙を用いて観念的な跳躍を見せたのに対し、野沢啓の場合は、それによって世界を近接させておいてずらし、彼らが実体として象った〈死〉を、実体とできない不可能性として描き出しているように思われる。このことと関わって注目されるのは、野沢と同じく、『凶区』（一九六四・四）の「オルフェの鏡　ぼくたちはどこへ行くか」に引用された、彦坂紹男「約束のことば」のなかの次の述懐である。

詩は巨きなことばでなければだめなのではないかという思いがいつの間にか生じた。小さなことばも巨きなことばである。大きなことばも巨きなことばである。現在は、贋物でない巨きさが作品になくてはいけない。（中略）

短い時間のなかでの約束、小さなことば、それは長い時間の約束というものが、巨きなことばというものがあるのだという信仰を間接的に抱くことにならないかと思つてそうするべきなのだろう。

〈巨きなことば〉、〈贋物でない巨きさ〉を詩に求める態度の表明は、逆に、彦坂の考える〈小さな〉〈贋物〉の〈ことば〉の氾濫を照らし出していると言えるだろう。〈自分自身に強い要請が始動しなければ、他人に語ることは衰頽であり、他人の同意をあてにすれば衰弱するだろう〉と述べる奥には、のちに触れる「個」と「全体性」、あるいは他者との共感についてのさまざまな詩人たちの視座とも擦れ合うところがある。

さて、当の「荒地」の詩人たちは、この時期どのようにしていたのか。北村太郎の「会社づとめ」(『詩学』一九七〇・二)という文章が、彼らのありようをユーモラスに伝えている。読売新聞の記者をしていた中桐雅夫が二年前に退職し、今度は黒田三郎が報道記者をしていたNHKを辞めるという段に及んで、このふたりは二〇年以上同じ職場に勤続したのに、北村自身は一〇以上の職業に就いたあげくに、朝日新聞の校閲部に就職したこと。そして、ほかのふたりが五〇歳を機にすっぱりとやめたことをうらやましく思う半面、自分は他人とのつきあいがいやでいやで仕方ないのに、会社を辞められないというもの[9]だが、ここで興味深いことは、彼らが一様に大手メディアの会社員であったということである。黒田や中桐の作品には勤め人としての環境が背景として反映されており、冒頭で触れたとおり、一九五五年以降、詩作意欲の減退を自覚した鮎川と対照的に、黒田は会社勤めをしている間に続々と詩集を出版し[10]、「荒地」のなかでも目を引く。彼らがメディアに関わっていたという角度から詩作との関係について眺めてみると、次に触れる個と全体、共感とメディアとの関わりをふくめ、今後、見えてくるものがあるのかも知れない。

3 『詩学』における「荒地」

一九六〇年前後の「荒地」の詩人たちは、当時の詩壇の中核を担った詩誌『詩学』においてメンターとしての役割を付与される一方、後続の詩人たちが活躍を始め、戦後詩から現代詩へと推移する途上で、相対化される存在となりはじめている。その『詩学』誌上で一九五八年におこなわれた大座談会「新しい詩の條件」(一九五八・七)は、一八九〇年代生まれの金子光晴、壺井繁治から、一九三〇年代生まれの大岡信、谷川俊太郎らに至る各世代総勢一四名によって、六〇年代手前の「詩」に関する捉え方をさまざまに浮き彫りにした点で注目される。以下、この座談会を追ってみたい。[11]

まず問われているのが「全体性」の概念についてである。村野四郎が、「戦後の詩は、「詩と詩論」がやつたモダニズムの欠けているところを満しているという風に見られ」るとしたのを受けて、清岡卓行が、「全体性ですね、詩の作品の、それを回復しようという動機の方が根本にあるんだと思つている」と指摘する。それを受けて鮎川信夫は、「全体性の回復というのは、戦後詩というものを問題にする場合、ポイントだと思う」とみとめ、「社会詩派」(「戦前のプロレタリア詩の欠陥を補う」)、「芸術派」(「モダニズムとか、「四季」の詩というものに対してあき足らない点を補足する」)によって全体性の捉え方は異なるとしたうえで、「部分が不足しているから、そこをうめ合せれば全体性がうまれるということではないんですね。それでぼくは補充という言葉を、本当いうと使いたくなかつたんです。最初に全体性があつたといつた方がいいですね。」として、「補い」という捉え方を否定する。対して大岡信は、「全体性」はなかったのではないか、だから意識されたのではないか、と切り返すが、堀川正美が、「少なくとも全体性というものを頭において書かれているということだな。」と述べたのを受けて、鮎川は、「そういう意味ですね。それは一つは世界というものに対する考え方が違ってきたということかな。戦前と戦後ではっきりと。」という推移を提出している。その内実は堀川によって、「人間の実態というものに対して、少くとも理解の範囲は拡大されたということがあるでしょうね。」とされ、竹村晃太郎が、「共同体験の場」や「社会性」が表現活動全般に連関性をとり、一つの場を「生活的に」すえたと言いあらわしている。

すると、再び大岡信が、日常経験の拡がりを拒絶したところで総体性についての考えが出て来るのではないか、経験に従属しない純粋な形での総体性を「荒地」は主張したのではなかったか、として、堀川や竹村の述べた実体験的な捉え方に対して異を唱えるが、対して村野四郎は、「戦争みたいなショックなことがあるとその度に新しく全体というものを考える、そういうことじゃないかと思うんだがね。だから補充とかいうのでなくて、もっと本質的なものを考え直したというところに、「荒地」の出発点があったんじゃないか。」と現実的な精神のありようを指摘している。

ここで、谷川俊太郎がまったく異なった角度を次のようにあらわしてくる。

ぼくは自分の体験しか話せないわけですが、詩を書き始めたときには、僕の前に書かれた詩に完全に無知だったし、無意識だったんですが、僕は僕なりに、さっき清岡さんがおっしゃった全体性、つまりいま生きていくということのなかに、社会性なり宇宙性なり、共同体験というものが全部血肉化されている、そういう自分自身というものから始めたんですよ。それを僕は一種の全体性と呼べるんじゃないかと思います。

対して壺井繁治は、戦争をくぐり抜けてきたものが持つ「危機感」からの回復が「荒地」の思想的立場であり、それが一つの「社会性」でもある、とオーソドックスな見方を提示し、鮎川は、「荒地」にグループとしての意味がなくなったのは、「危機意識というものに結びついていた共同体意識が稀薄になったというところにあると思う」と、自己分析をしてみせた。

ここで興味深いのは、やはり世代によって「全体性」というものの捉え方に明らかな差異が見られる点である。戦争を切り離せない世代は、実体験として現実的に「ショック」や「危機」とともに捉えているのに比べ、大岡信あたりのそれはたいへん理念的に映る。そのなかで、谷川俊太郎は「自分自身」という「個」の側面から捉えようとしているところが際立っている。引用部のように、「社会性」と「宇宙性」を隣り合わせに考える詩人は、ほかにいない。そこで、さらにこの座談会における谷川の発言に注目してみたい。

座談が進んで、「詩」のあり方についてやりとりをする段で、谷川は、「放送やなんかに、詩というものを滑り込ませるとか、ジヤズや歌のための詩というものを考えているのは、ネオン・サインで流そうということと同じ考え方」、「こだわらずに、ポエジーでコミニケートすることしかないと思う」、「本質的な詩というものは変わるものじやないと思う」、「放送劇みたいなもののなかにも、詩というものをキープできると考えるならば、できるぜ。俺たち、まだ才能がないだけなんだよ。」、「詩人の悪いところは、コマーシヤルということを賤しんでいる」と、次々に他ジャンルとの協働の可能性を繰り出しながら、「詩」の本質とあらたな側面とをあぶり出そうとしている。

これに対して、同世代の大岡信は、「それは違う。コマーシャルに乗ろうとしても乗れないことだつて多いんだよ。」と反論、堀川正美も、「僕はコマーシャルでじつは生きているんだが、詩というものはもつと大事にしてやりたいんだ。」と述べるが、谷川は、「じやあ、まあ羽二重かなんかの布団にくるんで、一緒におねんねするんだな。(笑)そんな貴重なものじやないと思うんだ、詩というものは。」と切り返している。

そして、「経験」と「全体性」について、再び次のように定位する。谷川にとっての「経験」は「リルケ的な意味」で受けとめられているもので、「詩人の詩を離れた、生きる態度により深くかかわつていること」であり、そこには「不安」がある。さらに、「自分が何を信じているかということが分らないで、詩が書けるか。論理化すべきものが何もなくて、詩的論理も何もないと思うんです」とし、この「論理化」すべきものを問われて、次のように答えている。

それは一人一人ちがつて来る。ぼく流にいえば神さまだと思うんです。何か信ずるものが欲しいんです。つまり自分の全体性というものを、全部ひつくるめて信じたい。

また、詩劇の創作にからめた「社会性」については、「社会性というような形で概念化できないような形で、考えている」、「自分の肉感として、大衆だか誰だか知らないけれども、とにかく自分の詩を聞いてくれるか読んでくれるかする人がいないと、さびしくていられない」、仲間一〇人くらいの批評では不安で仕方なく、「迷子の仔犬が仲間を探すようなもの」が出発点で、「その後はひとつひとつの作品が問題」だとして、次のように述べる。

社会性なんていう概念からは何も始まらないと思うんだ。詩劇なら詩劇の具体的な問題があるだけですよ。（中略）

詩を書くことでもうけたいとも思うわけです、ほかのことでもうける才能があればいいんですが、詩を書いてもうけるのも、正当な労働だと考えたいわけなんです。

谷川の視点はつねに「個」から発信されているところに意識的であり、それは見てきたように、「自分」の信ずるものなくして詩は書けないという強靭な信念に貫かれた「個」である。それが、さまざまな方法で「詩」を開いてゆくことに怖れを持たない姿勢につながっているように思われる。同じ頃、『詩学』（一九五九・八）誌上でも、「詩とマスコミ」といった特集が組まれているように、「詩」の開き方はしきりに考えられる時期に入っている。

最後に、「荒地」の詩人たちが見ていた当時の詩壇状況と、「荒地」がどのように相対化されようとしていたのかについて見ておきたい。一九六〇年の『詩学』（一九六〇・三）における特集「現実派の方向」で、黒田三郎は、「自分自身の内部にある、自分自身にもよくわからぬものを表現しようとすること、それは戦後詩のすすむべきひとつの方向を示している」（「現実派の過去と未来」）と指摘し、野沢啓が言表する〈得体の知れない〈もの〉〉と響いている。このように、後続の詩人たちのありように目配りをし、方向性を指摘する一方で、同じく一九六三年『詩学』（一九六三・八）誌上の「特集・〈荒地〉」において、「荒地」は次のように批評されている。順にあげてみよう。

関口篤（「「荒地」論」）は、「荒地」の作品がかつてに比して、「みずからの内部との詠嘆的な語り合いにまでなつていつた」、「詠嘆的なつぶやきのような作品」になったと言い、高良留美子（「「荒地」をどう受けとめるか」）は、「心情的な幻滅感、喪失感」を「〈全体〉から疎外された擬似的な共同性にもたれかかつて表現するとき」、「十九世紀的な情緒に彩られた詩的形容詞と観念語の結合によつて」、「〈荒地〉の観念そのものを閉鎖的な内部に従属させ、既成の、社会組織や権力によつてつくられた世界の内側での情緒を、そのまま肯定することにつながる」とし、それが、「『荒地』の作品のおちいつた大きな陥穽」だと述べる。さらに、村田正夫（「「荒地」と私？」）は、「『列島』がプロレタリア詩批判を行つたとするなら、『荒地』はモダニズム批判を行つている」、「伝統的抒情につながる戦後詩の本格派の位置を確保したのだ」、「〈おおああ、……よ〉」の連発が「荒地風の悲劇性を派生させている」、「四季派の現代版のような印象」と容赦ない。

これらの指摘は皮肉なことに、戦後すぐに鮎川信夫が三好達治に向けた批判、「彼が逃げこむ古くさい韻律と語感と雅語の世界、短歌的情緒によつてしなびた山川草木のそよぎ、擬音的な海のひびき」、「ただ彼が「逃避幻想」の世界に隠者のように住みこんで、一種の風格をつくるとき（これは或程度読者の責任である)、私は彼の反思想性と「なつかしい日本」を書いた彼の感じ方に、吐気を催すのである」(「三好達治」『現代詩』一九四七・一〇)と重なってもいるのである。

「荒地」特集の翌年には、黒田三郎「一九六四年度展望・総合」(『詩学』一九六四・一二)が、「一九三五年以降に生れたと思われる二〇代の詩人たちの活動が非常に顕著になった」と、渡辺武信・野沢啓らの世代の活躍を捉えている。そして、同じ誌上で平井照敏「一九六四年度展望・詩誌」も、「三十代の詩人たちのグループは、ひとつひとつの作品の独立性がつよく、全体が統一ある運動の息吹きをもちえていないような気がする。それは、「荒地」と安保斗争のあいだにはさまれて、個々別々に自分の位置を定めねばならなかったかれらの、深い時代的影響なのかもしれない。これにたいして、二十代の詩誌には、それぞれにたちこめる熱っぽいスクラムがかんじとれる」とし、「二十代とその前世代の詩人たちの特色」として、「後者の論理性による統一と、前者の衝動的行動によることばの空間への没入」を見ている。「三十代の詩人たち」とは、大岡信や谷川俊太郎の世代であり、述べられている「個」の特色は、先の座談会で谷川自身が述べていたことと響き合う。

同じ年、「二十代」の野沢啓は、自身における〈〈得体の知れない〈もの〉〉が〈〈全体性〉そのもの〉であり、それは〈死〉であり〈未来〉でもありながら、それらを〈解体〉し〈粉砕〉し〈切断〉するのもまた〈詩〉である(「オルフェの鏡　ぼくたちはどこへ行くか」『凶区』一九六四・四)と述べた。あの大座談会から六年、あらたな世代による「詩」の模索は続く。「荒地」はまた、そのさまざまな局面で影響を確かめられ、乗り越えられようと、反芻されてゆくのである。

注

（1）「〈わが詩を語る〉「繋船ホテルの朝の歌」について」（中村稔・三好行雄・吉田凞生編『有斐閣選書現代の詩と詩人』一九七四・五 有斐閣）

（2）「鮎川信夫」（『新研究資料現代日本文学 第7巻 詩』二〇〇〇・六 明治書院）

（3）「ヒーローはなぜ死なないのだろう」

（4）「渡辺武信についての感想―一九六五年のお歳暮―」

（5）「猟犬の研究」（『現代詩文庫 渡辺武信』一九七〇・九 思潮社）

（6）「詩的断想十二、プラス一」（『詩論へ』二〇一一・二）

（7）「ラディカルな言語空間『赤門詩人』→『暴走』『×』→『凶区』の系譜」（『昭和文学研究』一九九九・九）

（8）本詩篇は『鮎川信夫詩集1945―1955』未収録のため、引用は初出による。

（9）北村自身は一方で、少女雑誌『それいゆ』で読書案内を担当していた。鮎川信夫における同様の児童向け活動については、田口麻奈「鮎川信夫全集未収録詩篇」（『現代詩手帖』二〇一二・八）で紹介されている。また、北村はこの文章から六年後の一九七六年一一月三〇日、「朝日新聞を依願退社」した（北村太郎「内職」『新聞研究』一九七七・二）。

（10）『ひとりの女に』（一九五四）・『失はれた墓碑銘』（一九五五）・『渇いた心』（一九五七）・『今日の詩人双書 黒田三郎詩集』（一九五八）・『小さなユリと』（一九六〇）・『もっと高く』（一九六四）・『時代の囚人』（一九六五）・『現代詩文庫 黒田三郎詩集』（一九六八）・『ある日ある時』（一九六八）・『黒田三郎詩集』（一九七〇）など。

（11）出席者は、鮎川信夫（一九二〇）・大石一男（一九二三）・大岡信（一九三一）・金子光晴（一八九五）・上林猷夫（一九一四）・清岡卓行（一九二二）・桜井勝美（一九〇八）・嶋岡晨（一九三二）・関根弘（一九二〇）・竹村晃太郎（一九一六）・谷川俊太郎（一九三一）・壺井繁治（一八九八）・堀川正美（一九三一）・村野四郎（一九〇一)。( )内は生年。

*本章は、「一九六〇年代」を考察する必要性から、年号表記を西暦に統一した。

13　大岡信と鮎川信夫――詩はまるで、愛のようなものだ

大岡信の初期詩論に目を向けたい。ここで言う初期とは、大岡が詩論を発表し始めた昭和二五年前後から三五年前後にわたる約一〇年間を対象としている。端的なことばで的確に論究対象の特質を言い当てるところに、多くの人が知る大岡の詩論の特徴があるが、この期のそれには、うねるような情熱が込められ、自身の生身を賭しているような感覚が横溢している。それでいて、各詩論で展開されている把握の仕方や主張に齟齬はなく、のちの大岡の詩論同様、きわめて論理的でもある。一方、述べたような情感と自身に向けられた眼差しとがせり出しているこの期の詩論で展開された内容は、重要な指摘を多くふくんでいるのにもかかわらず、意外に参照されていないのもまた事実である。ここでは、それら初期詩論の紹介もかね、鮎川信夫との連関をふくむ魅力的な特質を照らしてみる。

1　大岡信と谷川俊太郎

大岡信と谷川俊太郎は対談を多く重ねるなかで、互いの対照的な側面を彼ら自身によって言い当てている。そのことに着目し、両詩人の「対照年表」を作成してもいる三浦雅士との対談[1]のなかで、谷川はまずふたりの異なりについて、「大岡はとにかく言葉が好きだけれど、僕は言葉が好きじゃない」、「学校が好きだった人と嫌いだった人の違い」の大きさについて触れたあと、谷川自身の「デタッチメントな傾向」を、「谷川は現実とカミソリ一枚分だけ切れている」と大岡が出会いの当初に指摘したと述べている。

それを受けて三浦は、「現代詩試論」(『詩学』昭28・8)の「高度な内容」を支えるものに大岡の「暗さ」があるとして、「大岡信の批評の強靱さは、その暗い段階があったからだ」、「谷川さんが最初にお会いになった時に感じられた「暗さ」を大岡さんは長い時間かけて培養していた」として、次のように述べる。

大岡信の根っこの部分の暗さについてはあまり論じられていません。その暗さというのは、谷川俊太郎は「現実とカミソリ一枚分切れている」詩人なのだと指摘する認識とつながっているし、それは「言葉」という問題と密接に関係があるのだという認識だったと思う。

これに対して谷川は、「はっきり、そうだと言えるでしょうね」と強い共感を示している。三浦の述べる大岡の「暗さ」は、のちに触れる戦時下の村野四郎や保田與重郎を論ずる際に共鳴する重要な指摘と受けとめられる。

もう少し谷川の言辞を追ってみよう。谷川は自身が「音楽」の人であるのに対し、大岡は「美術」の人であると指摘する。谷川自身は「詩がなくても生きていけるけど音楽がなくては生きてはいけない」とするが、その意味で大岡は「明らかに目の人」であり、「言葉の音的な性質みたいなものにけっこう敏感」でありながら、「音楽」よりは「美術」の人であることを「不思議」だと述べる。また、「自分のいるところ」を谷川は「空間的」に捉えるが、大岡は「時間的」に捉えており、谷川は「地理の中の一点」であるのに対し、大岡は「歴史の中の一点」だと思っていること、そして、大岡は「本当に時間的に、歴史の上で仕事をしてきている」のに対し、谷川は「まったく歴史の感覚が欠如していて、空間的なことしかできない」、「私は、いま、ここの人」だと明らかな対位を際立たせている。

このことを大岡と谷川は、時代への反応速度の異なりとして、早く対談(2)の中で語り出していた。谷川は武満徹と自身とを並べて「時代というものに非常に敏感」、「軽薄なばかりに時代に反応している」とし、その理由を「アカデミックな世界で象牙の塔みたいなもので保護されている、そういった皮膜が僕には全然なかったからね」と述べる。対して大岡は、自分が目の前の出来事にパッと反応できないのは、「それを抽象化するというか、他の時代の似たような状況と重ね合わせ、相対化してしまうところがある」、「僕は今ここにいるけれども同じような人間は昔もきっといたという変な感覚がある」、「かなり隠居的な感覚」であると述べ、その理由を次のように自身で分析しているのが興味深い。

なぜ自分がそうなっているのかわからないけれど、ひょっとしたら自分のなかの傷つきやすい幼児的なものを保護するために、自分で編み出した一種の架空の理論であるような気もするんだ。

批評の基準についてもふたりは対照を描き出す。谷川は自身の生い立ちもふくめて、「批評というのは趣味のいい悪いの判断であるというふうに長いあいだ思ってきた」ようなところがあり、本の読み方についても、大岡のように「テキストのなかに自分が入っていって、それを解きほぐして他人に語るという形での批評的なもの」ではないとする。(3) 対する大岡は、「個々の作品を論じながら、それを書いた人の最も恒常的な要素に何とか到達できれば、それで満足」、「その人の持っている或る恒常的な要素とか傾向とかを洗い出す」、「もしそれがないと、或る人の作品について考えていくという僕の思考の行為に根拠がなくなってしまう」と述べ、(4) ここでも時間的な「恒常」性に重きを置いていることがわかる。

先にも述べたように、このような彼らふたりの対照性に着目したのが三浦雅士(5)であり、その資質の違いは次のように捉えられている。

一九六〇年代の実感として言えば、大岡信は批評家であり、谷川俊太郎は詩人であった。（中略）

実際には、谷川俊太郎のほうが批評家というか思想家であり、大岡信のほうが詩人なのである。──谷川さんにはじつは父上の谷川徹三さん以上に哲学者的なところがある。その詩は概念的に明晰であり、つねに立体的に把握できる。大岡さんの詩はそうではない。概念的に明晰というよりは、肉感的かつ多義的である。

三浦はのちに谷川との対談(6)においても同趣旨の指摘（「大岡信の方が感性派で、谷川俊太郎の方が理性派」、「谷川俊太郎の方が男性的、大岡信の方が女性的」）を展開し、谷川の共感を得ている。見てきたような谷川との比較によって際立たせられている大岡の特質のうち、大岡の「詩」について三浦が指摘した「肉感的かつ多義的」といった側面は、冒頭でも述べたとおり、そのまま大岡の初期詩論の特質に通じている。

2　詩学

初期詩論の特質を、「うねるような情熱が込められ、自身の生身を賭しているような感覚が横溢している」と冒頭で述べた。そのように感受させるこの期の大岡の語彙に、「傷つく」、「超える」、「突き抜ける」があり、その根柢を、「激情」や「錯乱」と「秩序」の両立を「詩」とする捉え方が支えている。このことは大岡独特の美しく強い「純粋」概念の確信へとつながっており、それらが「愛」を比喩として、あるいは「愛」そのものとして表現されることが、述べたようなこの期の特質を形成しているのだと思われる。

これらを「詩の条件」(『詩学』昭29・12)のうちに見てみよう。ここで「詩」は、「時間の流れからたち切られた特殊な時間」を内包し、「超絶的な空間」を獲得したものとされ、「伝達の可能性を限界にまで追求しながら、最後に伝達不可能なものだけを浮彫」にし、「ぼくらの理解しようとする心を傷つける実体が大きくぼくらの前に立ちはだかっている——そういう詩が結局いつまでも残ってきたのだ」と語られる。「詩の言葉にあっては、伝達よりも提示こそ究極の問題」であり、それが「詩の倫理」であるとする見方を、「言葉」の持つ「能力」への信頼がはらむ「危険なワナ」として村野四郎によって照らし出す。

村野の詩「鉄鎚投」を例に、客観主義から主観主義へとその中心が移行してゆくさまを、「即物的」であることが「詩人の視覚に忠実である」とすれば、それは「眼に忠実であるよりも、観念に忠実」なのであり、詩人の関心の的は「対象」よりも「言葉」に移り、「恣意のたわむれに堕する危険が多分に生ずる」と言う。「即物的とみえる主観のたわむれ」を「危険なワナ」と呼び、それが村野の歩んできた道の「理論的矛盾をかなり明瞭に示している」と指摘する。「存在の暗い部分」と「即物的」であろうとすることが「内密に結び合っている」、「極度に主観的な、また曖昧な部分の多い詩人」が村野であるとした。この「暗さ」は、谷川俊太郎が出会いの頃に大岡に見出していた点と響き合おうし、のちに触れる保田與重郎に関する指摘にも見られるものである。

「言葉の再現能力を全的に信ずる」のが村野であるとすれば、それを「乱雑に投げ出」し、そのことによって「己れを超えるものに向って祈るような姿を獲得」し、「己れを超えている」のが谷川俊太郎であるとし、大岡は谷川をとおして、「ぼくらは「表現」にまで高められたものに感動するのであって「描写」に感動するのではない」、「ぼくらを超え、ぼくらの感性の秩序を変革してしまうものに感動する」のだと、「超える」感覚の重要性を主張する。そして、次のような「純粋」に関する印象的な確信を得るに至るのである。

実を言えば、純粋とは、さまざまな異質のものを排除するところに生ずるものではなく、逆に異質のもののすべてを貫く、組織化された一つの秩序そのもののことだ。だから純粋さは強さと一致する。

私たちの「生」のあり方そのものをも照らす至言と言って良いこの確信は、大岡が生身を賭して「詩」に向かうさまを存分に浮かび上がらせている。翌年、「純粋について」(『葡萄』昭30・4)としてそれが特化されたことからも、この期の大岡にとって重要な概念の発見であったと推測できる。そして、「生」とさらに密接な「愛」へと筆は運ばれてゆく。

「不信は期待の変形」であり、「詩自体が一種の期待」であるとするところから、「詩」は、「対象を反映するのではなく、逆に対象を突き抜けることによって否応なしに対象をそれ自身の殻から引きずり出してしまう」ものとして荒々しく捉えられることになる。「対象の中を突き抜け、その限界外に」出てしまった「不安定」は、そのままの形で「安定せざるをえない」のであり、「すぐれた詩ほどこうした不安定と安定との驚くべき対照を示している」と言うのである。こうした「期待の性格」から抜け出ることのできない「詩」は、次のように言い放たれる。

所詮詩は、道具としては厄介極まる代物なのだ。それはまるで、愛のようなものだ。

期待と不信に揺らぎながら、時にその対象を突き抜け晒してしまう激情が大岡の象る「愛」であり、「詩」の中に入るためには、自身の「感性の体系」が「傷つかねばならない」とされる。先に引いた、「ぼくらの理解しようとする心を傷つける実体が大きくぼくらの前に立ちはだかっている——そういう詩が結局いつまでも残ってきたのだ」と響き合うこの痛々しさは、しかし強靭でもある。「詩」の中に入るための「努力の報酬」は一方で「魅惑」とされ、「完全に征服されるために進んで自分の感性をあけひろげること」によって「新たに加わった要素を包含する体系として再編成すること」、それは「目覚め」であり「変る」という意味にまで到達する。

そして、「詩」の「激情」や「錯乱」は、「詩」が「組織化され純化されている」からこそ「最も強烈に表現できる」のだと、それらに「形」を与える「秩序」へと論は収斂される。先の村野においで、そしてまた大岡においても「存在の暗さ」と分かちがたく結びついている「感情の神秘性」は「時間を超えたものとして獲得」され、「詩の神秘性」はまた、「明確さ」とも分かちがたく結びついているのだと言う。このことはのちの、「シュルレアリストは驚異(merveilleux)を追求するが、神秘(mystère)はしりぞけている」(「シュルレアリスム」『美術批評』昭31・6)とする認識へも響いてゆくものである。

見てきたように、「激情」を「秩序」のなかで十全にほとばしらせているのがこの詩論であり、その意味で大岡の述べる「詩」そのものを体現しているのだとも言えるだろう。

そうした「秩序」と不可分な関係にある「純粋」についての確信が、翌年、「純粋について」(『葡萄』昭30・4)において特化されたことは先にも述べたとおりであり、鈴木惠治[7]もここに大岡の意義を見出している。

「純粋」は大岡によって生まれ変わった。純粋であるとは、触れ重なり合うなかで自身をつくりあげていくこと。この思想の出現と同時に大岡のめざましい詩業は始まった。

また、郷原宏(8)も同じく賛辞を惜しまない。

これは戦後に書かれた純粋詩論として最も奥ゆきの深いものであるばかりでなく、大岡信その人の表現の特質――すなわちその多産性と多面性、不変性と持続性、詩と批評の同時的な成立、さらにその稀有な時代的典型性についても多くのことを示唆している。

このように言祝がれる「純粋」の確信と、そこに横たわる「暗さ」と「神秘」を抱いて、大岡は日本浪曼派を捉えるべく歩を進めてゆく。

3 日本浪曼派

先に取りあげた「詩の条件」から四年後、昭和三十三年に発表された「保田與重郎ノート」(『ユリイカ』昭33・8～12)は、同時代評としての三島由紀夫(9)をはじめ、大岡の展開した独自性について評価が高い。三島は同論が収録された『抒情の批判』(昭36・4 晶文社)の「柱になっている」論として取りあげるなかで、「保田与重郎という存在は一つの不気味な神話」であるとして、次のように述べる。

一つの時代とともに生き滅びること、自分の人生と思想をドラマにしてしまふことが、いかに恐ろしく、戦慄的で、また魅惑的であるかを、このエッセイほど見事に語つた文章はまれである。そして現代と、保田氏の青年期との、さまざまの不気味な暗合も語り明かされるのと同時に、日本人の美意識の根本構造について、不吉な予言的洞察と宿命観が展開され、一読、暗い海に向かつたやうな印象を与へられる。

三島は大岡が見抜いた「暗さ」と「神秘」を端的に掬い取り共鳴している。

磯田光一[10]は、「日本浪曼派からイデオロギーと倫理とを可能なかぎり剝離して、自我の内部にひそむ喪失感がいかなる凶暴な抒情を生みだすかを、内側から対象化した名エッセイ」であるとして村上一郎や桶谷秀昭との差異を指摘し、岡本勝人[11]も同様に、大岡を「日本浪曼派から超国家主義という思想性をそぎ落とした〈巨人〉」とし、「求心力によって同心円を描くのではなく、多様に拡散し、統一する像を結ばない遠心性によって展開された多領域かつ多量の文学活動を可能にしていた」と、その後の仕事への展開もふくめて評価する。小野二郎[12]もまた、竹内好や橋川文三、江藤淳らとの差異に触れ、「個々の文学者の心の細部に入り込み、問題の複雑性の中で対象に密着しながら考察をすすめようとしている」として、次のように大岡の重要性を指摘する。

より重要なのは、それを日本の民衆の心性に深く沈澱する民族主義的傾向の危機的文学表現としてのみ理解するのではなく、むしろ日本ローマン派、特に保田与重郎に、きわめて近代的な「意識のデカダンス」「虚無を中心として回転するイロニーの運動そのもの」であるような美意識を見出し、それを明治以降の日本のインテリゲンチアの精神構造の問題としてとらえようとしていることである。

浜崎洋介[13]はさらに、保田の抽象性が次第に理念化してゆくさまを大岡が捉え、「ついに「文学」が「政治」のなかに没し去っていく運命を見届け」、その問題がいまだ終わりを迎えていないことを明らかにしたとして次のように述べる。

とすれば、「保田與重郎ノート」についての、かつての吉本隆明（dam 4）による匿名批評、「保田は政治を知っていたが、この詩人は、まるで知らないで論じている」（『ユリイカ』一九五八・一二）という言葉は、次のように反転されるべきではないか。すなわち「大岡は政治を知って論じているが、保田は、まるで知らなかった」と。

いずれの指摘も、大岡以前の論者たちがイデオロギーに回収された解釈を展開しているのに対し、大岡がそれらとは一線を画し、普遍的な問題の在所を提示し得た点を高く評価している。それは、ここに至るまでに大岡がみずからの詩論のなかで意味を深くした語彙が、ぶれることなく深部において保田與重郎という存在を捉え得たためと思われる。中身を見てみよう。

保田を「一人の典型的なデカダンの文学者」と言う大岡は、次のような比喩で、終わらない普遍性を描き出す。

> 今日保田與重郎の名は、あたかも海中深く廃棄された放射性物質のごとくに語られている。それはたしかに廃棄された。だが、動かぬものと思われていた深海の水は、実際には少しずつ動いていた。放射能はやがては思いもよらぬ岸辺まで行き渡るかもしれぬ……。

そして、保田の言う「丈夫ぶり」は「「さびしい」心情の浪漫的発露」にほかならず、「「もののあはれ」とも直結」する「失意の丈夫」であり、そこに「自覚した敗北の美学」、「自殺的な美学」、「美学を否定する美学」が反映されていることを鮮やかに導き出し、次のように述べる。

> 「行動」こそ絶対的意味での(言いかえれば自殺的意味での)美意識の崇高な表現だという保田氏自身は、行動しないのであり、それはイロニックに肯定される。(中略)
>
> 保田氏は時代全体の陥っている閉塞感、絶望感を現実の手段によって打ちやぶろうとはしな

い。もともと、それの不可能を認めたところに、保田氏らの文学的出発があった。

このことは、「虚構の意識、人工の意識の発見」と表現され、「太宰治と立原道造と三島由紀夫」と同じ「精神的基盤」であるとされている。そして、立原に見られるような「人工楽園的世界を支えていたのは、おそろしく暗い意志」であったと、あの「暗さ」がここにも見出され、「虚構」は次のように言表される。

虚構という観念は、いわば構造を持たない構築する意志であり、同時に構造を持とうとしない頽廃を目指す意志でもあった。

この「意志」こそが「暗い」のである。先に見た「詩の条件」において、「存在の暗い部分」と「即物的」であろうとすることが「内密に結び合っている」、「極度に主観的な、また曖昧な部分の多い詩人」とした村野四郎に対する言及が遡及的に響いてくる。大岡の用語にはブレがない。

また、保田の初期における「主要な関心」に「現代の堕落」を指摘し、そこに欠如しているものとして、保田は「神」ではなく「自然」を登場させたとする。それは、「宗教的・倫理的な立場よりも美学的な立場に近づく」ということであり、同時に「日本人の感受性及び志向の成り立ち方」にも関わることとして、結果、「「自然」を「神」に匹敵する絶対的超越的真理にまで高めなければならなかった」と指摘する。ここで、あの「神秘」が登場する。

従って、美学はいやおうなしに神秘化されざるを得なかった。同時に美学はいやおうなしに、イデオロギー化したのである。保田氏の「自然」は、だからルソー風の「自然に還れ」の自然とは全く異質なものだった。ここに、国学の最も神秘的な部分と結びついた保田氏の「自然と人工」観の新しい展開がある。

このことが「最も鮮やかに論じられている」評論が「戴冠詩人の御一人者」であると言う。ここではそこに立ち入らないが、着目したいのは「神秘」の語の用いられ方である。先に「詩の条件」で見てきたとおり、「存在の暗さ」と分かちがたく結びつけられていたそれは、「感情の神秘性」が「時間を超えたものとして獲得」され、「詩の神秘性」は「明確さ」とともにあった。大岡の用語における「神秘」をそのように捉えれば、それに支えられた保田の「美学」が「イデオロギー化した」道筋はとても理解しやすい。

そして、保田が繰り返し用いた難解な「イロニー」の概念については、「勝利と敗北との可逆性、自然と人工との可逆性の扉を開く「開け、胡麻」だったのだ」、「一種曖昧で万能な概念」、「矛盾あるいは対立する概念の、矛盾、対立を観念的に解消してしまう」ことを「最も明瞭な役割」としていたとし、「美しくあわれな詠嘆の背後には、現実へのある種の冷酷な無関心があった」と指摘した。

大岡はこれを日本的モダニズムの解釈へと接続し、画期的に展開させてゆくのである。

4　モダニズム

「保田與重郎ノート」から二年後、日本浪曼派とモダニズムとは、「戦争前夜のモダニズム――「新領土」を中心に」（『ユリイカ』昭35・12）において次のように接続される。

明治の文明開化以来くりかえし試みられてきたヨーロッパ的なものの日本的土壌への移植は、「詩と詩論」以後「新領土」にいたるモダニズム詩運動において、少なくとも現象面ではきわめて急進的に、ある意味では破滅的なまでに大量に、試みられ――そして失敗した。それは他の極において、保田與重郎を中心とする一群の文学的日本主義者が、文明開化主義の急進的な否定と、日本的なものへの痙攣的な復帰を試み、急速に失敗への道をたどったのと正確に対応しているといえるかもしれない。

これらは「ほとんど完全に対蹠的な性質のもの」ではありながら、「ある本質的な欠落感、虚しさ、不毛の自転運動」において共通しており、その淵源は「近代日本の急速な資本主義的発展を支えてきた開化思想が当初からもっていたゆがみ」にあると言う。両者は「近代日本の文学思潮の最も動揺的な部分を代表していた」として接続されている。

大岡は日本のモダニズム詩に、「断片的な影像」、「断片的な観念」を積み上げてゆく手法による「感傷に堕す」ことを極力避けつつ、ほとんど明るいとさえいえるほどの無感動性によって表現される一種の虚無感」を見出す。例として鮎川信夫の初期詩篇「雑音の形態」(『新領土』昭14・10)をあげるが、その末尾の一行、〈すべてが歴史の容器の中にあるとは限らない〉に触れて、「日本のモダニズム詩の根本的な衝動は、歴史の容器からその外側へ脱出するという極めてロマン主義的なものだった」のではないかとも指摘する。ここにおいて、「虚無」と「ロマン」とが接合される。

さらに、「激烈」な文脈の破壊によって、そうした「現実の象徴的破壊」を実現したと捉える永田助太郎の逆説に触れながら、保田與重郎が「神」の位置に呼び込んだ「自然」を蝶番にして、戦時下の詩人たちが流派を問わず「ほとんど一せいに東洋的な自然主義者にたちかえった」こと、その「自然」が「例外なしに、能産的なものではなく所産的なもの」とされていたこと、これを「精神の受動性」として、「ヨーロッパの創造精神は、日本のモダニズム運動において、ついに日本の「自然」を変質させるだけの反応を見出すことができなかった」ことを指摘し、若いモダニズム詩人たちの「歴史の容器の外側へ脱出しようとする烈しい欲求」を再度呼び起こし、日本浪曼派との接続を果たしてみせる。

この欲求は本質的にロマンティックなものであり、モダニズムの「主知主義」の理念にはむしろ反するものである。そしてそれはモダニストたちが忌み嫌った日本浪曼派の立場に、むしろ近いといってもいいものであろう。

この翌年、大岡はここで取りあげた青年詩人たちについて、「戦争下の青年詩人たち──モダニズムの黒い歌」(『文学』昭36・12)で語りなおす。そこでは、かつて「詩の条件」で用いられていた「暗さ」、「安定」と「不安定」、そして「純粋」の語によって、モダニズム詩先行世代の春山行夫、近藤東、村野四郎らとは異なった、独特の心性を描き出している。「客観世界の秩序を溶解させた主観の、新たな客観世界再建への絶望的な企て」とされるヨーロッパのモダニズムに対して、「新領土」の詩人たちには「そうした意味での、主観性の奈落における暗闘」は見られないとし、そこにあるのは「現実の積極的否定ではなく、現実からの一方的離脱」であり、文脈の破壊がなされても、彼らの作品には「ある種の安定感」があるとする。それは、「流れのままに浮き沈みしながら決して沈みきってしまうことはないウキの安定感」のような「不安定感にも通じ」、「ニヒリズムの影」は見られずに、「シニカルな笑い、乾いた、冷ややかな観察眼」があったとされ、先行世代の春山行夫との比較においては、「傍観主義の安定性」を「貫き通し得た」春山とは異なり、若い世代は「安定自体の不自然さ、不安定性の自覚によって常に突き崩されている」と分析する。

鮎川信夫の「十二月の椅子」(『新領土』昭15・1)に「明確な形をとってあらわれている幻滅的心

情」を読み取り、「春山行夫、近藤東、村野四郎という三人の年長詩人のいずれの作品のイメージとも異質なもの」を次のように指摘する。

そこには「新領土」の「主知主義」的なスマートさ、傍観的態度からは生まれ得なかった暗い抒情があり、何よりも時代の現実に対して、詩の論理によって自己主張しようとする新しい態度があった。

鮎川ら「荒地」が敗戦後、「意味の回復」を掲げたこととのつながりを、大岡はここに見出し、「新領土」の青年詩人たちのうち、先述の永田助太郎のように、「現実を意識的に離脱し、主観性の中に逃避しつつ、しかも現実の圧力を文脈の破壊のうちに象徴的にうつし出していた」一方に対し、「現実と詩人との関係の秩序回復をはかっていた」のが鮎川らであったという見取り図を示している。しかしもっとも印象深いのは、日本浪曼派を象る際に用いられた語彙によって、その差異を言表した次の箇所である。

ここには、「四季」にも「歴程」にも「コギト」にも見られない特異な青春の表現があった。これらの諸雑誌に拠る詩人たちが、日本的なものへの回帰という全般的風潮の中で、変ることのない日本の自然という常数を見出し、多かれ少なかれそこに抒情の根をおろしたとき、「新領土」の青年詩人たちは、どこにも根をおろすべき場所のない人工的な意識の世界で、異様な言葉の実験をくりかえしながら、時代の不毛性を最も純粋かつ矯激に象徴したのである。

戦時下日本のモダニズムを形成する幾層かのありように分け入り、日本浪曼派との近似と差異とを照らし出した貴重な見解と受けとめられる。

大岡のこのような「自然観」について大塚常樹[14]は、「大岡の日本古典文学に対する造詣の深さを反映してのことであろうが、高く評価されてよいだろう」と捉えている。

造詣の深さは、「シュルレアリスム」(『美術批評』昭31・6)、「自動記述の諸相」(『みづゑ』昭32・6)等で展開されたヨーロッパにおける運動理解についても同じくであり、洋の東西を問わぬ文芸史に対する造詣に重ね、そこに動く人間の心性に光を当てることで、大岡は芸術運動という現象を生身の共感とともに描出し得ている。

5　鮎川信夫と「荒地」

見てきたような戦時下のモダニズムから出発した「荒地」の詩人たちのなかで、鮎川信夫に関しては、「困惑」、「曖昧」の語によって、この論客の新たな側面を照らそうと試みられている点が興味深い。

「鮎川信夫ノート」(『詩学』昭29・5)は、『荒地詩集』の詩人たちにおいて「自他共に最も際立った存在として認められているらしい」鮎川信夫の詩論に対して感じた、「はなはだしい困惑」を書きしるすことをモティベーションとしている。ここで大岡の捉える「詩論」と「詩」の関係は、二つの場合に要約される。一つは、「詩論が詩の解説の役割を果たしている場合」、他方は、「詩論における論理的思考のとだえたところを詩の世界が埋め、あるいはまた、詩において提出されたままの問題を詩論が引きついで展開してゆくといった関係にある場合」とされている。そして、鮎川の詩論に対する大岡の「困惑」の原因は、「こうした有機的な関係を見つけることができなかった」こと、さらには、詩論自体に「理解できない部分が多かった」からと言う。この率直な指摘は当時においても、また現代においてもきわめて重要な意味を持つ。つまり、鮎川の詩と詩論は、ことのほか相補的に捉えられ、詩は詩論の主張を立証するように読まれることが多いからである。これは、その両方が難解であることの証左でもあろう。

大岡は、鮎川が「自分を大切にしていない」と言い、その文体がはらむ問題を次のように分析してみせる。

自分の合点したことをのべるために必要のないことまで引き合いに出し、その結果、言葉の表象力を無視し、言葉がそなえている意味をその自然な秩序に従って引きのばすことをしていない。これは言葉に対する根本的な不信だといわねばならない。

そしてこのことは、「詩人にとっては自分を信じないことであり、つまり詩人であることを放棄すること」であるとする。鮎川の思考は「言葉を使用する際に関節脱臼をくり返して」おり、こうした思考は、「曖昧な断定しかできない」と述べる。

ここで発見された「曖昧」は、のちに、「曖昧さの美学」（『文学界』昭36・10）として特化される。敗戦後まもなくの詩に「時」の多用されたことを、エリオットからの影響もふくめ、「まだ熟していない、きわめてメタフィジックな使用が、了解可能なものとして許される、ある共通の感受性の層があった」と指摘、「時間をカッコつきの「時」として捉えることは、いわば時間を疎外することにほかならない」一方で、「聖化」し、「創造的な「時」を想定し、うたうこと」でもあったとして、彼らの「形而上学的傾向」を見ている。そして、そのメタフィジックな「時」の共有の時代が過ぎると、形而上学的なところを受けとめる「宗教」を持たなかったために、「荒地」は解体していったというのが大岡の捉え方である。

「鮎川信夫ノート」においても、鮎川の論理として、「「現代は荒地である」と判断する思考は決して「荒地」的なものであってはならないのだ」、「伝統、現代の日本の文化における伝統の問題は常に伝統の欠如という形で考えられている」といった逆説的な思考として捉えられている。このことによって、「たくみに不明の未来の中へ姿をくらまし」、「自己の現在を消去し、従って過去や未来を語る権利を失って」おり、「時間は現在を中心にしてしか考えることはできない」のだから「秩序が転倒している」のだと、「曖昧」の内実は続々言表されてゆく。
しかし大岡は、「伝統」を「共存する形成力と破壊力であり、同時に存在する形成と破壊なのだ」と捉えることで、彼らの意義を「言葉の秩序」という観点から、次のように照らし出す。

実際は語の組み合わせによる言葉の秩序、つまり意味の秩序の新しいあり方を提示したということであり、別の言葉で言えば、言葉のパタンを変えたということである。

そして、詩人は「形成力と破壊力とを一つの詩の中に現実化するという行為によって、否応なしに伝統のにない手となっている」のであり、鮎川も例外でないことを伝えているが、その行方を知ろうとして、「逆に遡行することを強いられたようである」と結んでいる。
「鮎川信夫ノート」、そして、豊穣な感覚的語彙で詩学を展開した「詩の条件」から、さらに三年をさかのぼる最初期に発表されたものに「菱山修三論」(『現代文学』昭26・11)がある。ここで大岡は、菱山修三の「言葉の運動はアブサンスに向かう、最もすさまじい運動である」を引き、それを、「詩人の運動は言葉への敗北を意志する最もすさまじい運動である」と言いかえた。このことは、先の鮎川に対する捉え方と相似であり、ここから、鮎川信夫は大岡にとって詩人らしい詩人として受けとめられていたようであることがわかる。そして、菱山の詩風や語彙が、「荒地」の詩人たちに継承されていることを具体的に指摘し、両者の接続をおこなってもいる。

また、鮎川に向けた「曖昧さ」の指摘は、それが「曖昧さの美学」とも名付けられていたように、ひとつの「美学」として受けとめられており、それはどうやら大岡自身の方法においても響き、良しとされていた向きがある。このことは、「割れない卵——近代詩に関するいくつかの問題」(『文学』昭38・4)に関する郷原宏[15]の指摘によってわかりやすい。ここで、大岡が「日本の詩」を「前代までの蓄積の上に次代の仕事が形造られるという風な在り方ではなく、むしろある見えない中心の周辺を堂々めぐりしていることの方が多い」としたことを捉えて、郷原は、「これは一定の留保をつければ、そのまま大岡信の批評にあてはまるような文章」だとし、次のように言う。

その素材の処理の仕方は、これ以上の方法はないと思われるほど完璧であり、つくりあげられた〈卵〉は、さながら音楽のように純粋である。つまり、この批評は疑いもなく一個の芸術作品であるといっていいのだが、しかし批評のもう一方の機能である〈見えない中心〉を見るという役割は果たしていない。いいかえれば、この〈卵〉は割れないのではなく、作者が割ろうとしないだけであり、その〈中心〉が見えないのは、作者がそれを見ようとしないからではないか——といえるように、その批評は成立している。だから、われわれは彼の批評そのものが、ある見えない中心の周辺を堂々めぐりしているという実感を否定することができないのである。

大岡の言う「見えない中心」は、鮎川信夫が、かつて「「アメリカ」に関する覚書」（『純粋詩』昭22・7）で用いた「一つの中心」を想起させる。それもやはり確たる像を結ばず、結ばないことにこそ意味を持つのだということはすでに論じたとおりである。[16]

「所詮詩は、道具としては厄介極まる代物なのだ。それはまるで、愛のようなものだ。」（「詩の条件」）と言い放った大岡の詩論の方法は、彼の捉える「詩」そのものであり、殊に初期詩論においては、くり返してきたように、生身を賭した感覚的語彙によって、それがいっそう際立っている。その「厄介極まる」「愛」のうちに、見てきたような鮎川信夫の影像が色濃く映し出されていることもまた興味深く、指摘しておきたい点である。

注

（1）谷川俊太郎×三浦雅士「対談　詩人ふたり」（『大岡信の詩と真実』平28・6 岩波書店）

（2）谷川俊太郎×大岡信「まえがきの章 他者および趣味《テイスト》のこと いつでも現在ただいまが面白かった」（『批評の生理』エナジー対話8 昭52・9 エッソ・スタンダード石油広報部、のち、思潮ライブラリー［大岡 谷川 対話選II］平16・11 思潮社）

（3）谷川俊太郎×大岡信「まえがきの章 他者および趣味《テイスト》のこと 皿小鉢から詩の一篇まで即座に好き嫌いがある」（注2収録）

（4）谷川俊太郎×大岡信「1の章 谷川俊太郎を読む 詩集『定義』及び『夜中に台所でぼくはきみに話しかけた

かった』」（注2収録）
（5）「大岡信の時代」第3回（『大岡信ことば館便り』第3号 平22・7）
（6）谷川俊太郎×三浦雅士「対話　調べの世界へ」（『萩原朔太郎研究会会報SAKU』81号 平28・5）
（7）「詩とは何か―大岡信論」（『現代詩読本 大岡信』平4・8 思潮社）
（8）「割れない卵 大岡信論のためのエスキス」（『詩と思想』昭54・1）
（9）「現代との不気味な暗合―大岡信著「抒情の批判」」（『東京新聞』（夕刊）昭36・5・17）
（10）「方法としてのパスティーシュ」（『現代詩読本 大岡信』平4・8 思潮社）
（11）「大岡信論序説」（『現代詩読本 大岡信』平4・8 思潮社）
（12）「抒情の批判―日本的美意識の構造試論」（『国文学』昭50・9）
（13）「大岡信と保田與重郎「日本的美意識」という問題」（『大岡信ことば館便り』第11号 平25・3）
（14）「昭和四十年代の詩論―大岡信『超現実と抒情』―」（『昭和文学研究』平8・2）
（15）「割れない卵 大岡信論のためのエスキス」（『詩と思想』昭54・1）
（16）本書「6 「二つの中心」―論理化しないという論理」
＊大岡信著作の引用は、すべて『大岡信著作集』第4巻、第5巻（昭52 青土社）による。

初出一覧（各章は、これらを元に構成した。）

1 「「すごい詩」―鮎川信夫と金子光晴」（『愛知県立大学国文学会会報』69号 二〇二三年一一月）

2 「リリシズムはやはり僕をしめつけます―詩人鮎川信夫の出発」（『現代詩手帖』二〇一六年六月）

3 「戦時下における〈水〉の形象―「LUNA」クラブの詩人たち」（『るる』二〇一五年二月）

4 「紀元二六〇〇年の反照―内閉と崩壊、そして虚無―」（『愛知県立大学日本文化学部論集』二〇二二年三月）

5 「「他界」から照らす「生」」（『現代詩手帖』二〇一五年二月）

6 「鮎川信夫・「一つの中心」考―論理化しないという論理―」（『日本近代文学』二〇一六年一一月）

7 「一九四七年の思惟―「荒地」・「肉體」・「桜の森の満開の下」」（『昭和文学研究』二〇一六年九月）

8 「鮎川信夫「繋船ホテルの朝の歌」と中原中也―〈倦怠〉をうたう詩人たち」（『中原中也研究』二〇二三年八月）

9 「黒田三郎・「蝶」の来歴―〈白い美しい蝶〉に結ぶもの」（『国文学論考』二〇一五年三月）

10 「詩誌『詩学』の世界―はじまりの10年」（『愛知県立大学文字文化財研究所紀要』二〇二一年三月）

「詩誌『詩学』の世界（2）―戦後10年からの展開」（『愛知県立大学説林』二〇二二年三月）

「詩誌『詩学』の世界（3）―60年代のはじまり」（『愛知県立大学説林』二〇二三年三月）

11 「「歌う詩」と「考える詩」―詩劇をめぐる声」（『日本文学』二〇二二年一〇月）

12 「反芻される「荒地」―継承と批判の六〇年代」（『昭和文学研究』二〇一三年九月）

13 「大岡信の初期詩論―詩はまるで、愛のようなものだ―」（『るる』二〇一七年六月）

あとがき

「詩より詩論のほうがすぐれているといわれることは、詩人としておもしろくない」『現代詩手帖』創刊号(一九五九・六)における村野四郎との対談(「これからの詩はどうなるか」)、その小さなプロフィール欄で紹介されている鮎川信夫の呟きが目に留まる。完璧な堅いイメジをまとわされてきた論理のひと、そのほころびはやわらかで魅力的である。

金子光晴の情詩を「すごい詩」と絶賛したところに、鮎川はみずからのやわらかな詩観を覗かせた。大岡信と北川透は、詩と詩論のあいだにある鮎川の曖昧さを鋭く見抜きながら、それらを詩のことばの本質的な魅力へと押しひろげて見せた。ここに、合理性や整合性をともなわない「愛」の概念が共鳴したことのおもしろさと深さがある。

言えなかったこと、言わなかったこと、書けなかったこと、書かなかったこと、できなかったこと、しなかったこと……、そうしたことごとのあわいに生ずる余白、ことに意志ある余白の生成に目が向いた。「一つの中心」(「「アメリカ」に関する覚書」)はその要であり、非論理の論理はそこにあった。

『鮎川信夫研究――精神の架橋』(二〇〇二)、『戦争のなかの詩人たち――「荒地」のまなざし』(二〇一二）を書き継いで見えてきたもの、明らかにしたかったこと、それらは、知りあったひとたちがそれぞれに手渡してくれたことがらでもある。感謝を込めて本書をお届けしたい。
最後に、示唆に富むこまやかな編集によって刊行を実現してくださった、琥珀書房社主山本捷馬氏に心からのお礼を込めて。

二〇二四年秋

宮崎　真素美

本書は、「二〇二四年度 愛知県立大学学長特別研究費出版助成」を受けて刊行した。
日本学術振興会 科学研究費助成事業 基盤研究（C）「雑誌「詩学」「現代詩」「ユリイカ」を中心とする昭和30年代詩の研究」および「『現代詩手帖』および思潮社を中心とする１９６０年代日本現代詩研究」に拠る成果をふくむ。

マ行

ヤ行

ラ行

ワ行

ナ行

ハ行

サ行

タ行

カ行

主要人名索引

凡 例

・目次頁などを除く本文中より採録した。
・同一人物で名称が異なる場合は（ ）で併記した。
・「鮎川信夫」に関しては全編にわたり収録されているため、索引では採録しなかった。

ア行

著者紹介

宮崎真素美（みやざき・ますみ）
1964年愛知県生まれ。1992年筑波大学大学院博士課程文芸言語研究科単位取得満期退学。
現在、愛知県立大学日本文化学部国語国文学科教授。博士（文学）。
主な著書に『鮎川信夫研究 ―精神の架橋』（日本図書センター、2002年）、『戦争のなかの詩人たち ―「荒地」のまなざし』（学術出版会、2012年）などがある。

鹿ヶ谷叢書006

鮎川信夫と戦後詩 ――「非論理」の美学

2024年10月17日 発行
定価　本体5,200円＋税

著　者　宮崎真素美
発行者　山本捷馬
発行所　株式会社 琥珀書房
京都市左京区田中東高原町34 カルチャーハウス203
電話 070（3844）0435
本文組版　小さ子社
装幀　野田和浩
印刷・製本　創栄図書印刷株式会社

＊本書第一章に収録した金子光晴「落毛の唄」については、著作権者の許諾を得たうえで作品全体を収録した。

ISBN978-4-910993-59-1